温泉文学史序説

温泉文学史序説

夏目漱石
川端康成
宮沢賢治
モーパッサン

岡村民夫
OKAMURA Tamio

水声社
水声文庫

目次

【凡例】

一、文学テクストの引用は、原則として最新の個人全集ないし個人作品集に拠る。
一、作品名は原則として『　』で示すが、収録作品とそれを収録した単行本・新聞・雑誌の区別を明示する際は前者を「　」で、後者を『　』で示す。
一、引用文の旧漢字は、原則として新漢字に改めた。
一、引用文には、読者の便宜を図り、適宜、ふりがなを新かなで加えた。
一、句読点や濁点を使用していない原文は、それらを加筆して引用した。
一、引用文中の〔　〕は引用者による補注を示す。

序章　浴する文学

1　海水浴と温泉

文学と温泉の相互関係をめぐる私の研究の淵源は、アラン・コルバンの『浜辺の誕生――海と人間の系譜学』（原著一九八二年、福井和美訳一九九二年）を邦訳されて間もなく読み、非常に触発されたことに遡る。古代ギリシア・ローマにおいて海辺は危険な場所であり、汚穢のたまる嫌悪すべき場所だった。このネガティヴな評価は、中世以降『聖書』が説く恐ろしい大洪水のイメージと融合しながら、十八世紀まで優勢だった。けれども、一七五〇年頃から医者たちが「当時流行の最先端にあった温泉場をモデルにしながら考えをめぐらせ」（福井訳、一五六ページ）、海水浴、海岸の空気・眺望・散策などが体力増強に良く、腺病質、憂鬱症、ヒステリー、結核、不妊症、痛風などに対して治癒効果があると主張し出した。かくして一八四〇年代初頭までに、ハイソサエティーの人士が各地の海岸に殺到し、浜辺リゾートが形成され、海や浜辺の価値が大きくプラスに転じたという。価値転換の発祥地はイギリスであり、温泉都市バースと海浜都市ブライトンがそれを象徴する。

海岸保養を考えるうえでも、やはりイギリス人の創意工夫が鍵を握っている。浜辺リゾートの創出にあたっては、イギリス内陸部の「湯治場《スパー》」を背景にした温泉保養がモデルとして絶大な影響を及ぼした。いろいろな特徴から見て、ブライトンの海水浴場はバースの「湯治場《スパー》」の変種ともいえる。どちらの場合でも遊びよりは治療という目的が優先されている。バースもブライトンも保養という流行現象からあいついで有利な波及効果を受けとった。流行に先鞭をつけたのは、六月から九月にかけてのこのふたつの保養地にいりびたる貴族階級や「ジェントリー」であった。社交生活を盛りたてるには、イギリスの田舎にある大邸宅を使うのが好もしい。だが貴族階級や「ジェントリー」は、そんな場所で社交を催すよりも、ニースやバースやブライトンに逗留したほうが一般的に安くつくということに気づく。(同、四八八ページ)

療養で温泉場に長期滞在する支配階級ないし有閑階級のため、入浴施設や豪華なホテルだけでなく、遊歩道、別荘、劇場やその他ホール、カジノ、名所遠足コースなどが整えられ、やがてそうした近代的温泉リゾートをモデルとしたリゾートが、海辺にも転移していった。当初は治療がリゾートへ旅行する主目的だったが、しだいに社交、見栄、気晴らしを主目的とする滞在者が増えていった。

ブライトンでの気晴らしや一日の生活リズムは、バースやタンブリッジ＝ウェルズに通いなれているひとにはすでにおなじみのものだ。内陸の保養地とおなじく、海辺の保養地にも水浴施設や本屋兼読書室が数々ととのっている。ひなびた保養地でさえ巡回図書館を備えている。どの「湯治場《スパー》」にも散歩道が縦横に走っており、よりどりみどりの遊覧旅行コースが用意してある。保養客はケルトの遺跡を見学したり、さまざまな見晴らしを楽しむことができる。海のほとりともなれば、加えて小舟を使った水上遊覧もあるし、なによりもヨットセーリングがある。ヨットセーリングは海辺の保養地が流行に乗るのと軌を一にしてブームを呼ぶ。舞踏会場、談話サロン、遊戯室に出かければ、すてきな晩を過ごすこともできる。ブライトンではカッスル・ホテルとオールド・シップが客の人気を二分していた。一七六六年、カッスル・ホテルがダンス室を備える。つぎの年、こんどはオールド・シップがダンス・ホール、トランプ遊戯室、コンサート会場を一体化した、一大社交場を設ける。（同、四八九ページ）

海水浴が西欧近代の発明だったことや、海水浴場のモデルが温泉場だったこと、海水に身を浸す行為が湯治に匹敵するような療法であり、医者によって細かくコード化されていたことなどを、私は『浜辺の誕生』を通じてはじめて知った。コルバンの大著の主題はあくまでも「浜辺」の文化史なので、温泉に関しては十八世紀のイギリスの温泉ブームが紹介されるにとどまっており、西洋温泉文化史としてははなはだ不十分といえる。けれども、私はそれまで海水浴と温泉浴を比較したことすらなかったので、新鮮な驚きを覚えた。

それ以上に刺戟的だったのは、「感性の歴史」の提唱者であるコルバンが、海水浴の形成史を「感性」ないし「欲望」の諸変動として論じていることや、一見単純な度合いの変化とみえる過程に質的変化があることの証拠として、しばしば英仏独の文学に思いがけない角度から言及していることだった。たとえば、「自然の諸力が触れあう、揺れ動く境界のきわ、空虚を囲う前浜を馬に乗ってさまようとき、早駆けする蹄の音と砕け散る波の音とがそれぞれ独自のリズムを刻みながらも、しかし耳のなかでうまく溶けあい、いままで感じたこともない情動が馬上のひとを襲う。浜辺で馬を乗りまわすのを好んだバイロンは、このあたらしい情動の多彩な色あいを物語詩『異端者』〔一八一三年〕に定着させる」（同、三四七ページ）とか、「あてもなく砂浜をさまようという行動様式は一八三〇年代に突入するが早いか、突然、急激な勢いで伝播しはじめる。この行動様式にかんするかぎり、バルザックも、ラマルティーヌも、ミシュレも、つづいてヴィクトル・ユゴーも、そして「ブルターニュ・ロマン派」にぞくするひとびとも、『砂浜の隠遁地』の作者イポリット・ド・ラ・モルヴォネとおなじ感受性を共有している」（同、三五一ページ）と語りながら、コルバンは視覚中心の海辺の評価から体感を重んじた評価への転換を論じている。

コルバン的なアプローチが、温泉を描いた日本の近代文学に対しても有効だろうと思われた。まっさきに念頭に浮かんだのは、以前から愛読・研究してきた宮沢賢治だった。彼は数々の温泉場を控えた花巻に生き、農学校の生徒と温泉にしばしば出かけたり、花巻温泉で庭園設計を行ったりしており、童話や詩や小説に温泉場が登場する。海水浴は描いていないが、短編小説『イギリス海岸』（一九二四年頃）では、白亜のイギリスの海岸に見立てた北上川の岸辺で生徒たちと化石採集をしたり泳いだりする情景を生き生きと描いている。

ただし、西欧にかぎられたコルバンの見取り図をそのまま賢治文学や近代日本文学に適用することはできないということも、容易に予想された。海水浴と温泉浴の当然の差異があるだけでない。明治以降の日本の温泉は西洋の温泉医学や温泉リゾートの影響を深く被ったとはいえ、古代から近代まで衰えることなく湯治の風習が存続していた。古代ローマの温泉文化が完全に断絶しないまでも、古代ローマ帝国の崩壊、ゲルマン人の侵略、教会による温泉批判・入浴批判、ペストの流行などにより大きく衰退した期間をへている西洋とは、歴史が大きく異なる。十八世紀以降の西洋の温泉施設が概してフォーマルで、幾何学的で、画一的なのに対して、日本のそれはヴァナキュラーで、自然成長的で、多様である。裸体での共同入浴が中心となり、混浴が明治以降も存続したことは、西洋近代的な公私の基準では理解しがたい裸の社交や、覗きとは異質なエロティシズムや、温泉の温度と触感に関する洗練された嗜好をもたらした。上流階級に限らず農民や漁民が湯治をしてきたこと、江戸時代以降の現象であるが都市に銭湯が普及していたことなども顕著な差異だ。温泉や火山活動をめぐる信仰も、衰退過程にあったとはいえ、しぶとく持続していた。温泉地では、西洋的なものと日本的なもの、近代的なものと前近代的なもの、民衆的なものとエリート的なものが重畳し、混淆していた。そもそも、近代に温泉旅行や温泉を扱った小説が極めて多く、そのなかに作家の代表作や文学史上の重要作品が数々存在するという点自体、西洋との顕著な差異といえよう。

かくして私は二〇〇〇年頃から宮沢賢治を温泉という角度から捉えなおす研究に取り組んだ。賢治における温泉を歴史的に位置づけるには、明治から昭和初期にかけての他の作家たちの温泉表象がどのようなものだったのかを踏まえなくてはならないが、先行研究を参照すれば容易にすむだろうと予想した。ところがである、すぐにひどく驚き、困惑してしまった。まとまった学術的先行研究が見当たらなかったのだ。温泉というトポスが広く重要な位置を占めていることは近代日本文学の著しい特色であり、その研究が文学史的かつ国際的な意義をもつのは論理的に明らかであるにもかかわらず……まさに燈台もと暗しというべきか。

種村季弘、池内紀、川本三郎など、文学通かつ温泉通の知識人による温泉や温泉文学にかんするエッセイや紀行文なら数多くあった。伝記研究者や地元の郷土史家が、作家の温泉逗留や当時の温泉場の状況を精査した研究も少なくなかった。前者はしばしば達見や考えるヒントが含まれており、後者は事実関係を教えてくれたが、概して両者とも温泉地の歴史の確認、作品内で温泉が果たしている機能の分析、温泉表象の文学史的考察が稀薄といわざるをえなかった。日本の温泉史の方面でも、文学を資料として「感性」ないし身体感覚の問題を組み込んだ先行研究や、温泉を海水浴・銭湯・家風呂・冷水浴などと関連づけて「入浴行為」の一分野として論じた先行研究は非常に乏しかった。

けっきょく、非力ながら私は、宮沢賢治と温泉の関係に関する研究と併行して自分で少しずつ他作家たちの温泉文学を読み、関連する温泉場の資料収集や、宿泊・入浴を含む現地調査を続けることになった。種村季弘・池内紀編『温泉百話　西の旅』（ちくま文庫、一九八八年）、同『温泉百話　東の旅』（同）、富岡幸一監修『温泉小説』（アーツアンドクラフツ、二〇〇六年）といった文学作品のアンソロジーや、浦西和彦編著『温泉文学事典』（和泉書院、二〇一六年）には、ずいぶん助けられた。二〇〇七年には川村湊による『温泉文学論』（新潮新書）が現われ、刺戟を受けた。本書はそうした研究の暫定的なまとめにほかならない。

2　感性の歴史家、夏目漱石

研究を進めるにつれ、江戸時代の終わりの年に生まれた夏目漱石（金之助）が並ぶ者のない先駆者であるということを、強く感じるようになった。一九〇五年に『吾輩は猫である』で小説家デビューした漱石は、一九〇六（明治三十九）年、『坊っちゃん』『草枕』『二百十日』と立て続けに三本の画期的温泉小説を発表した。漱石の最初期の作品は海水浴と温泉浴をめぐるものなのだ。それらについては第一章で論じるので、ここではそれ以前の作品について触れておこう。

第一高等中学校校本科一年生だった二十二歳の漱石は、喀血した兄夏目直矩の転地療法に付き添い、一八八九（明治二十二）年七月二十三日から八月二日まで興津《おきつ》（静岡県清水）に逗留した。帰宅後の八月三日、級友・正岡常規へ興津保養を勧める手紙——興津を称える長い漢詩を含む——を送った。正岡は、前年八月の鎌倉・江の島旅行中にはじめて喀血し、この年の五月ふたたび喀血して「子規」（ホトトギスの異称）と号しホトトギスの句を連作していた。漱石は、手紙を「先は炎熱の候時候御厭い可被成いずれ九月には海水にて真黒に相成りたる顔色を御覧に入べく、それまではアヂュー」と結んでいるので、興津の浜で海水浴をしたと思われる。(1)

続く八月七日から三十日、漱石は友人四人と房総を船と徒歩で旅行し、翌月初旬、漢文紀行文『木屑録《ぼくせつろく》』を書き上げ、同級の正岡子規に披露した。そこには、内房の保田《ほた》に宿泊して存分に行った海水浴の記述がある。『定本　漱石全集』第十八巻の漢文書き下し文から引用する。

余、房《ぼう》に遊びて自《よ》り、日び鹹水に浴す。少きも二三次、多きは五六次に至る。浴する時、故《ことさ》らに跳躍して、児戯の状を為す。食機を健ならしめんと欲すればなり。倦めば則ち熱沙の上に横臥す。温気、腹を浸して、意甚だ適《こころよ》きなり。是《か》くの如き者《こと》、数日、毛髪漸く赭《あか》らみ、面膚《めんぷ》漸く黄ばむ。旬日の後、赭らみし者は赤と為り、黄ばみし者は黒と為り、鏡に対して爽然自失せり。（一六）

一日に少なくとも二、三回、多い場合は五、六回海水浴をし、数日後に髪が赤茶け、顔面が黄ばみ、十日後には髪は赤く、顔は黒くなり、鏡を見て茫然自失したというのだ。踏まえておく必要があるのは、まだ海水浴そのものが最先端の西洋的行為だったことである。岩倉使節団で渡欧した際、ブライトンを視察し、海水浴の唱導者リチャード・ラッセル医師から海水浴の効能論を聴いた経験のある文部省医務局長・長与専斎の指導により、二見浦《ふたみがうら》の立石崎に日本初の海水浴場が開設されたのは一八八二（明治十五）年、陸軍初代軍医総監・松本順（良順）の指導により、近代的設備をより整えた大磯海水浴場が開設されたのが一八八四年。同年、長与の指導により由比ヶ浜海水浴場（漱石が『心』に登場させることになる）も開設され、一八八七年、日本初のサナトリウム「鎌倉海浜院」がそこに設けられた。西洋の影響下、日本の海水浴も医療行為として明治中葉にはじまったわけだが、一八八九年の時点ではまだ内房に公式の海水浴場はなかったのである。保田海水浴場には一九八六年に「房州海水浴発祥地」と刻まれた石碑が建立され、その裏面には『木屑録』の一節を引いた谷川徹三による

「由来」が記されている（図序-1）。
漱石が海水浴の「児戯」めいた側面に触れる一方、それが食欲促進を欲した行為であると述べている点に注意したい。『海辺の恋と日本人――ひと夏の恋と日本人』（青弓社、二〇一三年）で瀬崎圭二は、この点や、漱石が「倦めば則ち熱沙の上に横臥す。温気、腹を浸して、意甚だ適《こころよ》きなり」と書いている点から、漱石が海水浴を療養行為と認識していたと推論している。松本順は、海水浴普及に貢献した『海水浴法概説』（一八八八年）のなかで、かつて海で泳いで遊んだ漁師の子供たちが砂浜にうつ伏せになって冷えた胸や腹を温めているのを見て、自分も試してみたところ甚だ心地よく、その後胃病患者に対しても治療効果が確認できた、と語っていた。前年の興津旅行や、漱石がすでに胃弱で悩んでいたことも踏まえると、瀬崎の推量は正鵠を射ていると思われる。

図序-1　保田の「房州海水浴発祥地」記念碑（筆者撮影）

保田から東京の子規に漢詩を送った漱石は、帰宅後に子規から返しの漢詩を受け取り、これを『木屑録』に収録している。

羨む　君が房海鵝黄《がおう》に酔い
鹹水　痾を医《いや》すこと　傷に薬するが若《ごと》く
黄巻《こうかん》　青編　時に読み罷《や》め
清風　明月　漁郎を伴うを　（十二）

「鵜黄」は酒を、「黄巻青編」は書物を意味する。房総旅行中、下戸な漱石は子規から羨まれるほど酒に陶然となりはしなかったはずだが（『木屑録』には豪飲豪食する友人たちに対する疎外感が示唆されている）、子規は漱石の海水浴を、傷に薬を施すように海水で病を癒す行為としても羨んでいたということがわかる。なお子規は、夏休み中、学生寮で静養しながら自分の喀血を茶化した戯文『啼血始末』を作文していた。

翌一八九〇（明治二十三）年の八月下旬から九月上旬、夏目漱石は病院に通っても完治しないトラホームを治しに、箱根の秘湯・姥子《うばこ》温泉に二週間ほど逗留した。確認できるかぎりでは、これが漱石のもっとも早い温泉行である。そして漢詩『函山雑咏』八首を作文し、ふたたび正岡子規に披露した。温泉に言及している節の書き下しを『定本 漱石全集』第十八巻から引く。

三年　猶《な》お眼を患《わずら》う
何れの処か　好し　盲を医《いや》さん
崖は浴場を圧して立ち
湖は牧野《ぼくや》に連なりて平かなり
雲は峰面《ほうめん》を過ぎて砕け
風は樹頭に至りて鳴る
偏《ひと》えに悦ぶ　霊境に遊び
眸に入りて　景物の明かなるを

（〔其七〕）

姥子温泉は、箱根中央火口丘最高峰・神山の芦ノ湖側北西斜面の中腹に位置する、少なくとも中世からの歴史があるにもかかわらず箱根七湯に含まれなかった小さな湯治場である（図序-2）。漱石が泊まった温泉宿は、現在の秀明館の前身に当たる。集塊岩の崖の層理から源泉が自然湧出しており、一八九四年刊行の『箱根温泉案内』には「此地僻陬にあるを以て諸事不便利なれども、此温泉は眼疾に特効著しきを以て来り浴するもの多し、温泉は巖石を鑿断し其罅隙より涌出づ、故に巖を穿ちて浴槽とす」とある[2]。漱石は眼疾に特効ありという評判にすがってここで湯治したわけだ。狭い浴槽では霊泉がしたたる岩壁に対座することになるが、外へ出て反対方向を見れば、芦ノ湖と外輪山が眺望された（現在は森林が眺望を妨げているけれど、漱石の頃は毎年山裾の火入れが行われ、「牧野」が湖岸まで広がっていた）。漱石はこのコントラストを漢詩に表現しているのである。なお「偏えに悦ぶ　霊境に遊び／眸に入りて　景物の明かなるを」という二行は、眺望の快とともに湯治の効果をうたっているのではあるまいか。

図序-2　姥子温泉絵葉書（筆者蔵），奥の湯気抜きのある小さな建物が湯殿とみられる

『吾輩は猫である』（『ホトトギス』一九〇五年一月―一九〇六年八月）の「十一」で、寒月は、「音がしないもので露見

した事」の一例として「昔し姥子の湯に行つ」たときの逸話を物語る。「山の中の一軒屋で只温泉に這入《はい》つて飯を食ふより外にどうも仕様のない不便な所」で[3]、三日目に煙草を切らした。同室の東京の隠居老人が煙草をじつに旨そうに吸うので、辛抱できず、老人が湯に出かけた隙に煙草を盗んで吸い、彼が財布を取りに戻ってきて、充満する煙ですぐ何をしたのかばれた。けれども彼は「失礼ですがこんな粗葉《そは》でよろしければどうぞ御呑み下さいまし」と言ってくれたので、残りの二週間を楽しく過ごすことができた、というたわいもない思い出話だ。

『吾輩は猫である』のなかで日本の温泉が出てくるのはこれだけだが、なんと「七」では「吾輩」がブライトンとバースの歴史を関連づけて論じているではないか。夏目漱石は、イギリスの温泉・海浜リゾート史についてしっかりした教養を備えていたのだ。この章は、次のように「運動」(スポーツ)という話題からはじまる。

　吾輩は近頃運動を始めた。猫のくせに運動なんて利いた風だと一概に冷罵し去る手合に一寸申し聞けるが、さう云ふ人間だつてつい近年迄は運動の何物たるを解せずに、食つて寝るのを天職の様に心得て居たではないか。無事是貴人とか称へて、懐手をして座布団から腐れかゝつた尻を離さゞるを以て旦那の名誉と脂下《やにさが》つて暮らしたのは覚えて居る筈だ。運動をしろの、牛乳を飲めの冷水を浴びろの、海の中へ飛び込めの、夏になつたら山の中へ籠つて当分霞を食へのとくだらぬ注文を連発する様になつたのは、西洋から神国へ伝染した輓近《ばんきん》の病気で、矢張りペスト、肺病、神経衰弱の一族と心得ていゝ位だ。

西洋からの海水浴を含む「運動」の伝来を、伝染病や「神経衰弱」の伝来と重ねている点が滑稽かつ批評的だ。「猫のくせに運動なんて」という表現は、「日本人のくせに運動なんて」に容易にスライドしえよう。漱石は「猫」に語らせることを通し、当然なものと化しつつある「運動」を異化し、それが明治維新後に困惑や混乱を伴って西洋から移植された奇妙な制度であるという事実を想起させようとしているのである。かくして猫は、海水浴の効能なぞ海の魚が元気なことを思えば自明の理だと嘯き、ブライトンのラッセル博士に言及する。

一七五〇年にドクトル、リチヤード、ラッセルがブライトンの海水に飛込めば四百四病即席全快と大袈裟な広告を出したのは遅い〳〵と笑つてよろしい。猫と雖《いえど》も相当の時機が到着すれば、みんな鎌倉あたりへ出掛る積りで居る。但し今はいけない。物には時機がある。御維新前の日本人が海水浴の効能は味はう事が出来ず死んだ如く、今日の猫は未だ裸体で海の中へ飛び込むべき機会に遭遇して居らん。せいては事を仕損んずる。今日の様に築地へ打つちやられに行つた猫が無事に帰宅せん間は無暗に飛び込む訳には行かん。進化の法則で吾等猫輩の機能が狂瀾怒濤に対して適当の抵抗力を生ずるに至る迄は——換言すれば猫が死んだと云ふ代りに猫が上がつたと云ふ語が一般に使用せらるゝ迄は——容易に海水浴は出来ん。

このあと、猫は自分が実践する「運動」として「蟷螂《かまきり》狩り」「蟬取り」「松滑り」などを紹介し、話題が自分の皮膚の掻痒感から人間の「洗湯」へと横滑りし、さらに横滑りしてバースの故事が語られる――「人間は全く服装で持つてるのだ。十八世紀の頃大英帝国のバスの温泉場に於てボー、ナッシが厳重な規則を制定した時抔《など》は浴場内で男女共肩から足迄着物でかくした位である」。『定本　漱石全集』第一巻の注解は「ボー、ナッシ」をこう説明している――「ナッシュ　Nash, Richard（1674-1761）賭博師であったが、温泉地バースの儀典長となり、施設の改善や風俗改良につとめ、社交場としての名を高めたために、『バースの王』として知られるまでになった。同時に流行の先駆者としても名を馳せ、ボー（Beau＝伊達者）・ナッシュとも呼ばれた」。ちなみにブライトンでは、一七七〇年から一八〇七年にかけて、ボー・ナッシュをまねたウィリアム・ウィードが社交作法を整えた（コルバン、前掲書、四八九ページ）。

漱石は『文学評論』（東京帝国大学で講じた「十八世紀英文学」の原稿を改訂し、一九〇九年に出版したもの）の第二編七「娯楽」のなかで、「どうしてバスが流行生活の根源地になつたといふと、是は全くナッシ俗にボー、ナッシとして知られてゐる男の尽力に因るものと、後世一般から認められてゐる」と述べたばかりか、イギリスの温泉・海辺リゾート史をより詳しく紹介していた。たとえばナッシュが規則化したバースにおける入浴と飲泉はこんなだったという――「朝は入浴する。尤も男女共に裸ではない。衣服を着た儘である。女は宿から轎輿《セダン・チエヤー》に乗つて浴場に行く。浴場は五箇処あつて、皆男女混浴である。湯壺の中で、漬かりながら挨拶をする。談話をする。是が一つの社交である。女は帰るときも轎輿である。夫れからパンプ室へ行つて、湯を呑む、音楽を聞く」。私たちにとって特に興味深いのは、そこで漱石が次のように日英の温泉との比較を行っていることである。

ヘルス、リゾーツと云ふと字の示す如く健康の為めに行く処と云ふ意味で、日本の湯治場の如き者であるが、日本のは重に入浴のために行く。英国のは重に飲みに行く。そこが違ひである。飲むと申しても酒を飲んで丈夫になると云ふ訳ぢやない。矢張湯を呑むのである。だから温泉に這入るといふ言葉よりも drinking the waters といふ流行語が生まれた。「芦の湯を飲んだかね」とか、「伊香保を飲みに行かう」抔《など》まじめに言ひ合つたものと見える。尤《もつと》も日本の温泉とは大分趣が違ふ。日本で温泉といへば山を連想する。英吉利のは必ずしも左うでない。先づどこでも構はない井戸を掘る。すると其中から鉱泉が出る。鉱泉が出さへすれば直ぐ広告をして客を引く。客は単に健康の為めと称して保養に行くのである。何所其所《どこそこ》の温泉と云はないで、何所其所の井戸《ウエルス》と称したものである。此の井戸の中には今では倫敦市中に這入り込んで仕舞つた場所が大分ある。例へばハムプステッドの如きは其一例である。これは私が一時下宿していた所で、片寄つてはゐるが無論倫敦の市中である。今では何所に井戸があるか、頓と見付らないが、当時は矢張池上の温泉位な格であつた。

英文学者・夏目金之助はイギリスの海水浴や温泉利用に積極的関心を抱き、文献を調べるだけでなく、ロンドンの下宿近隣の古い温泉井戸を探しさえしていたのだ。留学中の漱石は猛烈な読書と引き籠りでほとんど旅行に出ておらず、温泉へも海水浴場へも行った気配はないが、下宿の近所にかつて鉱泉があったことを意識していたのである。日記（一九〇一年三月二十九日）や『倫敦消息』（一九一〇年）からチェコのカールスバート（カルロヴィ・ヴァリ）のミネラル・ウォーターかその成分の錠剤を常用していたこともわかる。入浴は公衆浴場を利用していた。もしバースあたりに湯治に出かけていたら、彼の神経衰弱は重症にはならずにすんだかもしれない。

小説家・夏目漱石には、西洋の入浴文化と日本の入浴文化を歴史的に比較できる広い視野があった。しかも、彼はどちらも相対化して捉えなおす自由で自立的な視点を保ちながら、西洋近代の入浴文化の影響のもとで再編成の過程にあった日本の入浴文化を、書くにあたいする重要な出来事として注視していた。すなわち彼は、コルバンの国際的視野とは異なった国際的視野を持った、「感性の歴史」の先駆的研究家だったのだ。その根底には西洋文学の表面的模倣ではない近代日本文学を築こうとする志しがあったはずだ。

温泉の隣接領域である銭湯が、『吾輩は猫である』のなかでどのように表現されていたのかも確認しておくべきだろう。猫は「洗湯」（漱石は通常こう綴る）も「風呂」もまったく見たことはないが、主人の苦沙弥先生が「洗湯」から帰ってくるたび少々元気を回復しているので、「七」において好奇心から近所の銭湯を視察しに行き、窓越しに覗く。猫の目を通した長い銭湯描写は、間違いなく『吾輩は猫である』最大の見せ場である。

何だかごちやぐ〵して居て何から記述していゝか分らない。化物のやる事には規律がないから秩序立つた証明をするのに骨が折れる。先づ湯槽から述べやう。湯槽だか何だか分らないが、大方湯槽といふものだらうと思ふばかりである。幅が三尺位、長さは一間半もあるか、夫《それ》を二つに仕切つて一つには白い湯が這入つて居る。何でも薬湯とか号するのださうで、石灰を溶かし込んだ様な色に濁つて居る。尤も只濁つて居るのではない。膏《あぶら》ぎつて、重た気に濁つて居る。よく聞くと腐つて見えるのも不思議はない、一週間に一度しか水を易《か》へないのださうだ。其隣りは普通一般の湯の由だが是亦《これまた》以て透明、瑩徹《えいてつ》抔とは誓つて申されない。天水桶を攪《か》き混ぜた位の価値は其色の上に於て充分あらはれて居る。是が化物の記述だ。大分骨が折れる。天水桶の方に、突つ立て居る若造が二人居る。立つた儘、向ひ合つて湯をざぶ〳〵腹の上へかけて居る。いゝ慰みだ。双方共黒い点に於て間然する所なき迄発達して居る。この化物は大分逞しいなと見て居ると、やがて一人が手拭で胸のあたりを撫で廻しながら「金さん、どうも、こゝが痛んでいけねえが何だらう」と聞くと金さんは「そりや胃さ、胃て云ふ奴は命をとるからね。用心しねえとあぶないよ」と熱心に忠告を加へる。「だつて此左の方だぜ」と左肺の方を指す。「そこが胃だあな。左が胃で、右が肺だよ」

モデルとなったのは、漱石が千駄木の借家に暮らしていた執筆当時、毎日通った近所の「草津温泉」（「草津温泉場」「草津湯」「草津浴」「草津亭」という表記もみられる）と比定されている。開業年は詳らかでないが、『改正東京案内』（一八八一年）の「温泉」の章に「本郷区駒込蓬莱町」の「草津湯」と記載され、「温泉元祖」「湯治宿泊料云々」とある。また、『新撰東京名所図会』第五十版（一九〇七年）には「元祖草津浴」と記載され、「営業主藤谷彦一郎、上州草津温泉の湯花をうつして浴槽を開く、所謂薬湯なり、客室あり、料理あり、旅館を兼業とす、庭広大にして、珍卉怪石、歩々観を改め、離亭閑雅、足音尚聴くべし、一日の清遊足る」(強調は岡村)とある。「草津温泉」は草津の湯花を利用した「薬湯」を売りとし、遠方からの湯治客のニーズにも応じて旅館・料理屋を併設した別格な銭湯、こんにちのスーパー銭湯に相当するような豪勢な施設だった。つまり猫の言う「白い湯が這入つて居る」「薬湯」とは再生温泉のことであり、『吾輩は猫である』の銭湯の場面はなかば温泉の場面でもあったのである(薬湯をあまり変えないのは、湯花が高価なせいと、強酸性のその成分に殺菌効果があるからかもしれない)。

ただし猫はそんな事情は知らない。「草津温泉」という銭湯名も上州の草津温泉も銭湯がなんのための施設かも知らない。知らないということが文学的新らしさをもたらしているのだ。猫の目を通し、「草津温泉」は、化物たちがたむろする不可解でグロテスクな場所へと異化され、具体的に内部や裸体が描写されて行く。漱石が西洋を見たまなざしと、西洋人が日本を見たまなざしが方法的に合成され、猫のまなざしとなっていると考えられる。石鹸と垢を付けたままの若者、ほら話をする禿頭の老人、「背中に模様をほり付けて居る」髭男などが、普通の湯へ入ってくる。白濁した湯槽の方は、「湯の中に人が這入つてると云はんより人の中に湯が這入つてると云う」ほどの混雑で、また非常に熱いのを皆で痩せ我慢しており、苦沙弥は浴槽の隅へ押し付けられて赤く茹で上がっている。数人の入浴者が、薬湯が何に効くのかを話題にし、「飲んでも利きませうか」という質問に、「冷えた後抔一杯飲んで寝ると、奇体に小便に起きないから、まあやつて御覧なさい」と答える者もいる。

やがて猫のまなざしは「板間」や「流し」の方へ移り、坊主と小坊主、三助、股間に腫れ物があるらしき青年、汚い湯が飛び散ったと隣の書生に怒る苦沙弥などが活写される(シーンの冒頭にいた人物が、ゆるやかで長いパンのあいだに先まわりして再登場するかのような描写）。そして最後に猫の注意は、騒がしくなった「白い浴槽」の方へと戻る。天井まで充満する蒸気を通して、犇めきあう化物たちの一団が朦朧と見え、「熱い〳〵と云ふ声が吾輩の耳を貫いて左右へ抜ける様に頭の中で乱れ合ふ」。熱さがきわまったときに「化物」の「超人」が立ちあがって咆哮するというなりゆきがおもしろい。

やがてわー〳〵と云ふ声が混乱の極度に達して、是よりはもう一歩も進めぬと云ふ点迄張り詰められた時、突然無茶苦茶に押し寄せ押し返して居る中から一大長漢がぬつと立ち上がつた。彼の身の丈を見ると他の先生方よりは慥《たし》かに三寸位は高い。のみならず顔から髭が生えて居るのか髭の中に顔が同居して居るのか分からない赤つらを反り返して、日盛りに破《わ》れ鐘をつく様な声を出して「うめろ〳〵熱い熱い」と叫ぶ。此声と此顔ばかりは、かの紛々と纏れ合ふ群衆の上に高く傑出して、其瞬間には浴場全体が此男一人になつたと思はるゝ程である。超人だ。ニーチエの所謂超人だ。魔中の大王だ。化物の頭梁だ。と思つて見て居ると湯槽の後ろでおーいと答へたものがある。おやと又も其方に眸をそらすと、暗澹として物色も出来ぬ中に、例の三介が砕けよと一塊の石炭を竈の中に投げ入れるのが見えた。竈の蓋をくゞつて、此塊がぱち〳〵と鳴るときに、三介の半面がぱつと明るくなる。同時に三介の後ろにある煉瓦の壁が暗《やみ》を通して燃える如く光つた。吾輩は少々物凄くなつたから早々窓から飛び下りて家に帰る。

竈に石炭をくべている点や、その周囲が煉瓦造りである点が、いかにも明治的だ。もしかすると、木材ではなく石炭を燃料としていたせいで湯がすぐに過度に熱くなってしまったのかもしれない。

この銭湯の描写がいかに斬新で画期的だったのかは、英文学者・坪内逍遥による『当世書生気質』(一八八五―一八八六年)の「第十四回　近眼遠からず　駒込の温泉に再度の間違」の銭湯シーンと比較してみればわかる。そこに出てくるのはまさに「草津温泉」で、逍遥はそのことを明示していた。とすれば漱石はこれを意識して『吾輩は猫である』の銭湯視察を書いたとみるのが自然だろう。更衣場で、「あやしげなる娘」を連れてやってきた書生(須河)が浴室へ急ぐ拍子に、床に落ちていた眼鏡を蹴飛ばしてしまう。湯から上がってきた別の書生(桐山)が、浴衣を入れておいた棚のなかに眼鏡が見当たらないことに気づき、あたりを虚しく探す。眼鏡探しは女中に頼み、いったん自分の部屋へ戻ることにするが、よく見えないせいで誤った部屋へ。寝転がってくつろいでいると、須河の連れの「娘」が戸を開け、彼を見るなり驚いて卒倒してしまい、大騒ぎに……。浴室内の描写は一切なく、須河とその連れのはすっぱな少女、桐山、女中、おかみなどのあいだの、分相応の話し方による会話が中心となっており、この特徴は鶯谷の銭湯を舞台とした逍遥の小説『諷誡京童』(一八八九年)にもみられる。銭湯における滑稽な会話を通して「当世」を描くという趣向は、山東京伝の『賢愚湊銭湯新話』(一八〇二年)や式亭三馬の『浮世風呂』(一八〇九―一八一三年)や落語に倣ったものに違いない。

「駒込の温泉」と実在の銭湯名や地名を記している逍遥が固有名詞のコノテーションに依りかかっているのに対し、具体的描写を通して自律的空間を築いているところに漱石の根本的な新しさがある。漱石の銭湯表象は、落語的な会話や滑稽な出来事に満ちている点では先行作品とつながっているが、浴室内の様子を自明のものとして略さず非常にフィジカルに呈示している点で決定的に異なっている。これは巧拙や趣味のレベルの差異に還元できない構造的差異であり、歴史的な飛躍によると受け止めるべきだろう。『当世書生気質』の銭湯と『吾輩は猫である』の銭湯の差異と同じような構造的差異は、尾崎紅葉の『金色夜叉』の温泉と、漱石が一九〇六年に書く温泉小説三作の温泉とのあいだにも見いだされる。

エッセイ的長編小説『吾輩は猫である』は明瞭なストーリー・ラインを持っていない。当初、漱石はその「一」を完結した短編小説として『ホトトギス』（当初の誌名は『ほとゝぎす』）に発表したが、人気に応え連載を引き受けたのである。けれども、「六」以降、広義の〈入浴〉の主題が間欠的に現れるようになる。運動―海水浴―温泉は、「七」の銭湯へ引き継がれ、「十一」の「姥子の湯」のエピソードや「ピサゴラス〔ピタゴラス〕曰く天下に三の恐るべきものあり曰く火、曰く水、曰く女」という警句をへて、ついに、台所に残されていたコップの飲み残しのビールを飲んで酩酊した「吾輩」が足を滑らせ水葵《みずあおい》用の水甕に落ち、溺れて意識が失せていくという結末につながる。「猫が死んだと云ふ代りに猫が上がつたと云ふ語が一般に使用せらるゝ迄は――容易に海水浴は出来ん」という猫の言を裏書きする結末にほかならない。

すでに漱石は温泉小説執筆への助走に入っているのだ。

3　方針と構成

本書は日本の近代の温泉文学を主なコーパスとした「感性の歴史」の慎ましい試みである、と言ってもいい。ただし、論述の重心は、温泉をめぐる文学テクストや作家の経験を一般的な歴史の例証とすることよりも、個別具体的な事例の襞に分け入り、文学作品としてのそれぞれの特質や意義や、ひそかな文学的系譜を浮かび上がらせることの方に置かれることになる。

文学は社会やその歴史と切り離しては成立しないが、言葉のアートに特有のロジックや歴史を抱えている。また、同時代や同世代の作品であっても、作家の資質や努力による差異は大きい。要するに、文学は「技術」であって「現実」や「時代」の単なる反映ではない。時代ないし文化の諸条件に促されたり抵抗したりしながら文学的創造はなされる。私の主な関心は、温泉をめぐる文学的創造とそれを取り囲む諸条件の交錯にある。さらにせんじつめれば、既存の一般的諸表象のへりや隙間を通り抜ける湯脈のようなものにある。

「現実」のデフォルメや取捨選択を伴う文学は、嘘や欠落の多い情報体とみなされ、通常は歴史の資料としてまともに扱われない。だが、創作だからこそ私たちは文学を通して、温泉をめぐる感性や感情や欲望、歴史的諸条件と組みあいながら実現される想像／創造の展開に触れることができるのである。この水準で温泉を描いた作品は真の証言であり、広義の温泉史に属する。

日本の豊かな温泉文化の根底に、多雨で高温多湿な火山列島という自然的条件が存在することは論を俟たない。柳田国男は『青年と学問』（一九二六年）で、日本の民俗学者が日本列島の地理的条件ゆえに「将来是非とも分担しなければならぬ事」として、「火山のこと、温泉と社会生活との関係」「地震」「梅雨と色々の生物との交渉」を挙げていた。近代の日本においてなぜ温泉文学がかくも発達したのかという問いは、以下の論述の底に伏流することになる。けれども、日本の温泉文学の本質はなにかとか、日本の温泉の本質はなにかといった問いに答えることは、本書では意図的に避ける。私はいろいろな作品を読むにつれ、さまざまな力線が温泉において交わり、思いもかけない組み合わせが形成されるさまに驚くという経験を幾度も重ねた。「雑」であることこそ日本の温泉＝文学の力であり、温泉が複雑な多様体であるからこそ、長らく多くの作家を惹きつけ、多様な温泉文学が豊かに花開いたと考えられる。とりあえず本書で繰り返し話題になる事項をアトランダムに列挙してみるなら、入浴、混浴、裸体、検閲、性愛、エロティシズム、病気、医学、社交、スポーツ、旅行、交通、観光、遊園地、故郷、民俗、大地、自然、動物、水、火、火山、山岳信仰、異界……、あるいは近代と近代以前、西洋と日本、中央と地方、物語と描写……といったことになろう。だから本書に結論の章はなく、強いて言えば、この序章が結論に近い。

さまざまな作家がさまざまな種類の温泉を取り上げているところにこそ、文学的豊かさが見いだされると考えるので、温泉の諸タイプのあいだに優劣や比重の差をつけることもできるだけ避けたい。私が唯一の評価基準とするのは、モデルとなった温泉の特徴が物語展開と濃密に絡まりあっていたり、イメージの豊かな展開につながっていたりすることである。そのような小説を私は「本格温泉小説」と呼ぶ。この尺度によって、明治以降の数多の作品に対して大きな展望が開け、既存の文学史とはだいぶ異った文学史が浮びあがる。文学史的ないし文学的な価値が高くとも、この尺度に合わない作品は副次的に言及するにとどめる。他の尺度による他の展望もありえようが、それは他人にまかせよう。

いくつかの制約から、私が論ずる範囲は不本意ながらきわめて限定的なものである。温泉文学は、本来「入浴文学」という広い地平で捉えられるべき事柄に違いなく、「浴する文学」と題した大著を夢見たこともあったが、けっきょく小説という「雑」なるジャンルを中心とした「温泉文学」に的を絞った。正岡子規、高浜虚子、河東碧梧桐、あるいは与謝野鉄幹・晶子、斎藤茂吉といった名前を挙げるだけで近代の俳句・短歌においても温泉が特権的トポスであることは明らかだが、論ずる余猶はなかった。

扱う時代と作家とジャンルも相当絞った。近代のさまざまな作家（尾崎紅葉、徳冨蘆花、幸田露伴、森鷗外、泉鏡花、国木田独歩、田山花袋、島崎藤村、徳田秋声、正岡子規、森田草平、芥川龍之介、谷崎潤一郎、志賀直哉、高村光太郎、井伏鱒二、梶井基次郎、江戸川乱歩、夢野久作、林芙美子、太宰治、獅子文六……）に言及するが、主人公は、夏目漱石、川端康成、宮沢賢治、そして十九世紀後半のフランスの小説家ギー・ド・モーパッサンの四人にすぎない。モーパッサンの章を別にすると、主に一九〇〇年代から一九三〇年代が問題となる。そうしたのは、「本格温泉小説」の形成期を検討したいからであり、浅く総花的になるのを避け、エクリチュール（書くこと、書き方）と温泉ないし浴する身体との界面を生まなましく示しておきたいからでもある。複数の著しい限定ゆえに本書を「温泉文学史序説」と題し、むしろ内容が部分的であることを顕示することで、未来の温泉文学史、さらには入浴文学史の出現を期待しよう。

「本格温泉小説」というステージを立ち上げた創始者と私がみなす夏目漱石には、特別に二つの章（この序章を入れれば三つの章）を割く。第三章では、通常の文学史では漱石と関連づけられることがない川端康成を、漱石の真の後継者、「本格温泉小説」中興の祖として扱う。「本格温泉小説」といえるような小説を書いていない宮沢賢治を第四章に配するのは、私が長年研究してきた人物で、小説に比べて温泉を扱うことが少ない童話と詩において温泉を表現した人物であるからというばかりではなく、他の作家にみられないマイナーな仕方で具体的に深く温泉に関わった創作活動を展開し、たぶん意図せずにステージを掻き乱した貴重な例外者だからである。そして最終章に、番外的にモーパッサンを配し、西洋近代の温泉事情を積極的・意識的に表現した彼の野心的長編小説を通して、日本の温泉文学ばかりでなく十九世紀の西洋の温泉文学をも距離をもって捉えなおしてみたい。

原則として、まず作品名を掲げ、口上的な導入のあと、作品のあらすじを書き、モデルになった温泉の紹介をへて、文学的・歴史的考察を行うという順序で章を構成する。そのことで、章どうしの比較が容易になり、読者の文学ツーリズムの便宜にもなろう。宮沢賢治の第四章に関しては、作品を少数に絞ってあらすじを記すことも、温泉場を一作品につき一カ所に絞ることも難しかったので、構成が少し異なる。とはいえ、いずれの章でも文学的・歴史的考察に先立って温泉場を作家が経験した当時を中心に紹介するのは、特定の温泉のどのような特徴が創作を触発したのかということや、温泉の諸特徴にどのような取捨選択や変形がほどこされて作品が成立したのかということを、できるかぎりはっきり示したいからである。本論には組み込みがたいトピックや作家ないし作品は、各章の末尾の「コラム」の枠で取り上げ、限定されたこの「序説」になるべくふくらみを与えるように努めたい。

第一章　夏目漱石　一――『坊っちゃん』『草枕』『二百十日』

1　温泉三部作

小説家としてスタートを切ったばかりの夏目漱石（一八六七〔慶応三〕―一九一六〔大正五〕年）が、一九〇六（明治三十九）年に『坊っちゃん』『草枕』『二百十日』と温泉が登場する中編小説を立て続けに文芸誌に発表した事実は、じつに驚くべき事件である。一九〇五年一月から一九〇六年夏頃にかけて使用された手帳には、「(1)」から「(10)」までのナンバーを振られた複数の小説の構想メモが含まれている。(1) そのなかに「(5)温泉場」と記されているのだから、自覚的に「温泉場」を主要な舞台とした三小説を企てたはずだ。しかも、これらのいわば温泉三部作――私による呼称にすぎない――を彼は翌一九〇七年に作品集『鶉籠《うずらかご》』として単行本化した。また漱石は、一九〇八年一月刊の高浜虚子の短編小説集『鶏頭』（『温泉宿』が収録されている）に「序」を寄せ、「余猶より生ずる材量は皆小説になつて適当である」と断言し、そうした材量の例として「避暑」や「湯治」を挙げている。

日本の温泉文学史上画期的と思われるのは、温泉三部作において温泉が非常にフィジカルに描写され、またそうした描写が物語の展開においてもイメージの象徴的・隠喩的な意味作用や連鎖においても積極的な価値を担っているという点である。明治文学史上の主だった小説家が一九〇六年以前に著した、温泉が登場する小説を省みると、漱石の場合に比べて温泉場、旅館、浴室、湯などの具体的描写が乏しく、温泉の相貌が漠然としており、温泉の特徴と物語の結びつきが弱いということに気づく。「温泉場」と手帳にメモしたとき、漱石は小説における温泉表現をラジカルに刷新する野心を抱いていたに違いない。それは西洋の小説史を意識した野心でもあっただろう。近代的温泉小説を、単に温泉場を舞台にしたり温泉を描写したりした小説ではなく、作品全体の構造のなかに温泉を緊密に組み込んだ小説と定義するならば、夏目漱石はその歴史のはじまりに位置していると思われる。もし温泉三部作が書かれていなかったとしたら、大正・昭和の温泉小説の隆盛はありえなかったのではないだろうか。

2 『坊っちゃん』のあらすじ

「親譲りの無鉄砲で小供の時から損ばかりして居る」坊っちゃんは、父親と死別後、親の残した遺産のうち兄から渡された六百円を学費に東京の物理学校に学び、卒業八日目、母校の校長の誘いに「行きませうと即席に返事をした」結果、四国の小都市の中学校に月給四十円の数学教師として赴任する。

同僚は、校長の「狸」、フラネルの赤シャツをつねに着ている教頭「赤シャツ」、この教頭の腰巾着で太鼓持ちのような画学教師「野だいこ」(吉川)、顔色の悪い英語教師「うらなり」(古賀)、逞しい毬栗坊主の数学教師「山嵐」(堀田)などである。坊っちゃんは、城下の「町はずれの岡の中腹にある家」に下宿することになる。

蕎麦屋で天麩羅蕎麦を四杯食べたら、翌日教室の黒板に「天麩羅先生」と書いてある。郊外の住田温泉へ浴したあと、近隣の遊郭の入口にある団子屋で団子を食べると、今後は黒板に「団子二皿七銭」とか「団子旨い〱」と書かれてしまう。また日課の温泉通いに坊っちゃんがぶら下げている「西洋式手拭の大きな奴」が、温泉水によって溶け出した赤縞と温泉水自体の含有物によって紅色に変色すると、坊っちゃんは生徒たちから「赤手拭」というあだ名をつけられてしまう(2)。ある夕、珍しく住田温泉の浴室に誰もいなかったので泳いでみれば、翌夕の湯殿に「温泉の中で泳ぐべからず」と墨書した木札が掛かっている。そして翌朝、坊っちゃんは同じ言葉を黒板に発見する。宿直を担当した日の夜、宿直室の布団に入れば、なかにバッタの群が隠れていた。坊っちゃんは寄宿生たちを叱るが、シラを切られ、怒り心頭に発する。

赤シャツと野だいこは坊っちゃんを海釣りに誘い、堀田が生徒たちのいたずらを煽動していたと釣り船の上でほのめかす。

寄宿生たちの悪戯が職員会議で議論となる。赤シャツや狸は事なかれ主義からこの問題をうやむやにしようとするが、ただ一人、筋を通すことを主張した山嵐を坊っちゃんは少し見なおす。

坊っちゃんはうらなりの斡旋により、お屋敷町の下宿に移る。この下宿の家主のお婆さんから、赤シャツが英語教師うらなりの婚約者マドンナ（遠山嬢）を横恋慕し、うらなりを延岡へ左遷する工作をしたことを聞く。赤シャツはマドンナと交際する一方、住田温泉の芸者・小鈴とも交際している。義憤を感じた坊っちゃんは山嵐と意気投合する。

日露戦争勝利の祝勝会の夜、賑わう町に繰り出した山嵐と坊っちゃんは、中学校の生徒たちと師範学校の生徒たちの喧嘩を止めに入って、かえって巻き込まれてしまう。赤シャツは、この事件を利用し山嵐を辞職に追い込む。坊っちゃんと山嵐は、赤シャツの醜聞を暴くため住田温泉で監視をはじめる。ついに芸者との密会帰りの赤シャツを取り押さえ詰問するが、シラを切られたため、生卵と鉄拳による天誅を加える。即刻辞職届けを出した坊っちゃんは、東京へ帰り、月給二十五円の「街鉄」（後に都電と呼ばれる路面電車）の技手となる。

3　道後温泉

夏目漱石は松山に二度長期滞在している。一度目は東京帝国大学の学生だった一八九二（明治二十五）年夏、盟友・正岡子規の西日本旅行に同行し、旅の終着点として松山の子規の生家に二十日ほど滞在し、まだ中学生だった高浜虚子を知った。二度目は、奇しくも子規の母校・愛媛県尋常中学校（松山中学、現県立松山東高校）の英語科教師として赴任した一八九五年四月から、熊本第五高等学校へ転任する翌年四月までで、城下の二カ所で下宿暮らしをした。このとき漱石は、坊っちゃんと同じように赤手拭を下げ、温泉郡道後湯之町（現松山市道後湯之町）の道後温泉本館に頻繁に通った。

ときに湯槽で泳ぎ、そうした行状が生徒のあいだで話題になったともいう(3)。一年四カ月の松山中学時代は、漱石にとって温泉が日常生活の身近に存在した最初で最後の時代といえる。

一八九五年夏には、結核のため神戸で入院・療養していた子規が松山に帰郷し、漱石の二番目の下宿「愚陀佛庵」(松山市二番町)の一階に五十二日間居候した。階下で開かれる「松風会」の句会に顔を出したことを契機に漱石は俳句に深入りし、ほどなく子規一派の若手俳人として頭角を現した。漱石は子規や高浜虚子と道後温泉に清遊した。子規が漱石を伴って行った吟行をまとめた『散策集』には、「三層楼中天に聳えて、来浴の旅人ひきもきらず。/温泉楼上眺望/柿の木にとりまかれたる温泉哉」とある。東京の家に戻った子規に漱石が送った一八九五年十一月二十二日付の句稿のなかには、「温泉《ゆ》をぬるみ出るに出られぬ寒さ哉」の句がある。虚子は漱石の死後、道後温泉に浴する漱石の姿を『漱石氏と私』(一九一八年)や、『伊予の湯』(一九一九年)のなかの一節「夏目漱石」に描いた。

道後温泉は、記紀や万葉集の時代から名高い由緒ある古湯であり、上古の天皇、皇太子、貴族が来泉した記録があり、その素晴しさを讃えた聖徳太子の漢詩や、山部赤人の長歌が残されている。また伊予国風土記逸文に神話的な開湯伝説がある。大国主命《おおくにぬしのみこと》と一緒に旅をしていた少彦名命《すくなびこなのみこと》が急病で倒れたので、大国主が海底に管を通して「速水の湯」(別府温泉の湯)をこの地に引き、浴びせると、少彦名は蘇り、岩の上で踊った。温泉場の北側にある「玉の石」がその岩であるという。また川辺から湧いていた湯で痛んだ脚を治した鷺を見て村人が温泉を発見したとする民俗的伝説も伝えられている。温泉を見下ろす南側の台地の上には大国主命・少彦名命を祀る湯神社が鎮座する。東側の山裾には一遍上人生誕地として有名な宝厳寺がある。聖と性が隣接する日本的現象の典型例というべきか、宝厳

図 1-1　道後温泉本館絵葉書（筆者蔵）

寺参道の一部は遊郭を兼ねていた。『坊っちゃん』で漱石は団子屋のエピソードや、赤シャツの芸者遊びのエピソードにこの遊郭を活かしているが、古い歴史や寺社は捨象し、もっぱら道後温泉本館に焦点を置いた。

　道後温泉本館は、道後湯之町初代町長・伊《い》佐《さ》庭《にわ》如《ゆき》矢《や》が城大工・坂本又八郎を起用して企画し、一八九四年に竣工した木造三層楼大屋根入母屋造の近代和風建築である（図1-1）。漱石にとっては、松山赴任の前年にできたばかりの新奇な温泉施設だったことになる。着任してまもない五月二十八日に狩野亮吉へ出した手紙に、漱石は「道後温泉は余程立派な建物にて八銭出すと三階に上がり茶を飲み菓子を食ひ湯に入れば頭まで石鹸で洗つて呉れるといふ様な始末　随分結好に御座候」と書いている。二階・三階は座敷の休憩室が並んでいた。一方、坊っちゃんは「ほかの所は何を見ても東京の足元にも及ばないが温泉だけは立派なものだ」と語っている。

　松山一番町と道後を結ぶ軽便鉄道である道後鉄道（一九〇〇年に伊予鉄道に吸収され「伊予道後線」と改称される）の開通は、一八九五年八月二十二日。漱石の松山時代とは、松山やその周辺が急速に再開発され、近代化の階梯を駆けあがっていった時代にあたるのだ。

　現在見る道後温泉本館は数度の改築をへたものである。皇室専用浴室・又新殿や、入浴料が高い

「霊の湯」はまだなかった。また、一階の「神の湯」は、現在のように廊下を挟んで男湯二、女湯一と区画されていたわけではなく、廊下の南側が三室に区画され、男湯二、女湯一が横一列に並んでいた。坊っちゃんの浴室は、この「神の湯」がモデルである。

山嵐と坊っちゃんが、赤シャツと小鈴の密会を確認するために潜む角屋という旅館のモデルは「かど半旅館」と比定されている。後身の土産物屋「かど半本舗」が「椿の湯」のはす向かいに現存する。

江戸時代から俳諧が盛んだった松山は、正岡子規とその仲間の活動によって、近代俳句誕生の聖地となった。文芸誌『ホトトギス』が創刊されたのは、一八九七年、松山においてだった。

4 銭湯的温泉

『坊っちゃん』は『ホトトギス』一九〇六年四月号別冊付録に、『吾輩は猫である』第十回とともに発表された。主人公の坊っちゃんが「おれ」という一人称で語る中編小説であり、『吾輩は猫である』の語り口を多分に引き継いでいる。語り手の極端な江戸っ子意識や、無知や、即断が作品内世界の「異化」に貢献する。回想体だが、物語の時代を示す記述が乏しい。しかし、地の文に「天麩羅事件を日露戦争の様に触れ散らかすんだらう」とあることから、発表の十年前（日清戦争の末期）の経験を素材にしながらも、漱石がこの小説を近過去の物語としたことがわかる。

一昔前の記憶に基づきながら、漱石は温泉施設浴の形状を非常に具体的に呈示している。引用した書簡における道後温泉本館の描写と明らかに重なる描写である。

温泉は三階の新築で上等の浴衣《ゆかた》をかして、流しをつけて八銭で済む。其上に女が天目《てんもく》へ茶を載せて出す。おれはいつでも上等へ這入つた。すると四十円の月給で毎日上等へ這入るのは贅沢だと云ひ出した。余計な御世話だ。まだある。湯壷は花崗岩《みかげいし》を畳み上げて、十五畳敷位の広さに仕切つてある。

漱石は入浴者の身体の動きをもしっかり読者に呈示する。坊っちゃんの有名な温泉水泳である。

大抵は十三四人漬つてるがたまには誰も居ない事がある。深さは立つて乳の辺まであるから、運動の為めに、湯の中を泳ぐのは中々愉快だ。おれは人の居ないのを見済しては十五畳の湯壷を泳ぎ巡つて喜こんで居た。所がある日三階から威勢よく下りて今日も泳げるかなとざくろ口を覗いて見ると、大きな札へ黒々と湯の中で泳ぐべからずとかいて貼りつけてある。

坊っちゃんが温泉で泳ぐエピソードは、彼の無鉄砲で元気のいいキャラクターを表現しているばかりでなく、小説内で他の諸要素とからまり、非常に豊かな意味作用を担う。

みずからの無作法な行為を「運動の為に」と坊っちゃんは説明する。彼が城下と温泉を十分で連絡する軽便鉄道を使わず、毎夕三十分ほどかけて歩いて温泉へ通う理由も「運動かたがた」と述べられている。坊っちゃんの「運動」は、温泉を抱えた地方都市に波紋を引き起こしてしまう。「湯の中で泳ぐべからず」という木札が湯殿に掛かった翌朝、彼が黒板に認めた「湯の中で泳ぐべからず」という悪戯書きは、「赤手拭」という坊っちゃんのあだ名と等価だといえる。どちらも、生徒たちが坊っちゃんの「運動」をひそかに観察していたことによる。

道後温泉本館は温泉旅館ではなく、宿泊なしの町営公共浴湯である。しかも城下から二キロ程度の平地に位置し、料理屋、遊郭、旅館等に囲まれたこの公共浴場は、松山人にとって市内の銭湯に準じ、地元の社交場という性格をもっていた。その銭湯的性格は、流しと浴槽とのあいだに江戸の銭湯を思わせる「ざくろ口」が設けられていることや、二階・三階が休憩所になっていること、旅館の宿泊客でない人が入浴料を払って利用していることなどにも現れていよう。ちなみに『吾輩は猫である』の銭湯も「柘榴口《ざくろぐち》」を備えている。『吾輩は猫である』の銭湯が温泉的銭湯であるのに対し、『坊っちゃん』の温泉は銭湯的温泉となっており、前者では「吾輩」が密かに男湯を覗くのに対し、後者では入浴中の「おれ」が密かに匿名の誰かに覗かれる。また、どちらにおいても〈入浴〉が「運動」と複合している。さらに言えば、漱石は猫を語り手にすることによって人間世界を異化したように、ここではストレンジャーである東京からの青年を語り手とすることで松山・道後を異化している。

かくして道後温泉の特徴を漱石は巧みに活用し、ストーリーを進める推進力たらしめている。『坊っちゃん』において温泉行は、俗塵を離れ、自然に癒されることではなく、知らずに温泉場やその周辺の住人による衆人環視にさらされ、噂の種となることや、知人に遭遇することを意味する。小説の後半、坊っちゃんは温泉へ出かけるたびに主要人物に遭遇する。はじめて宿直になった彼は、西日が差し込む宿直部屋の暑くるしさに辟易し、ふと温泉へ入りたくなって出かけると、往来ですぐに同じく温泉へ行く途中らしい校長の狸に出くわし、つづいて同僚の山嵐にも出くわしてしまう。その結果、坊っちゃんは職員会議で山嵐から不真面目だと批判されるはめになるのだ。

その後、坊っちゃんは住田温泉の湯殿で偶然に幾度も英語教師のうらなりと出会う。坊っちゃんが会話らしい会話をかわしていないうらなりにシンパシーを抱き、赤シャツの陰謀に強く怒り、辞職しなければならなくなる挙に出るのは、うらなりが湯槽をともにした特権的人物だったからかもしれない。この湯殿での偶然の交友は、赤シャツが仕組んだ海釣りと対比関係にあるように思われる。

赤シャツがうらなりを延岡の中学校へ左遷させてマドンナと結婚する手はずを整える一方で、こっそり住田温泉の芸者の小鈴とつきあっていることを耳にした坊っちゃんと山嵐は、密会を確認するために、夜ごと「温泉の町の枡屋《ますや》の表二階」の座敷から角屋を監視し、ついに芸者、赤シャツ、おまけに野だいこが角屋に入るのを目撃する。住田温泉はこの場面でも、登場人物たちを呼び寄せ、交差させ、物語を動かす力を備えた環境として機能している。

『坊っちゃん』とは、温泉の引力や、私的なものを衆人に暴いてしまう暴露力を身をもって知った主人公が、最後にそうした温泉力を利用して地元の名士を罠にかけるという物語なのである。監視されて圧迫感を覚えていた当人が監視する側に転じるというのは、いささかアイロニカルな感がしなくもないが、小説のクライマックスが、温泉町における赤手拭と赤シャツの戦いという構図を結んでいる点は見事だ。(4)

5 『草枕』のあらすじ

東京から旅してきた三十歳の画工（洋画家）である「余」は、春の山路をたどりながら（歯切れのよいセンテンスの連なりが若々しい歩行のリズムを暗示しているようだ）、「非人情」の美学の実践として「旅中の出来事と、旅中に出会う人間を能の仕組と能役者の所作と見立てたらどうだろうか」と考える（これもまた一人称の視点人物を通した物語世界の「異化」となっている）。峠の茶屋に雨宿りした「余」に、茶屋の婆さんは、那古井《なこい》温泉の志保田《しほた》という旅館の嬢様の話をする。彼女が熊本城下の銀行員のもとに嫁入りするとき振り袖姿で馬に乗せられこの茶屋の前を通った、と聞き、「余」はふと花嫁の顔として「ミレーのかいた、オフェリア」（ジョン・エヴァレット・ミレー『オフィーリア』一八八二年）の顔を思い浮かべる。志保田の嬢様は、日露戦争による経済変動のせいで夫の銀行が潰れたのち離縁され、那古井に戻っているという。

志保田旅館に逗留することになった「余」は、謎めいて思わせぶりな出戻り嬢・志保田那美に翻弄される。朝風呂から上がった「余」が浴室の戸を開くや、那美はいきなり丹前を掛けてくれる。その夕、「余」は半開きになった部屋の障子の開口部から、彼女が二階の縁側の廊下を振り袖姿で不思議に幾度も往来する様をかいま見る。そして夜、入浴していると、浴室の奥から全裸の那美が入って来て、眼前で身を翻して走り去る。

ある日、「余」が「鏡の池」について尋ねると、那美は「私は近々《きんきん》〔身を〕投げるかも知れません」、

「私が身を投げて浮いて居る所を〔……〕奇麗な画にかいて下さい」と嘯く。彼女は「今まで見た女のうちで尤《もつと》もうつくしい所作をする女」だが、水死美人の絵になるには「憐れ」が足りないと「余」は考える。

天気のいい日に「山の出鼻の平な所」でごろりとなってくつろいでいた「余」は、偶然、野武士のような色黒で髭面の男と那美の待ち合わせを目撃してしまう。「余」の存在に気づいた那美は、前夫から満州に渡る資金を頼まれ、それを手渡したのですと告白する。

数日後、「余」は、那美が従弟・久一《きゅういち》の日露戦争出兵を見送りに駅へ行くのに同行し、舟で川を下る。久一が乗り込んだ汽車には、那美の元夫も乗っていた。発車する汽車の窓越しに那美と元夫がたがいに一瞬見つめあう。そのとき彼女の顔に浮かんだ「憐れ」を「余」は見てとり、「それだ！　それだ！　それが出れば画になりますよ」と彼女の肩を叩きながら囁く。

6　小天温泉

四年三カ月の熊本時代（一八九六〔明治二十九〕年四月―一九〇〇〔明治三十三〕年七月）、夏目漱石は五度も転居している。一八九七年十二月末から翌年年始にかけて、漱石は三番目の借家（飽託《ほうたく》郡大江村・現熊本市新屋敷／熊本市内水前寺公園近傍に移築保存されている）に新妻を残し、熊本第五高等学校の同僚英語教師・山川信次郎と二人で玉名郡小天村湯ノ浦の小天《おあま》温泉（当時は「湯ノ浦温泉」とも称した）の前田案山子《かがし》別邸に初逗留した（図1-2）。そして一八九八年八月ないし九月、五番目の内坪井（現内坪井町）の家に住んでいたとき、山川を含む五高同僚四人と前田案山子別邸を再訪した（漱石は案山子次女・前田卓《つな》の案内で宮本武蔵ゆかりの岩殿観音を見物したのち、一人で日帰りした）。温泉旅館・志保田のモデルは、これである。[5]『坊っちゃん』と同様、この小説でも温泉名は虚構化されている。

『草枕』の物語が展開する季節は、蒲公英や菜の花が咲き、雲雀がさえずる春だが、春に漱石が小天温泉へ行ったことを示す資料はない。おそらく作品世界の桃源郷めいた雰囲気を強めるために季節をずらしたのだろう。ただし、冬に初訪した経験は、「余」の記憶というかたちで作中に痕跡をとどめている。旅館の印象を記した第三章に、「昔し来た時とは丸で見当が違ふ」とあり、第十二章には「何年前一度此地に来た。指を折るのも面倒だ。何でも寒い師走の頃であつた。其時蜜柑山に蜜柑がべた生りに生る景色を始めて見た」とある。

図 1-2　前田案山子別邸湯殿跡（筆者撮影），右奥が女湯への開口部

時代も大きく変更されている。画工の温泉旅行は日露戦争の最中の春の出来事とされているので、一九〇四（明治三十七）年ないし一九〇五年の春、すなわち『草枕』発表の直前のことになる。『坊っちゃん』の場合と同様、一昔前の経験を素材としながら、同時代小説を書いたのである。

漱石と山川は、熊本北郊の岳林寺門前から金峰山の山道に入り、急な鎌研坂《かまとぎざか》を登り、鳥越の茶屋や野出《のいで》の茶屋をへて、蜜柑畑の中を小天へ下った。小説中の茶屋のモデルについては、鳥越の茶屋説と野出の茶屋説の二説がある。二つの峠を越える約一五キロの道は、こんにち「草枕ハイキングコース」として整備され、ところどころに漱石の句碑や『草枕』の文学碑が建っている。有明海を見下ろす八久保には、「立派な白壁の家」として『草枕』に登場する前田家本邸跡があり、当時からの土蔵が現存する。コースの終点に近い草枕交流館では、『草枕』や前田家関連の充実した展示を観ることができる。小天の平地に出る坂の下が、終点の前田案山子別邸跡である。

一八九八年一月六日付正岡子規宛書簡に漱石が記した連作俳句は、小天旅行に関する貴重な伝記資料である。たとえば、「家を出て師走の雨に合羽哉」「降りやんで蜜柑まだらに雪の舟」という二句から、雨天だったこと、それが峠で雪に変わり、海辺の蜜柑畑に入る頃には降り止んでいたことがわかる。おそらくこの天候の経験が、途中で雨に降り込められ、茶屋を出るときには晴れ上がっているという小説の設定に転化されたのだろう。

小天温泉は、三ノ岳西裾の蜜柑畑のなだらかな斜面が尽きるあたりに位置しており、熊本城下からもっとも近い海辺の温泉だった。安永年間に開かれ、寛政四（一七九二）年の津波によって一旦壊滅したのち、徐々に復興していった。漱石の頃は六つの旅館が営業し、二、三町先から有明海が広がっていたというが、現在では干拓によって海岸線は遠のき、眼前にはビニールハウス群が広がっており、温泉旅館は、明治元年創業の「田尻温泉」が『草枕』にちなんで改称された「那古井館」一軒しか残っていない。

漱石が『草枕』を書く際、前田案山子別邸以外の旅館を消去したのは、那古井を「孤村」とし、浮世離れした印象を志保田旅館に与えるための演出だったといえよう。志保田旅館から「五、六丁《ママ》」のところにある禅寺や、温泉場を町の駅と結ぶ川舟の通る川は、明らかな創作である。

画工は、那古井旅館のように大きいがひっそりした旅館に泊まった経験は生まれてから「たゞ一度しかない」と述べ、「昔し房州を館山から向ふへ突き抜けて、上総から銚子迄海浜伝ひに歩行《あるい》た」とき泊まった旅館を回想している（第三章）。漱石の念頭に一高生時代の房総旅行があったことは確かである。その旅行の途上で漱石は保田で海水浴をしたあと、那古《なご》を通っていたはずだ。『木屑録』には記されていないが、『心』の単行本では、学生時代の先生がKと行った夏休み房総旅行の宿泊地として「那古」が記されている。志保田という姓には「保田」が潜んでおり、「那古井」という創作地名は「那古」が潜んでいる。海辺の温泉・那古井のイメージには内房の海岸や旅館のイメージも相当流れ込んでいると考えられる。

骨董好きで茶人で長い白髭をたくわれた「志保田の隠居」のモデルは、前田案山子にほかならない。維新以前は細川藩の槍術指南役で、名を覚之介といった。自由民権運動に入り、地域の農民のために尽くすという決意を込めて名を案山子に改めた。政客をもてなすために別邸を兼ねた温泉旅館を開いたのは一八七八（明治十一）年。(6) 一八九〇（明治二十三）年には第一回衆議院議委員となった。ただし漱石来訪の頃は七十歳で、すでに政治活動から引退し、骨董三昧と庭作りの日々を送っていたという。

次女の前田卓が志保田那美のモデルであることも疑いない。一八八八年に熊本に嫁いだが一年数カ月で離婚し、その後東京で暮らした二番目の夫（内縁関係）とも、漱石と出会う一年ほどまえに離婚して、故郷に戻り温泉旅館の仕事を担っていた。

7 日本的裸体画《ヌード》の発見

『草枕』は『新小説』一九〇六年九月号に発表され、この号はその評判により発売三日目に売り切れたといわれる。

主人公の青年を語り手する一人称小説である点は『坊っちゃん』と変わらないが、語り手を古今東西に及ぶ芸術的教養を身につけた洋画家とした点や、温泉に逗留する旅人とした点は対照的である。旅の画家の体験談という枠組みは明治文学の常套とはいえ、絵画論・文学論・芸術論・東西文明論等が、東西・和漢の教養と語彙を駆使してペダンチックに繰り広げられる点が新しい。

その第一章、山路を歩きながら「余」とみずからを呼ぶ語り手は、西洋の文学が人間間の利害が絡んだ確執や葛藤や激しい情動を描くのが常とするのに対し、「うれしい事に東洋の詩歌はそこを解脱したのがある」と考え、陶淵明や王維の漢詩を思い浮かべ、それらが世俗とは「別乾坤を建立して居る」とする。そのとき、ふいに徳冨蘆花と尾崎紅葉のベストセラー小説への言及が現れる――「此乾坤の功徳は『不如帰《ほととぎす》』や『金色夜叉』の功徳ではない。汽船、汽車、権利、義務、道徳、礼儀で疲れ果てた後に、凡てを忘却してぐっすりと寝込む様な功徳である」。『不如帰』(『国民新聞』一八九七―一八九九年)も『金色夜叉』(『読売新聞』一八九七―一九〇三年)も東洋の小説にほかならないが、西洋近代の強い影響下に近代化の道を歩む日本では、その文学も東洋的な脱俗の美学を忘れている、と嘆いているのだ。「二十世紀に睡眠が必要ならば、二十世紀に此出世間的の詩味は大切である。惜しい事に今の詩を作る人も、詩を読む人も、みんな西洋人にかぶれて居るから、わざわざ呑気な扁舟を浮べて此桃源を遡るものはない様だ」。こうした時代にあって、自分が画材を携え春の山路を歩くのは、「陶明、王維の詩境を直接に自然から吸収して、すこしの間でも非人情の天地を逍遥したいからの願。一つの酔興だ」。なお、蘆花の『不如帰』は特に冒頭の伊香保温泉の場面が人気を博し、紅葉の『金色夜叉』は冒頭の熱海温泉の場面が人気を博した小説でもある。

『不如帰』と『金色夜叉』は、「非人情」の世界を目指す語り手によって一蹴されたかのように見え、実際、二度と言及されない。しかし、エピソードや細部をプロットから分離したうえで比較してみるならば、従来注目されてこなかったのが不思議なくらい多くの精妙な対応を指摘することができる。

まず『不如帰』から検討してみよう。『不如帰』は日清戦争を時代背景とし、『草枕』は日露戦争を時代背景とする。川島浪子の新郎・海軍少尉川島武男男爵は日清戦争に召集されるが、志保田那美の甥・久一は日露戦争に召集され、彼女の前夫は戦時の混乱のなかで一旗あげる目論見からだろう、満州に旅立つ。波子も那美も結婚後まもなく離縁され、陸軍少将で子爵の父と海辺の別荘で淋しく暮らす。

京都旅行を終えた浪子と父親が乗り込んだ東京行き列車が山科駅から発車し、一時帰省後ふたたび出兵する武男を乗せた神戸行きの列車と偶然すれ違う。その瞬間、二人は窓越しに顔を見合わす。「狂せる如く、浪子は窓の外にのび上りて、手に持てる菫色の手巾《はんけち》を投げつけ」、「落つるばかりのび上りて、回顧りたる浪子は、武男が狂える如く彼《かの》手巾を振りて、何か呼べるを見」る。これが彼らにとって互いの姿の見納めとなるのである。あまたの読者の紅涙をしぼったこの有名な場面に、『草枕』のラストシーンは妙に類似している。

ヒロインどうしの名前も妙に類似している。語音の上で「那美」と「浪子」は互いに類似しており、しかも浪子は、会話においてはもっぱら「浪さん」と呼ばれている。そればかりではない。「川島浪子」が、逗子で結核の転地療法をした末に亡くなるという運命にちなんだネーミングだとすれば、「志保田那美」は、小森陽一が説くように〈塩田波〉と解くことができ(7)、海辺に暮らすヒロインが、海、温泉、川、池、雨などの〈水〉と縁深い存在であることを暗示するネーミングにもなっていると考えられる。

那美は、結婚したいと思っていた京都の青年をあきらめ、親の意向にしたがって富豪の銀行家に嫁いだとされるが、『金色夜叉』の鴫沢宮も、両親の意向にしたがって一高生の間貫一を裏切り、富豪の銀行家と結婚を選んでいる。

貫一の夢の中で、宮は彼を裏切ったことを悔いて断崖上で喉元を一刺しし、谷川の淵に身を投じ自害する(「続金色夜叉」)。この悪夢は、「鏡の池」で画工が画題を探して断崖を見ていると岩頭に入水自殺の意思をほのめかしていた那美が現れるというシチュエーションに似ている。紅葉は、浅瀬に横たわる宮の骸のさまを具体的に描写していないが、鏑木清方が添えた口絵は『オフィーリア』を想わせる(8)。

悪夢後、所用で那須塩原温泉に赴いた貫一は、奇しくも箒川《はばきがわ》の渓谷で、夢中の宮が投身した絶壁と寸部違わぬさまの「天狗岩」を見出す。「我未だ嘗て見ざりつる絶壁！　危しとも、可恐《おそろ》しとも、夢ならずして争《いかで》か飛下り得べき。又此の人並ならぬ雲雀骨の粉微塵に散つて失せざりしこそ、洵《まこと》に夢なりけれと、身柱《ちりけ》冷かに瞳を凝す彼の傍より、是こそ名にし負う天狗岩、と為《し》たり貌にも車夫は案内《あない》す（「続続金色夜叉」）。天狗岩は、塩原温泉の福渡《ふくわた》に実在する名所である。このあと貫一は、旅装を解いた畑下戸《はたおり》（今日では「畑下」と表記される）の温泉旅館で、「どうせ青臭い山の中で御座います」という仲居に対し、「青臭いどころか、お前、天狗岩だ、七不思議だと云ふ者が有る」と発言する。

興味深いことに、『草枕』にも「天狗岩」が登場する。峠の茶屋で雨があがると、婆さんが「そら天狗岩が見えました」とそれを画家に指し示す。そして画工は川舟で町へ下る際、那美に「天狗岩はあの辺ですか」と尋ねる。『草枕』において「天狗岩」は、まったくストーリー展開にかかわらないのに二回も登場し、かえって妙な存在感を放っている。漱石が歩いた小天の山道から見える山腹には、そういう名前の岩やそれらしい名所は存在しないという。[9] 漱石は、『金色夜叉』を踏まえていることを示す記号として「天狗岩」を書き入れたのではないだろうか。

遅れて来た小説家は、同世代で先にデビューして時代の寵児となった蘆花と紅葉の存在や、一般読者に流布している『不如帰』『金色夜叉』のイメージを強く意識していたに違いない。熊本時代は、ちょうど二大小説が一世を風靡していた最中であり、漱石は『金色夜叉』を『読売新聞』紙上の連載で読んでいた。[10] 大学予備門・第一高等中学校時代、紅葉は漱石の一年上級生だった。『吾輩は猫である』においても、『金色夜叉』の朗読会で東風が宮役をすることになったというエピソードとして『金色夜叉』の言及がある（「一二」）。漱石が『草枕』を、『不如帰』の舞台として知られる伊香保で執筆したらしいことも留意すべきだろう。[11] 『草枕』は『不如帰』『金色夜叉』の諸要素を換骨奪胎し、「非人情」の美学に則して脱メロドラマ化・中性化していると思われる。つまり漱石は『草枕』を書くことによって『不如帰』『金色夜叉』を内在的かつ実践的に批評し、脱構築したということである。
この脱構築が残したもっとも創造的な成果こそ、ほかならぬ温泉の表象だろう。蘆花と紅葉においては、伊香保温泉・熱海温泉・塩原温泉がストーリーの重要場面に登場しながら、フィジカルに描写されておらず入浴行為がストーリーに関与しない（箱根を舞台とした紅葉の短編小説『湯の花』〔一八九六年〕に対しても同じことがいえる）。『不如帰』「上編（一）の三」の旅館の一室で、武男は「……どれ、すぐ湯に入つて来やうか」と言って腰をあげるや、区切りの空行のあと、すぐに再入室し、「あゝ好心地《いいきもち》！」と入浴の感想を漏らす。そして「おや、旦那様は最早《もう》御上り遊ばして？」と言われ、「男だもの。あはゝゝゝ」と笑うだけだ。これに対して、『草枕』の温泉表象は非常にフィジカルであり、かつ豊かな意味作用を発揮する。その見事さを示すために、画工の夜半の入浴を叙述する第七章をまるごと引用したいくらいだ。漱石は画工の行為と身体感覚に則し、浴室や湯槽の形状や泉質を描き出す。『坊っちゃん』の温泉描写と類似する部分が複数あるが、より精緻な描写となっている。

三畳へ着物を脱いで、段々を、四つ下りると、八畳程な風呂場へ出る。石に不自由せぬ国と見えて、下は御影で敷き詰めた、真中を四尺ばかりの深さに掘り抜いて、豆腐屋程な湯槽を据ゑる。槽とは云ふものゝ矢張り石で畳んである。鉱泉と名のつく以上は、色々な成分を含んで居るのだらうが、色が純透明だから、入り心地がよい。折々は口にさへふくんで見るが別段の味も臭もない。病気にも利くさうだが、聞いて見ぬから、どんな病に利くのか知らぬ。固《もと》より別段の持病もないから、実用上の価値はかつて頭のなかに浮んだ事がない。只《ただ》這入《はい》る度に考へ出すのは、白楽天の温泉水滑洗凝脂《おんせんみずなめらかにしてぎょうしにそそぐ》と云ふ句丈である。温泉と云ふ名を聞けば必ず此句にあらはれた様な愉快な気持になる。又此気持を出し得ぬ温泉は、温泉として全く価値がないと思つてる。此理想以外に温泉に就ての注文は丸でない。

すぽりと浸かると、乳のあたり迄這入る。湯はどこから湧いて出るか知らぬが、常でも槽の縁を奇麗に越して居る。春の石は乾くひまなく濡れて、あたゝかに、踏む足の、心は穏やかに嬉しい。降る雨は、夜の目を掠めて、ひそかに春を潤ほす程のしめやかさであるが、軒のしづくは、漸やく繁く、ぽたり、ぽたりと耳に聞える。立て籠められた湯気は、床から天井を隈なく埋めて、隙間さへあれば、節穴の細きを厭はず洩れ出でんとする景色である。

図 1-3　前田案山子別邸湯殿跡・階段（筆者撮影）

前田案山子別邸の湯殿におおかた合致する描写である。実際に浴室は半地下形式で、一階から階段で下って入る（図1-3）。ただ、興味深い違いも見られる、実際の床や湯槽は御影石ではなく、コンクリートで出来ており、四壁のコンクリート部分には大判の模様タイルがはめ込んである。柱の一本は、木製だが白ペンキで塗装され、古代ローマかギリシアの石柱のような形状をしている。明治初期に九州の片田舎につくられたものとしては非常にハイカラといえよう。これらをその通りに描写したなら、骨董好きな老人が「孤村」で営む一軒宿というイメージを損ねてしまったことだろう。それに対して御影石は――『坊っちゃん』の浴室の床や湯槽も御影石製だった――地方色や伝統感と高級感をともに表現しえる的確な素材といえる。

主人公は温泉をわざわざ口に複数回含んで泉質を確認している。興味深いのは、無色透明無味無臭だが滑らかという泉質が白楽天（白居易）の『長恨歌』（九世紀初頭）の「温泉水滑洗凝脂」という詩句を喚起していることだ。これは、湯殿にヒロインが全裸で入ってくる呼び水として機能する。初訪時に漱石が吟じた俳句「温泉や水滑かに去年の垢」も同じ詩句を典拠にしており、小天温泉は『草枕』が執筆される八年以上前から漱石の脳裏においてその泉質を通じて楊貴妃が玄宗皇帝と浴した華清池と連合していた、ということがわかる。

漱石は諸感覚をフルに動員している。感覚的であると同時に分析的な記述がすばらしい。湯槽から絶え間なく溢れる源泉掛け流しの湯によって濡れている石の床面が、視覚だけでなく足の触覚を通して認識される。室内に限定されていた注意は、雨だれの音を通じて外の雨に広がったかと思うと、春雨に遮られた湯煙とともに床から天井まで充満する。濃密な湯煙は、「只一つの小さき釣り洋燈《ランプ》」の弱い光とともに、那美の登場において欠かしえぬ装置となる。奥の階段の上に彼女が立っても、「余」にはそれが誰かも、男か女なのかも見わけられない。人影は四段の階段の「一段を下り、二段を踏んで」も見定めがたい。黒い影が床面を音もなく何歩か歩んだところで、ようやく「余は女と二人、此風呂場の中に在る事」をさとる。
前田卓は、湯殿で漱石と山川に裸身をさらしてしまうという出来事あったと、晩年に回想している。

わたくしが夜晩く女湯に入らうといたしますと、微温《ぬるま》つてゐましたので、何人もゐないと思つて、男湯の方へ平気で這入つて行きました。すると、水蒸気の濛々と立ち籠めた奥の方で、お二人がくすく〳〵笑つていらしやる声がするぢやありませんか。わたくしはもう吃驚して、その儘飛び出してしまひました。それだけは事実でございます。(12)

浴室は板壁で男湯と女湯に仕切られていたが、女湯は男湯の湯を引いたものだったので男湯より温度が低かったのである(温泉の別浴化に伴って現れた女性差別といえる)。しかし、この貴重な証言から考えるべきは、漱石が実体験に相当な変形をほどこしたということだろう。『草枕』では女湯は存在せず、風呂場の「真中」にただ一つ湯槽が存在する設定になっている。かくして那美はいきなり水平に歩み寄るのではなく、まず階上に朧なシルエットを現す。そして、ゆっくり一歩一歩階段を降りて近づくという運動が、ここでエロティックなサスペンスをかたちづくることになる。以下のくだりは、漱石文学における唯一の女性のヌードシーンである。

室を埋むる湯煙は、埋めつくした後から、絶えず湧き上がる。春の夜の灯を半透明に崩し拡げて、部屋一面の虹霓《にじ》の世界が濃かに揺れるなかに、朦朧と、黒きかとも思はるゝ程の髪を暈して、真白な姿が雲の底から次第に浮き上がつて来る。其輪郭を見よ。
頸筋を軽《かろ》く内輪に、双方から責めて、苦もなく肩の方へなだれ落ちた線が、豊かに丸く折れて、流るゝ末は五本の指と分れるのであらう。ふつくらと浮く二つの乳の下には、しばし引く波が、また滑らかに盛り返して下腹の張りを安らかに見せる。張る勢を後へ抜いて、勢の尽くるあたりから、分かれた肉が平衡を保つために少しく前に傾く。逆に受くる膝頭のこのたびは、立て直して、長きうねりの踵につく頃、平たき足が、すべての葛藤を、二枚の蹠《あしのうら》に安々と始末する。世の中に是程錯雑した配合はない、是程統一のある配合もない。是程自然で、是程柔らかで、是程抵抗の少ない、是程苦にならぬ輪郭は決して見出せぬ。

漱石の筆は上から下へ、首・肩・腕・乳房・ウエスト・下腹部・太腿・膝・臑・足という順に女体を辿る。湯に濡れた床や階段を降りる描写は、裸の那美の全身をその蹠へ収斂するための布石でもあったのだ。

さて、こうした浴室と裸体の具体的記述は、『草枕』を、裸体表象を欠いた『不如帰』『金色夜叉』から画然とわかつ特徴である。(13) それどころか、漱石が読んだ西洋文学にも見られないほど大胆な記述だろう。しかもこれは単に新しく大胆なのではなく、『草枕』の芸術論と緊密な関係を結び、ストーリー性やドラマ性を意図的に封じたこの小説における重要な出来事となっている。

「余」はジョン・エヴァレット・ミレーの名画『オフィーリア』について「何であんな不愉快な所を択んだものか」と久しく不審に思っていたが、蓮實重彥が指摘しているように、意図せずしてオフィーリアの姿勢をとりながら、(14)「あれは矢張り画になるのだ」、「土左衛門は風流である」と評価を改め、那美から依頼されていた水死美人画の成就へ一歩近づく。温泉に身を漂わしながら、彼が戯れにつくる「土左衛門の賛」は示唆的である。「雨が降つたら濡れるだろ。／霜が下りたら冷たかろ。／土のしたでは暗からう。／浮かば波の上、／沈まば波の底、／春の水なら苦はなかろ」。仰向けに温泉に浮く体験から出来した理想的なオフィーリア——ただし、ぴったりの顔だけは相変わらず欠いている——が浮かぶのは、冷たい水や暗い地中との対比において称揚された、温かい「波の上」＝「春の水」だ。この親和的な水のイメージは温泉の変じたものにほかならず、「土左衛門の賛」は潜在的な温泉賛といえる。「波」は、もちろん「那美」に通じる。つまり、画家が水に仰向けに浮くことだけでなく、その水が春の海辺の温泉であるということが、那美のオフィーリア化に貢献しているのだ。このくだりは、入浴の浮遊感覚を表現している点で新鮮でもある。また陶然とした溺死のイメージは、『吾輩は猫である』のラストの猫の溺死を引き継いでもいよう。

　こうしたロマンティックなイメージの綾が画家の脳裏で紡がれているところで、湯殿に那美が現れるという段取りは完璧というほかない。かくして温泉は、「余」が西洋美術に対して感じてきたもうひとつの「不愉快」の解決に貢献することになる。裸体画の問題である。洋画家であるにもかかわらず、「余」はフランスを中心とした近代西洋の裸体画に違和感を抱き、悩んできた。「あまりに露骨《あからさま》な肉の美を、極端迄描き尽さうとする痕跡が、ありありと見えるので、どことなく気韻に乏しい心持が、今迄われを苦しめてならなかつた。然し其折々は只どことなく下品と評する迄、何故下品であるのかゞ、解らぬ故、吾知らず、答へを得るに煩悶して今日に至つた」という。

ところが那美の裸体にはそうした「下品」がまったくない、と「余」は感じる。媚びたポーズやまなざしと無縁で、裸であることが「神代の姿を雲のなかに呼び起こしたるが如く自然である」。「しかも此姿は普通の裸体の如くに露骨に、余が眼の前に突きつけられては居らぬ。凡てのものを幽玄に化する一種の霊氛《れいふん》のなかに髣髴として、十分の美を奥床しくもほのめかして居るに過ぎぬ」。日本的ヌードという新たな美の発見。その命たる自然さと幽玄は、人前で裸になっている理由が日本的温泉入浴にあることに加え、湯殿の仄暗さや湯煙の濃さが相まって醸し出されている。一八三〇年代前半に横山大観や菱田春草が印象派を意識しつつ日本画で試みた「朦朧体」をどこか想わせもする。[15] ただ、画家が説く美学を、単純にこの小説の美学や漱石の美学と重ねるのはどうか。

輪郭は次第に白く浮きあがる。今一歩を踏み出せば、折角の嫦娥が、あはれ、俗界に堕落すると思ふ刹那に、緑の髪は、波を切る霊亀の尾の如くに風を起して、奔と靡いた。渦捲く煙りを劈《つんざ》いて、白い姿は階段を飛び上がる。ホヽヽヽと鋭どく笑ふ女の声が、廊下に響いて、静かなる風呂場を次第に向へ遠退く。余はがぶりと湯を呑んだ儘槽の中に突立つ。驚いた波が、胸へあたる。縁を越す湯泉《ゆ》の音がさあ〳〵と鳴る。

漱石は那美を通し、余裕をもって画家の陶酔を茶化しており、吃驚した画工が湯をがぶりと呑んでしまうことが、湯殿の場面のはじめで彼が湯を口に含んで泉質を確かめていたことに対応したオチとなっている。画工の美学を乱す締め括りをも含めて、那美の侵入の描写は完璧なのだ。

8　混浴と裸体画論争

『草枕』の画工が浴室で日本的ヌードを見いだすという出来事の背後に潜んでいると思われる、文化的・時代的文脈を浮かび上がらせておきたい。

裸体ないし裸体画をめぐる論議は、すでに『吾輩は猫である』において、海水浴や温泉浴と関連づけられながら登場していた。十八世紀のイギリスでは「バス〔バース〕の温泉場」において「浴場内で男女共肩から足迄着物で隠した位」であり、「今を去る事六十年前」、とある美術学校で開校式のおり、臨席の淑女に対して「失礼があつてはならんと念に念を入れて顔迄着物をきせた」くらいである。それなのに「近頃は裸体画々々々といって頻りに裸体を主張する先生もあるがあれはあやまつて居る」と猫は考える。ルネサンス以降、西洋人はギリシア・ローマの裸体彫刻を根拠に裸体画を正当化するが、猫によれば古代ギリシア・ローマの表現を北方の西洋人が模倣するのも奇妙なことになる。

希臘《ギリシヤ》人や、羅馬《ローマ》人は平常《ふだん》から裸体を見倣れて居たのだから、之を以て風教上に利害の関係がある抔とは毫も思ひ及ばなかつたのだらうが北欧は寒い所だ。日本でさへ裸で道中がなるものかと云ふ位だから独逸《ドイツ》や英吉利《イギリス》で裸になつて居れば死んで仕舞ふ。死んで仕舞つては詰らないから着物をきる。みんな着物をきれば人間は服装の動物になる。一たび服装の動物となつた後に、突然裸体動物に出逢へば人間とは認めない、獣《けだもの》と思ふ。夫《それ》だから欧州人ことに北方の欧州人は裸体画、裸体像を以て獣として取り扱つていゝのである。猫に劣る獣と認定していゝのである。美しい？美しくても構はんから、美しい獣と見做せばいゝのである。

猫の極論を単純に漱石自身の見解とみなすのは危険だろう。私たちにとって興味深いのは、日本では温泉や風呂に裸体で入浴するのが一般的であることや、明治維新後、西洋的基準にしたがって公権力が公共浴場での混浴を禁止しながら、それが全面的に遵守されるにはいたらなかったという事実である。一八六九（明治二）年、東京府は銭湯における男女混浴を禁じる府達を発した。それ以降、類似の禁止が繰り返し発せられ、男女別入浴の浸透は遅々たるものだったが、明治末には東京の銭湯から混浴は姿を消していた。地方都市の銭湯もこれに準じると思われる。[16] けれども温泉、特に僻村の湯治場には混浴が残存していた。温泉研究家の八岩まどかは、明治末以降の日本の小説が「温泉情緒」を好んで描くようになる背景に、公共浴に関するこうした時代状況を見ている。

近代の小説を彩ってきた大きな要素のなかに、温泉情緒というものがあった。とくに明治時代終りから昭和初期にかけての小説にはいろいろな温泉が登場する。すでに銭湯は男女別になっている。たくさんの男と女が裸で同じ空間にいることが、なくなってしまった時代に入っていた。それでも温泉にだけは、失われた時代の香りが残っていた。[17]

温泉に残る混浴に対するノスタルジーやロマンティシズムが都市民のあいだに形成され、温泉における混浴が文学的トポスになった、というのである。八岩は例として『伊豆の踊子』『雪国』など大正以降の小説しか挙げていないが、『草枕』こそ「明治時代終り」の際立った事例である。近代化から取り残された一種のアジールとして小説家が温泉を取りあげるようになる指摘はとても有効だと思うが、すでに『草枕』に関してみたように、また川端康成の章で『伊豆の踊子』や『雪国』に関してみるように、混浴のエロティシズムやノスタルジーが、湯や湿度や陰、さらには外の自然的エレメンツや鄙びたものや古風なものと結ばれていることも文学的に重要な価値を帯びていたはずだ。また、混浴の表現をめぐっては社会的な規制という問題を看過することができない。『草枕』の湯殿の場面は混浴へのノスタルジーの形成を時代背景としながらも、当時は例外的で挑戦的な裸体表象だったはずだ。

同時代の論壇を騒がせていた「裸体画論争」や、文学による性表現に対する検閲状況を参照すれば、漱石の挑戦の大胆さがわかろう。「裸体画論争」の発端は、漱石と同い年で第一高等中学校の同級生、在学中に紅葉と硯友社を結成した山田美妙が、一八八九年一月『国民之友』誌に小説『胡蝶』を上梓したことを契機に生じた所謂「裸胡蝶事件」に遡る。壇ノ浦の戦いで入水し損なった官女・胡蝶が、打ち上げられた磯で素裸のまま、密かに恋慕していた平家の若武者・二郎春風と再会する。その場面を描いた小説には、裸身の胡蝶の挿画（渡辺省亭筆）が添えられており、これが風俗紊乱にあたるか否かをめぐって『読売新聞』紙上で賛否両論の投書合戦が繰り広げられた。一月十一日に掲載されるや、その翌日には森鴎外が反論を出し、「こんな先生に鎌輪《かまわ》ず裸で行けやポエジー（！）」と嘯いた。ちなみに美妙のかつての盟友・尾崎紅葉は、『胡蝶』の裸体画批判した側の一人だ。同年九月には、幸田露伴——彼も漱石と同い年である——が『風流仏』を、同じく『国民之友』に裸体挿画付きで発表し、同様の物議をかもした。青年仏師が慕う女性の裸像を彫り上げる『風流仏』は、『草枕』執筆に際して漱石が意識したのではないかとされている小説の一つでもある。

その後、裸体画論争はしばらく鎮静するが、漱石より一歳年長の黒田清輝がフランスから帰朝して再燃した。黒田がパリのサロンで発表済みの裸体画『朝妝』を一八九五年の第四回内国勧業博覧会に展示したところ、各紙があいついで公衆道徳の観点から展示を批判する論説を発表した。さらに一九〇一年、黒田が第六回白馬会展に『裸体婦人像』を出すと、警察署長の命によって、裸体画の下半身が布で覆われてしまった。いわゆる「腰巻事件」である。(18)

漱石が一九〇三年に東京帝国大学で講じた『文学論』では「数年前吾邦にあつて物議の焦点たりし裸体画問題」が取りあげられていた。彼は一連の裸体画論争を踏まえながら、新たなヌードを呈示すると同時に、画家がヌードを論じるという二重性、メタ思考を備えた小説を企てたのである。改めて、遅れを逆手にとる戦略を指摘することができる。

検閲に引っかかったりバッシングを受けたりする可能性も充分考量したに違いない。『吾輩は猫である』の「六」で、寒月が、烏のとまった柳の木の傍らで美人（美術学校のモデル）が横向きにたらいで行水をしている場面に、高浜虚子が通りかかり、一句ひねる、という一幕物のアイディアを語りだすと、苦沙弥は「そりや警視庁が八釜敷《やかましく》云ひさうだな」と口を挟む。明治二十年代以降、文学の性表現に対する検閲はかえって強化されていた。一九〇二年十一月には、島崎藤村が『新小説』に上梓した自然主義小説『旧主人』が、佐久地方の名家の妻の姦通を描き、発禁処分を受けるという事件が起きていた。漱石は『草枕』を『新小説』に発表することによって、山間の僻村の湯気が立ちこめた混浴温泉に画家が入浴しているというヴェールを通しながら、厳しさを増しつつあった検閲との危うい戯れを那美とともに演じていたのである。

9 『二百十日』のあらすじ

初秋、圭さんと碌さんという二人の青年が阿蘇山登山のために温泉宿に泊まっている。夕方、圭さんが散歩から帰ってくる。村鍛冶が蹄鉄を打つ音をきっかけに、圭さんは碌さんに子供時代の音――生家の豆腐屋の向かいの寺の鉦――の記憶を語ったり、「華族と金持ち」に対する悲憤慷慨を吐露したりする。

肌寒さを覚えた二人は温泉に入り、明日の予定を相談する。泊まっている肥った老人、隣の部屋の男二組、老婆が入浴しに来たので、圭さん・碌さんは退去する。

夕食になり、仲居に「ビール」を注文すると、「ビールは御座りませんばつてん、恵比寿なら御座ります」との返答。「半熟」の注文に対しては、生卵二個とゆで卵二個が給される。仲居から、阿蘇が普段より少し荒れていて「今夜は大変赤く見えます」といわれ、圭さん・碌さんは縁側に出る。噴火の凄さに碌さんは登山をためらう。

阿蘇神社参拝後、二人は火口を目指し、青草の高原の細路を登る。圭さんはまたもや華族・成金を批判する。天候がみるみる悪化し、二人は火山灰を含んだ風雨を浴び、どぶ鼠のような姿になってしまう。圭さんは黒い噴煙を見つめながら、「僕の精神はあれだよ」といい、「文明の革命」すなわち無血革命を望んでいることを告白する。

道に迷ったことに気づき、周囲を見渡すべく小高い盛り上がりに向かって猛然と進んだ圭さんは、草原中の溶岩流の跡地に転落してしまう。碌さんは崖が低くなっている箇所から圭さんを引き上げる。二人は登頂を見合わせ、阿蘇町の馬車宿に一泊する。

翌朝、熊本へ戻ろうと主張する碌さんに対し、圭さんは華族・金持ち批判を再開し、「我々が世の中に生活してゐる第一の目的は、かう云ふ文明の怪獣を打ち殺し、平民に幾分の安慰を与へるのにあるだらう」とアジる。その勢いに乗せられ、圭さんが「そこで兎も角阿蘇へ登ろう」というと、碌さんも「うん、兎も角阿蘇へ登るがよからう」と応じる。

10　内牧温泉

一八九九年八月末から九月初め、満三十二歳の夏目漱石は熊本第五高等学校同僚の山川信次郎と阿蘇旅行をした。第一高等学校へ栄転することになった山川を送別する意味合いの二人旅だったといわれる。同年九月五日付正岡子規宛書簡に旅中ものしたと思われる五一句二首が記されており、これらが阿蘇旅行に関する第一次資料をなす。熊本城下を発った漱石と山川は、阿蘇郡長陽村（現阿蘇郡南阿蘇村）にあった戸下《とした》温泉で一泊し、さらに同郡内牧《うちのまき》村（現阿蘇市阿蘇町）の内牧温泉に一泊したのち、宮地の阿蘇神社を参拝してから噴火口を目指し、山麓で道を失った。その日の夜は、交通の要衝である立野（現南阿蘇村）の馬車宿に泊まった。正岡子規宛書簡に「阿蘇の山中にて道を失ひ終日あらぬ方にさまよふ」という詞書があり、阿蘇山頂の句がないことからすると、『二百十日』と同様登頂をあきらめ下山し、『二百十日』とは異なって再挑戦せず熊本へ帰ったものと思われる。日程を証言する資料はないが、郷土史家の井上智重は、阿蘇神社の社務所日誌に記された天候から実際に二百十日の九月一日に登頂を試みたと推理している。[19]

図 1-4　山王閣漱石記念館・室内（筆者撮影）

彼らが迷った山麓はどこか。阿蘇三合目の坊中キャンプ場内に「漱石二百十日遺跡案内碑」、「小説二百十日文学碑」（二〇一六年の熊本地震により倒壊）、「灰に濡れて立つや薄と萩の中」「行けど萩ゆけどすすきの原広し」の二句を刻んだ碑、「赤き烟黒き烟の二柱／真直に立つ秋の大空」一首を刻んだ碑が散在する。「漱石二百十日遺跡案内碑」には「漱石が遭難した場所は碑の下方キャンプ場から善五郎谷一帯である」と記されているが、あくまで一説にとどまる。井上智重は坊中キャンプ場よりさらに上方の仙酔峡と比定し、火山学者・須藤靖明は米塚周辺と比定している。[20]ともかく阿蘇中岳北麓であることは間違いない。

旅中の最初の宿泊地・戸下温泉は、一八八二（明治十五）年、栃木温泉から引き湯し、黒川と白川が合流する渓流に開業した温泉だったが、ダム建設のせいで一九八四年に消滅した。

地理的観点から、圭さん・碌さんが山頂に挑む前夜に投宿する温泉宿のモデルは、漱石らが二日目に泊まった内牧温泉・養神館の方であると比定されている。内牧温泉は、阿蘇外輪山の一つで展望地として名高い大観峰の麓の田園にあり、阿蘇カルデラ内最大の温泉郷だ。一八九八年に井戸の試掘によって湯脈が偶然発見されたのがはじまりなので、漱石が訪ねたときはまだ新温泉だったことになる。のちに養神館は山王閣《さんおうかく》と名を変え、建物は鉄筋コンクリート建築に建て替えられた。漱石が泊まったといわれる二階六畳間を含む二階屋は、黒川に面した日本庭園の隅に移築され、「漱石記念館」と銘打って公開されてきたが(21)（図1-4）、熊本地震の影響で旅館とともに閉館してしまった。小説の冒頭、温泉町散歩から旅館へ帰ってきた圭さんは、一本の銀杏の木が門前に立つ「非常に細長い寺」を見たと語る。山王閣から徒歩十分ほどのところに、このモデルと比定される明行寺《みょうこうじ》がある。大銀杏が立つのは門前ではなく境内ではあるが。

11　火山の徴の下に

『二百十日』は、一九〇六年十月『中央公論』に発表された中編小説だ。『草枕』の場合と同様、熊本時代の山川信次郎との二人旅が素材となっているが、『草枕』が年末の二人旅を一人旅に変形したのと異なり『二百十日』は九月一日前後の二人旅を九月一日前後の二人旅として表象しているので、相対的に虚構化の度合いが低いといえるかもしれない。『坊っちゃん』『草枕』では地名や施設名が架空のものだったのに対し、「阿蘇神社」「阿蘇」「阿蘇町」「熊本」等、実在する固有名詞が記されている。とはいえ、温泉名や旅館名は伏されている『二百十日』の内容を単純に漱石の体験や意見として読むのは、やはり避けるべきだろう。皮肉屋で柔弱な碌さんを漱石と見なし、体格が良く剛健で慷慨家の圭さんを山川と見なす論もあるが、山川の父は豆腐屋どころか県令を務めた人物であり、「山川はやさ男で、軽口の諧謔家であったらしい[22]」といわれる。では、漱石が圭さんなのか。しかし、漱石の父は元町方名主、養父は古道具屋だ。主人公の現在の職業や、出来事の年代が示されていないのも、文学的操作の一種といえる。「文明の怪獣」を打ち倒す戦いに出ると声高に宣言する逞しい圭さんと、その悲憤慷慨を茶化しながらも彼に同行する食いしん坊で太った碌さんは、いささかドン・キホーテとサンチョ・パンサを想わせる。

概して『二百十日』は文学的評価が高くなく、論じられることが非常に少ない。漱石自身が、締切に追われて書いてしまった「杜撰の作にて御恥ずかしき限り」(一九〇六年九月九日付滝田樗陰宛書簡)と評していた。圭さんと碌さんの落語めいた会話を眼目とした小説であるとはいえ、圭さんの華族・金持ち批判は一本調子すぎ、それを茶化しつづけてきた柔弱で穏健で裕福な碌さんが、圭さんの無血革命運動への参加の呼びかけに乗るという結末は心理的正当化を欠き、唐突な印象を免れない。通常『二百十日』は、初期漱石の俳諧的文学(写生文的観照)から後期の深刻な小説へ移る過渡期の作と位置づけられている[23]。しかし、温泉の描写や、作品構造全体におけるその意味作用に注意するならば、様相は一変し、この小説が極東の火山列島の「感性」の曲り角を表現していることが浮かびあがる。

ここでも漱石の温泉描写は非常にフィジカルであり、生彩に富んでいる。『坊っちゃん』や『草枕』のような浴室・浴槽の詳細な描写はないが、主人公たちが庭に降り、貸し下駄をはいて入浴しに行くこと、彼らが入浴しながらガラス越しに外を眺めるのを通して、露天ではなく、浴室が庭の離れに建っていることがわかる。湯殿に入ると、圭さんが「分析表」を読んでから「無色透明だね」と言って温泉を口に含み、「味も何もない」と言ってそれを流しに吐き出す。すると碌さんは「飲んでもいゝんだよ」と言って温泉を「がぶがぶ飲む」。『草枕』の画家と同じく舌で泉質を確かめるさまが示されているだけでなく、西洋的・医学的な飲泉が示されているといえる。

裸体描写はというと、『草枕』の場合と非常に対照的に男性の裸体がユーモラスに描かれており、落語的会話も含めて、明かに『吾輩は猫である』の銭湯の描写を引き継いでいる。一方「婆さん」が入って来たので二人が退散するというオチは、那美の浴室入場のパロディーのようだ。

しかも圭さんが背中を洗う場面は、イメージの潜在的連鎖の次元においても重要な意義を担っていると考えられる。

〔……〕圭さんは、両足を湯壷の中にうんと踏ん張つて、ぎうと手拭をしごいたと思つたら、両端を握つた儘、ぴしやりと音を立てゝ斜《はす》に膏切《あぶらぎ》つた背中へ宛てがつた。やがて二の腕へ力瘤が急に出来上がると、水を含んだ手を、岡の様に肉づいた背中をぎちく磨《こす》り始める。

手拭の運動につれて、圭さんの太い眉がくしやりと寄つて来る。鼻の穴が三角形に膨張して、小鼻が勃として左右に展開する。口は腹を切る時の様に堅く喰締《くいしば》つた儘、両耳の方迄割けてくる。「丸で仁王の様だね。仁王の行水だ。そんな猛烈な顔がよく出来るね。こりや不思議だ。さう眼をぐり〳〵させなくつても、背中は洗へさうなものだがね」

圭さんは何にも云はずに一生懸命にぐい〳〵擦る。擦つては時々、手拭を温泉《ゆ》に漬けて、充分水を含ませる。含ませるたんびに、碌さんの顔へ、汗と膏《あぶら》と垢と温泉《ゆ》の交つたものが十五六滴づゝ飛んで来る。

「こいつは降参だ。ちよつと失敬して、流しの方へ出るよ」と碌さんは湯槽を飛び出した。

このおそろしくフィジカルでグロテスクな入浴描写――『吾輩は猫である』の銭湯の男たちの入浴描写を継いでいる――は、圭さんの逞しい体つきや、豪快でワンマンで少々野卑な性格や、碌さんの圭さんに対する受動性を象徴しているというにとどまらない。碌さんが浴びてしまう「汗と膏と垢と温泉の交つた」滴は、温泉と火山とのあいだの地質学的つながりを介して、翌日彼らが浴びる火山灰混じりの雨に連なる。つまり圭さんは、阿蘇山の噴煙に苦しめられながらも、心身両面において相当阿蘇山的であり、阿蘇山は相当圭さん的であるといえる。

実際、圭さんは阿蘇山の溶岩流の斜面を登りながら、むくむくと力強く立ち昇る噴煙をフランス大革命のエネルギーに喩えたうえで、あれが「僕の精神だよ」と碌さんに語る。そして『二百十日』は、「二人の頭の上では二百十一日の阿蘇が轟々と百年の不平を限りなき碧空に吐き出して居る」という一文をもって結ばれる。阿蘇が、民衆出身の圭さんが抱く憤懣や、同時代の日本の民衆の積年の憤懣に隠喩化されているのだ。圭さんの阿蘇登頂再挑戦と革命運動への誘いに碌さんが同意するにいたるのは、心理的には理解しがたいが、圭さんの「汗と膏と垢と温泉の交つた」滴と、阿蘇山の火山灰と雨の交じった滴を浴びた結果なのでは、つまり一種の伝染なのではないだろうか。門前町のうどんを食べた碌さんが、登山中、赤痢にかかる懸念を口にすると圭さんが「僕が看病をして、僕が伝染して」やると応じる。

最後に『二百十日』における〈火山〉を、文学史的・文化史的な角度から検討しておこう。

圭さんは妙に鍛冶の光景に執着している。

「呑気だから見てゐたのさ。然し薄暗い所で赤い鉄を打つと奇麗だね。ぴちく火花が出る」

「出るさ、東京の真中でも出る」

「東京の真中でも出る事は出るが、感じが違ふよ。かう云ふ山の中の鍛冶屋は第一、音から違ふ。そら、此処迄聞えるぜ」

漱石の念頭にはローマ神話の火と鍛冶と火山の神ウルカヌス（ギリシア神話のヘパイストスと同一視された）があったのだろう。「ウルカヌス」は volcan（火山の意味の仏語）や volcano（火山の意味の英語）の語源となった。ヨーロッパ最大の活火山であるエトナ山の地下でウルカヌスが鍛冶をして神々の武器を製造しているという伝承は人口に膾炙しており、漱石が充分それを知っていたことは、『吾輩は猫である』の「八」で迷亭が「ヴァルカンは鍛冶屋ですよ」と説明していたことが証している。『二百十日』内のイメージの水準でも、村鍛冶の描写は、その夜、圭さん・碌さんが旅館の縁側から見上げる阿蘇の噴火の赤光と呼応する（ちなみに圭さんが鍛冶屋から生家の豆腐屋の思い出を想起する流れは、この小説における〈火〉と〈水〉の交わりの一部となっていよう）。

『二百十日』の阿蘇表象には、ヴェスヴィオ火山のイメージも重なっているかもしれない。渡英の際、漱石を乗せた船は地中海でナポリに寄港し、彼は国立考古学博物館でポンペイの遺物（温泉関連の遺物もあったはずだ）を見学していた。十八世紀のイギリス画壇ではヴェスヴィオの噴火やポンペイの最期が顕著な主題となっていた。また一九〇二年には、ナポリ近郊の温泉や、噴火中のヴェスヴィオ火山の登山を活写したアンデルセンの『即興詩人』（一八三五年）の森鷗外訳が出版され、評判になっていた。

いっそう確かなのは、ここに日本固有の民俗的・宗教的イメージが潜んでいることである。登山中、人を苦しめるために金銭を使うような金持ちを「十把一とからげにして、阿蘇の噴火口から真逆様に地獄の下に落しちまつたら」と碌さんがけしかけると、圭さんは「今に落してやる」と息巻く。古代から平安時代、火山の噴火は人間に対する神の怒りとみなされ、それを鎮めるために祈祷や、火山にまつわる神社の昇格が行われていた。また、噴気地帯・熱水地帯を「地獄」に重ねた事例が、恐山、川原毛地獄、立山地獄、那須殺生石周園地、箱根大涌谷、別府温泉の諸地獄、雲仙地獄、阿蘇地獄温泉など日本列島の各地に見られ、多くは賽の河原や石地蔵などを伴っており、かつての修験道の霊場である。漱石はこの種の前近代的・民俗的な火山観を踏まえつつ、神の怒りを民の怒りへシフトし、圭さん・碌さんにバタ臭い「革命」を火山の隠喩で語らせたと思われる。この会話の前のくだりで彼らがした阿蘇神社参拝が伏線となっていよう。

さらに、彼らの阿蘇像には非常に明治的な相貌を指摘することができる。審美的な領域において火山を荒々しく男性的で崇高な存在として表象することが一般化するのは明治以降であり、これに関しては志賀重昂の啓蒙的地理学書『日本風景論』が時代を画したといわれる。『日本風景論』の雑誌掲載がはじまったのは一八九三年十二月であり、初版が刊行されたのは一八九四年、すなわち漱石が阿蘇に挑む五年前のことだ。志賀は同書第四章「日本は火山の多々なる事」において、日本の火山景観を、火山が少ない欧米や中国・朝鮮の景観と対比させながら、世界最高の風景としてナショナリスティックに称揚するとともに、「日本の歌人は単に『山』として火山岩の山岳若くは活火山を吟詠し、若くは風懐をこれに寄託せしのみにて、その火山岩の塊偉変幻なる所、活火山の雄絶壮絶にして天地間の大観を極尽する所に到りては、いまだこれを写さざるなり、詩客、画師、彫刻家もまた多く然り、これ千古の遺憾」と嘆いた。『二百十日』は志賀的ナショナリズムを共有してはいないが、志賀が指摘した火山表象のニッチを見事に埋める小説なっている。しかも火山と台風という組みあわせには、日本の風土性が凝集されているではないか。

『日本風景論』第四章第八節「南日本の火山」では「阿蘇山火山脈」が取りあげられる。坊中から北麓を登り中岳火口にいたるコースを描写しながら、志賀はカルデラ地形について説明し、「此の如き火口の絶大なるもの実に全世界第一と称す」と述べる。近代西洋地理学と崇高の美学が導入されたことによって、はじめて阿蘇山は世界一の火山として日本人に認識されるようになったのである。[24]須藤靖明は、漱石による阿蘇の火山活動の描写が極めて科学的であることに感嘆している。[25]

阿蘇登山の本旨を「剛健な趣味を養成するための旅行」と説く圭さんの言説に関しても、明治的性格を指摘することができる。心身の鍛錬・達成感・審美などに重心を置いた近代登山・スポーツ登山は、西洋で十八世紀末以降形成され、明治二十年代末から日本の青年層に広まっていった。「登山の気風を興作すべし」という付論で、国民の高邁化の観点から熱烈に登山を、ことに火山登山を推奨している『日本風景論』は、この方面においても絶大な影響力を発揮した著作にほかならない。志賀のアジテーションに感化された青年登山愛好家たちが山岳会（のちの日本山岳会）を結成したのは、『二百十日』執筆の前年の一九〇五年である。

『日本風景論』連載中の一八九四年一月、国木田独歩は弟と阿蘇登山を実践した。その経験を素材の一つとした彼の短編小説『忘れえぬ人々』は、漱石の阿蘇登山の前年にあたる一八九三年四月に『国民之友』誌に発表され、これを収録した短編小説集『武蔵野』は、漱石のイギリス留学中の一九〇一年に刊行された。そこには、「尤も僕等の感を惹いたものは九重嶺と阿蘇山の間の一大窪地であった。これは兼ねて世界最大の噴火口の旧跡と聞てゐたが成程、九重嶺の高原が急に頽《おち》こんで居て数里に亘る絶壁がこの窪地の西を廻つていくのが眼下によく見える」といったカルデラの地学的描写が登場する。「足もとでは凄まじい響をして白煙濛々と立騰《たちのぼ》り真直ぐに空を衝き急に折れて高嶽《たかだけ》を掠め天の一方に消えて了ふ。壮といいはんか美といいはんか惨といいはんか、僕等は黙つたまま一言も出さないで暫時《しばら》く石像のやうに立つて居た」といった描写は、志賀の要請にまっすぐ応えたかのようであり、『二百十日』の阿蘇表象の先駆けともいえる。独歩が取ったコースは、『日本風景論』が描写し、のちに漱石らが踏襲する中岳北麓コースだった。

『忘れえぬ人々』は、溝口の渡しの旅人宿で青年画家・秋山と青年作家・大津が語りあう旅の思い出を中心とした会話小説である。『二百十日』は、漱石の小説群のなかでもっとも『忘れえぬ人々』に近い。ただし、阿蘇山を雄大な眺望としてではなく、視界を乱して身体にまとわりつくカオスとして表現している点では真逆でもあるが。

『日本風景論』からはじまる火山文学ないし登山文学の系譜に連なりつつ、〈火山〉を国民的・民衆的不満の象徴に仕立て、文学的に温泉と連合させるというオリジナリティーや、体感的に表現するというオリジナリティーを示した『二百十日』を、私たちは火山の徴の下にある先駆的でずばぬけた温泉小説として銘記しておこう。

12 本格温泉小説のはじまり

三十九歳の夏目漱石が三篇の温泉小説を書くにあたって取材した三つの温泉は、いずれも彼が二十代終りから三十代はじめにかけて、小説家としてデビューするはるか以前、英語教師として地方都市に赴任した際に体験した温泉であり、小説においても東京から来た主人公が体験する〈地方〉の構成要素である。温泉地の地方性は、主人公にとって中央に対する遅れ、前近代性として立ち現れ、坊っちゃんから軽蔑を受けたり、画工や圭さんの子供時代の記憶を呼び起こしたりする。また、これらの小説には、彼が直前に書いた初小説『吾輩は猫である』のなかのモチーフがそこかしこに見られる。しかし、モデルとなった三温泉はたがいに大きく異っており、それらの差異は小説においてむしろ増幅されている。一年たらずの間に同一人物が一気に書いたとは信じがたいほど、それぞれの物語も雰囲気も文体も異っていることに驚かざるをえない。前例のない温泉小説のビッグバンが、一九〇六

（明治三十九）年に起きていたのだ。

『坊っちゃん』の温泉は、地方都市の住人が日常的に通う郊外の公共浴場としての温泉であり、東京から赴任した新米教師はそこへ徒歩で通う行為を、健康のための「運動」と心得ている。またこの温泉は、彼を含む様々な登場人物を交差させ、監視の場や噂が生まれる場となる。『草枕』の温泉は、旅する画工が独り静かに長逗留する、山海の擬似ユートピアであり、温泉宿の館主の令嬢の裸体を目にした画工に、新たな日本的ヌードの着想を提供する。『二百十日』の温泉は阿蘇登山のための足場であり、『草枕』の温泉が〈海〉と連合しているのに対し、〈火の山〉と連合している。また『草枕』の温泉が美しい裸女の登場するロマンティックな場所であるのに対し、無骨な男性ヌードが登場する滑稽でにぎやかな場所である。

フィジカルに描写された温泉が、それぞれストーリーとイメージからなる全体構造に有機的に組み込まれ、小説を深部から活気づけているという事態そのものが、著しい共通性をなしており、その限りで三作の温泉表象は、たがいに複雑な差異と類似の戯れを演じているである。漱石は自分の温泉体験を私小説的に表現することを望まず、逸話や実景を積極的に活かしながらも、体験に数々の意図的な変形をほどこした。変形は、温泉のフィジカルな描写を、小説の構造に編み物の図柄のように深く組み込まれ、温泉と登場人物の思考や行動のあいだに有機的な連関をもたらしている。その際、さまざま様態をとって間欠的に現れる〈水〉——その主要部分をなすのが温泉である——が非常に重要な役目を果たす。

モデルとなった三温泉が作中で仮名や匿名となっていることは、抽象的一般化に結びついているのではなく、その温泉の具体的個性の自由な活用に結びついており、また温泉の一般的イメージにも実在の温泉名のコノテーションにももたれかからずに、言葉で自律的な温泉空間を築くことに結びついている。漱石の温泉三部作は、いわば分裂的に異っていることにおいて根本的に類似しているのだ。

このことは、日本の近代小説史において画期的な意義を有する。温泉三部作は、『金色夜叉』や『不如帰』の地平から飛躍しているだけではない。幸田露伴の『縁外縁』（一八九〇年、のち『対髑髏《たいどくろ》』と改題）、硯友社の江見水蔭の『温泉』（一八九五年）、泉鏡花の『海の鳴る時』（一九〇〇年）、『湯女の魂』（同年）、『銀短冊』（一九〇五年／漱石が『近作短評』で批評している）といった幻想的短編小説では、人里離れた山国や雪国の温泉宿が、異常な出来事が生じるための象徴的な「舞台」として登場するにとどまる（怪異や幻想と温泉との密なつながりは日本的現象と思われ、文学史的にも興味深いが、本書では論議する余猶がない）。森鷗外は軽井沢への旅を綴った『みちの記』（一八九〇年）で山田温泉を素描していたが、まだ温泉小説は書いていなかった。漱石より若く、先立って文壇に登場した「自然主義」の作家はどうか。国木田独歩の『湯河原より』（一九〇二年）で一人称の主人公が湯河原の旅館へ行くのは、恋する女中に逢いに行くためだけであって、温泉場の描写はほとんどない。島崎藤村も盟友の田山花袋もまだ「自然主義者」としては温泉小説を書いていなかった。(26) 夏目漱石こそ「本格温泉小説」の開祖と考えられるのだ。

彼が一九〇六（明治三十九）年にかくも画期的な温泉小説を書いた／書きえたのは、なぜだろうか。温泉好きであったことは間違いなく、温泉場を描くという選択に彼の嗜好と経験は当然関与したことだろう。しかし、温泉小説の画期性をそうした個人的問題に還元できないことは、伊香保温泉をひといちばい愛していた徳冨蘆花が『不如帰』でそれをごく淡くしか表現できなかったという一事をとってもわかる。小説において温泉を対象化するには、おそらく新たな問題意識とエクリチュールがなければならない。

すでに温泉場を舞台にした小説で絶大な名声を博していた同世代の紅葉と蘆花に約十年遅れてデビューした新人だった、ということは軽視できまい。この大きな遅れは、かえって漱石に紅葉や盧花による温泉表象に対して距離を取らせ、それを批評的に見つめなおし、飛躍を遂げる契機を提供したとはずである。

そして『吾輩は猫である』を踏まえていえば、西洋の近代文学を専門的に研究した小説家である漱石が、フィジカルなものを軽視せず、特定の空間において身体が演じる行為や、それにまつわる感覚やファンタスムに注意していたこと、しかも深い西洋的教養を身につけながら、明治の日本の小説家として自分が何をなすべきかを絶えず考えていたことが、温泉への着目を促したより深い動機だったと考えるべきだろう。彼は身体的・感覚的なものを不変で等質な自然とは見なさず、歴史的に形成され変化する文化的・社会的複合体として捉えており、一見低俗で些末的で非本質的に見える身体的振る舞いという次元に、西洋化ないし近代化の過程で生起しつつある「感性」のリアルなドラマが潜んでいるということに気づいていた。要するに、比較文学史・比較文化史的観点に立って明治の入浴文化（銭湯、海水浴、水泳、温泉浴……）をみつめていたのだ。

坊っちゃんが実践する「運動」は、『坊っちゃん』一挙掲載の数カ月前に『ホトトギス』に掲載された『吾輩は猫である』第七章で「猫」が語っているとおり、明治維新後、西洋から日本へ「病気」

のように伝播した異常な行動にほかならない。「猫」が列挙する運動種目中には、坊っちゃんが好きな水泳も、圭さんが好きな登山も、ちゃんと入っている。明治三十年代半ばから四十年前後は、海国イデオロギーの育成の観点から海での水練が奨励され、東京の学生たちが房総海岸に大挙して押し寄せるようになった時期である。(27)『坊っちゃん』における温泉水泳とは、東京育ちのエリート青年のハイカラな勇み足であり、西洋的な温泉浴と海水浴の類似関係を媒体に、体育としての水泳という近代的コードと温泉入浴の伝統的コードとのあいだに生じた衝突であると解釈できる。

コラム① 銭湯と温泉のあいだで

江戸時代、銭湯の流し場の奥に「柘榴口」という潜り戸を設けたのは、浴槽からの蒸気をこもらせて半蒸し風呂状態にするためだった。採光は、流し場からこの小さな開口部を通して差し込むだけだったので、入浴者はたがいの顔も見えないほどだった。

一八七七（明治十）年、神田連雀町の湯屋主人鶴沢紋左衛門が「各地温泉の浴槽からヒントを得て、柘榴口の外囲い（破風造りの小屋）を全部取りのぞき、湯槽を低く下げて流し場とすれすれにし、改良風呂と称した」。明るく開放的で清潔な「改良風呂」は東京市内の評判となり、一般には「温泉式風呂」と呼ばれたという（『公衆浴場史』全国公衆浴場環境衛生同業組合連合会、一九七二年、七〇ページ）。要するに現在の銭湯の基本形が、「温泉」をモデルに生まれていたのだ。

一八九七（明治十二年）、警視庁は衛生と風紀の観点から、東京府下の柘榴口を明治十八年十一月までに撤廃するよう銭湯に通達した。しかし、これはどだい無理な命令だったと思しく、銭湯のほとんどが改良風呂に改まったのは明治三十（一八九七）年頃になってで、ところによってはその後も柘榴口がしぶとく残っていたという（武田勝蔵『風呂と銭湯の話』一九六七年、一〇七ページ）。『吾輩は猫である』の銭湯の浴室はすでに古風なタイプだったということがわかる。

江戸では、江戸時代後半から、一般の銭湯と区別されたものとして、生薬や再生温泉による「薬湯」を売りにした銭湯が人気を博し、文化文政期に流行のピークを迎えた。明治の東京の再生温泉は、いったん衰えた江戸の再生温泉の、装いを新たにした再生だった。当初は保健医療を主旨としていたが、次第に娯楽化し、明治十年代が最盛期だった（『公衆浴場史』一一一―一一二ページ）。永井荷風はエッセイ『上野』（一九二七年）のなかで、この種の東京温泉を回顧している。根津権現門前の遊里が一八八八（明治二十一）年に須崎に強制移転させられたあと娼楼のひとつが「温泉旅館」に改装されたことに触れ、こう注釈する。

当時都下の温泉旅館と称するものは旅客の宿泊する処ではなくして、都人の来つて酒宴を張り或は遊治郎の窃《ひそか》に芸妓矢場女の如き者を拉して来る処で、市中繁華の街を離れて稍《やや》幽静なる地区には必《かならず》温泉場なるものがあつた。則《すなわち》深川仲町には某楼があり、駒込追分には草津温泉があり、根岸には志保原〔塩原〕伊香保の二亭があり、入谷には松原があり、向島秋葉神社境内には有馬温泉があり、水神には八百松があり、木母寺の畔には植半があつた。

駒込の「草津温泉」は根津から近い。逍遥が描いたそれに遊興的雰囲気があり、漱石が描いたそれにないのは、時期の差が関与しているのかもしれない。

明治の再生温泉ブームは、文明開花的な温泉再開発や海水浴場開発とも関連していた。『公衆浴場史』は、「再生温泉の繁盛から、西洋医学による薬湯営業が現われ出して、ヨジウム温泉、カルルス泉などと名づけて病人や奇を好む客を招き、これがまたたいそう繁盛した」と述べ、一八七三（明治六）年五月の昇福亭（神田雉子町）の「官許、西洋法薬ヨジウム温泉場」（「ヨジウム」とはヨウ素のオランダ語）という引き札や、海水浴の父・松本順が調薬した薬湯（日本橋蛎殻町）のオープンを報じた一八七五年の新聞記事を紹介している（一一一ページ）。昇福亭の主人は、数年後に改良風呂を発明する鶴沢紋左衛門そのひとだ。明治十五年頃になると、海水浴の流行に伴って、沿岸に海水を沸かした「海水温浴場」が増え、東京では芝浦がこれで名高かった（一一六―一一七ページ）。漱石も少年期にこうした海水銭湯に入浴していた（漱石の三兄和三郎は「三田附近と漱石」という回想で、少年だった漱石が「僕は嫌だよ。兄貴〔長兄大一〕と歩くとお供にされるから。海水浴〔料理屋兼銭湯〕へ行つても、女中達が僕のことをお供さんと云ふのだもの」とぼやいたと書いている〔一九三五年版『漱石全集』月報第一八号〕）。

なお『公衆浴場史』によれば、「東京市内の再生温泉流行に刺激されて、市内または郊外の堀井戸でたまたま発見の鉱泉の湧出を知り、これを熱して温泉として宣伝の浴場」も現れた（一三一ページ）。漱石が『文学評論』で言及した「池上の温泉」はこうしたもののひとつ「池上温泉明保乃楼」だろう。

　海岸で海水を浴びる「潮湯治（しおとうじ／しおゆあみ）」は、古来からあったが、伊勢の二見浦《ふたみがうら》、知多半島の大野浦など限られた海岸で行われていた。瀬戸内海では海水を使った岩窟での蒸し風呂があり、都市に近い海岸部では海水を沸かして提供する場所もあった。都の貴族には、海水や藻塩を邸内に取り寄せ、潮湯浴みする例もあった。海水浴推進者の一人、後藤新平は大野の潮湯治を調査しており、また、松本順が海水浴推進者になったきっかけは鶴岡の海岸の湯野浜温泉で潮湯治を体験したことだった。ラッセル博士も温めた海水による療法も考案していたとはいえ、西洋では海水温浴は普及しなかった。明治以降拡まり現在ではわずかしか残っていない「海水温浴場」は、おそらくこうした伝統的な海水療法の流れを汲みながら、近代海水浴や近代の温泉医学との関連でヴァージョンアップされたものと考えられるが、不詳な点が多い（『公衆浴場史』一一三―一一七ページ、畦柳昭雄『海水浴と日本人』中央公論社、二〇一〇年、九―一三、二七、六二、七一ページを参照した）。

　ところで、東京の伝統的な銭湯建築として多くの人が思い浮かべるのは、浴室内壁のペンキ絵や、正面玄関上に曲線的な「唐破風《からはふ》」の屋根があり、脱衣所が吹き抜けで、その天井が「格天井《ごうてんじょう》」（しばしばより高級な「折上格天井《おりあげごうてんじょう》」）になっている木造宮造り建築だろう。これらのはじまりは意外と新しい。

　ペンキ絵は、一九一二（大正元）年、神田猿楽町のキカイ湯が増築される際、経営者・東雄三郎《あずまゆうざぶろう》が画家・川越広四郎《かわごえこうしろう》に壁画を依頼し、川越が富士山を描いたのがはじまりで、その後、富士山は定番の主題となった。古いペンキ絵は残っていないので確かなことは言えないが、七里ヶ浜や西伊豆から前景に海を入れ込んだ構図や、芦ノ湖を前景とした構図が多いように思う。関東人の富士のイメージであるとともに、旅情を誘う。また、浴客は無意識のうちに自分の入浴を海水浴や、海辺の温泉の入浴に重ねたはずだろう。

銭湯史研究家の町田忍は、宮大工の技術を身につけていた大工・津村享右《きようすけ》が関東大震災復興期に墨田区で宮造り銭湯を創始したことを突き止めている。RC建築や看板建築が下町に増えていく時世、あえてレトロに城か寺社のようにデザインすることによって、豪華さや、聖域的・極楽的雰囲気を演出したと考えられる。

武田勝蔵は、宮造り銭湯の唐破風を柘榴口上部の唐破風に倣った意匠と解釈している（武田前掲書、一一〇ページ）。しかし、柘榴口の廃止から宮造り銭湯の誕生までの期間があきすぎている点、柘榴口の破風には鳥居型も多かった点、銭湯には千鳥破風も多い点などが気にかかる。建物のファサードという位置を踏まえれば、脱衣場の格天井と合わせて、明治以降に各地の温泉場に現れた豪勢な宮造り旅館に直接的には倣った、と考えた方が自然ではないだろうか。

道後温泉本館の「神の湯本館」（一八九四年）の正面玄関と二つの出入口には唐破風の庇屋根が備わっている。宝塚「旧温泉」ホテルは、一九一七年の改築によって玄関に唐破風が付いた。これに関して、近代建築史研究の川島智生は「このような手法は明治後期より道後温泉や別府温泉など全国各地の温泉場で流行するもので、設計にあたっては『諸所の温泉場を参酌』したという」と述べている（『宝塚温泉リゾート都市の建築史』関西大学出版局、二〇二二年、四〇ページ）。宮沢賢治ゆかりの西鉛温泉・秀清館（一八九二年）にあった四階建て旅館の玄関にも、唐破風が付いていた（本書一七九ページを参照されたい）。

東京に近い温泉地では、箱根に古い宮造りの温泉旅館が多く残っている。宮ノ下の富士屋ホテル本館は、一八九一年に奈良屋ホテルに対抗して唐破風や千鳥破風を設けた。塔ノ沢の福住《ふくずみ》楼主屋の玄関（一八八七年の改築時のもの）は唐破風を冠する。湯本の福住旅館の「萬翠楼」一五号室（一八七八年）、塔ノ沢の元湯環翠楼本館南棟の大広間（一九二四年）、一の湯旅館本館の大広間（一九二二年）などの天井は、折上格天井である。

第二章　夏目漱石　二——『思ひ出す事など』『行人』『明暗』

1　温泉三部作以降

一九〇六（明治三十九）年の夏目漱石の温泉三部作以後、彼が没する一九一六（大正五）年十二月九日までの間、大塚楠緒子の『露』（一九〇七年）、高浜虚子『温泉宿』（一九〇八年）、森田草平『煤煙』（一九一三年）、久米正雄『山の湯』（一九一六年）と、若い門人が温泉小説を発表している。ここには明らかに漱石の影響があろう。漱石の口利きによって森田が『東京朝日新聞』に連載した長編『煤煙』では、雪山での心中を決意した小島要吉（森田草平）と真鍋朋子（平塚明子／らいてう）が那須塩原に湯宿に泊まる。ランプの明かりに湯気がたちこめた夜浴室の湯に要吉が浸かって「このまま、水の上に泛んだまま、二たび眼を開かなかったら」と思っていると、湯殿の戸を開ける音がするが、「男とも女とも見分け難い」。森田が自分と平塚との心中未遂事件の一コマをそのまま綴ったものかもしれないが、書きざまが『草枕』の湯殿の場面を想わせる。『金色夜叉』の塩原から『煤煙』の塩原へという、温泉地での心中未遂の物語の系譜を指摘することもできる。(1)

森鷗外は、長編小説『青年』(一九一一年)の終わりに、小泉修吉が箱根湯本の温泉旅館(萬翠楼福住)で坂井夫人と画家に面会するエピソードを入れた。『青年』が漱石の『三四郎』をライヴァル視した青春小説であることはよく知られているが、温泉場の夫人と画家という設定は『草枕』を想わせもする。同じ頃、谷崎潤一郎は『飈風《ひょうふう》』(一九一一年)、『金色《こんじき》の死』(一九一四年)を書き、漱石に私淑していた志賀直哉は『襖』(一九一一年)や『濁った頭』(一九一三年)を書き、木下杢太郎は『山の焼けた日の夕方』(一九一五年)を書いた(漱石はこの短編を収録した小説集『唐草表紙』の「序」を書き、そこで木下の小説の特色は哀愁を帯て「ぼうつと」していることだと述べ、その具体的形象として「薄暗い蔵とか、古臭い行燈」などとともに「温泉場」を挙げている)。

漱石一派と対立関係にあるとみなされていた「自然主義」の小説家も、この時期、次々と温泉を描いており、漱石の温泉小説のひそかな影響があったように思われる。ただ、島崎藤村も田山花袋も、漱石に比べると、積極的に温泉を作品の構成要素にしようとする姿勢が感じられない。藤村が小諸時代に執筆し、一九〇二(大正元)年に刊行した『千曲川のスケッチ』には「山の温泉」という写生文があるが、温泉へ行くまでの風景と、温泉宿の二階から見える風景が描かれているだけだ。最初の長編私小説『春』(一九〇八年)では、導入部に箱根の温泉が登場する。「明治二十六年の夏」、岸本(藤村)、青木(北村透谷)、市川(平田禿木《とぼく》)、菅(戸川秋骨)の三人の青年が東海道吉原宿(富士見市)の旅館に集合してから、元箱根へ行き、沸かし湯の安宿に泊まる。翌日、青木と市川は帰京し、岸本と菅と彼らに合流した旧友の足立（馬場孤蝶）の三人は、「塔の沢」の千歳橋たもとの温泉旅館(2)へ移り、岩風呂に入浴する。三日目、足立が帰京し、岸本と菅は元箱根の旅館に戻る。温泉の存在感は乏しく、主眼は文学青年たちの恋愛と文学をめぐる談議にある。

藤村の第二の長編私小説『家』（一九〇九―一九一〇年）では、温泉行自体にもっと小説的意義がある。橋本正太の老母お種が冬の伊東で湯治をし、正太と妻の豊世が見舞いに来る。お種は夫の達夫が手紙をよこさないことや、倅夫婦が抱えている問題が心にのしかかっているが、かえって気が昂って湯治客たちとの隠し芸会で「万歳《まんざい》」を披露する。倅夫婦が帰ったあと、死んだように一人湯に浸かり、過去を回想する。湯から上がって姿見の前に立ち、「湯で曇つた玻璃《ガラス》の面を拭いてみると、狂死した父そのままの蒼ざめた姿が映つてゐた」。

田山花袋が友人の柳田国男から教えてもらった陰惨な事件を題材とした短編『ネギ一束』（一九〇七年）では、温泉場で祭文読みの夫に捨てられた貧しい女が、飢えて畑のネギ一束を盗んだところを温泉宿の老番に見られ、自分の赤ん坊を締め殺して首を括ろうとする。優れた短編小説だが、「戸外は秋の灰色に曇つた日、山の温泉はやゝ閑で、此の小屋の前から見ると、低くなつた凹地に二階三階の家屋が連つて、大湯から絶えず立颺《たちあが》る湯の烟は静かに白く靡《なび》いて居た」といったぐあいに、温泉宿は背景として外見が淡く描かれているだけだ。上州の温泉宿に宿泊した三人の青年（うち一人は花袋自身がモデル）が主人公の短編『絵はがき』（一九一三年）も、その点では大差なく、湯上り後に書く恋文が主眼である。田山一家の伊香保旅行を素材とした私小説『赤い肩掛』（同年）、花袋の日光湯元温泉逗留を素材とした私小説『山の湯』（一九一四年）は、温泉場の情景を具体的に描いているが、イメージの広がりも、ドラマの展開も乏しい。硯友社時代の小説と比べ、フローベール、モーパッサン、ゾラ等の影響を受けた一九〇〇年代以降の花袋の小説は、文語体や美文の定型表現が斥けられ、言文一致体で性愛や貧困が写実的に描かれる。この時期、花袋は「露骨なる描写」（一九〇四年）や「平面描写」（一九〇九年）を提唱して自然主義の論客として振る舞ってもいる。けれども、場所の描写と物語との関係という水準では硯友社時代から彼の小説はほとんど変化しておらず、叙景が平板で静態的で小説全体への組み込みが浅いのだ。藤村についても同様の傾向を指摘できる。

自然主義サイドで温泉の表象が群を抜いていると思われるのは、お島の流転の半生を語る徳田秋声の『あらくれ』（一九一五年）である。神田の缶詰屋の主人・鶴に耐えかねたお島は、兄を頼って北関東の山間のS—町に移り、身持ちの悪い兄の負債の「質」として、もらい湯に通っていた旅館・藤屋で奉公する。いつのまにか若主人と懇ろな関係になってしまったことが、彼女の風呂掃除を通して表現されている。

窓に色硝子をはめた湯殿には、板壁にかかつた姿見が、うつすり昨日《ゆうべ》の湯気に曇つてゐた。お島その前に立つて、いびつなりに映る自分の顔に眺入つてゐた。親達や兄や多く知つた人達と離れて、こんな処に働いてゐる自分の姿が可憐《いじら》しく思へてならなかつた。

お島は湯をぬくために、冷たい三和土《たたき》へおりて行つた。目が涙に曇つて、そこに溢れ流れてゐる噴井《ふきい》の水も見えなかつた。他人の中で育つて来たお蔭で、だれにも痒いところへ手の達《とど》くやうに気を使ふことに慣れてゐる自分が、若主人の背《せなか》を、昨日《ゆうべ》も流してやつたことが憶出された。さうした不用意の誘惑から来た男の誘惑を、弾返すだけの意地が自分になかつたことが悲しまれた。

「鶴さんで懲々《こりごり》してゐる！」

お島はその時も、溺れてゆく自分の成行きが不安であつた。

お島は力のない手を、浴槽の縁につかまつたまま、流れ減《た》つて行く湯を、うつとりと眺めてゐた。ごぼごぼといふ音を立てて、湯は流れ落ちていつた。

橋をわたつて、裏の庫《くら》の方へゆく、主人の筒袖を着た細りした姿が、硝子戸ごしにちらと見られた。
（五十四）

この憚られる関係のせいで、お島は「浜屋といくらか縁続きになつてゐる山のある温泉宿」へ追いやられる。『あらくれ』はその全体がさまざまな様態の〈水〉に浸透された小説であり、間違いなく秋声は、そうした〈水〉の戯れを通して浜屋の風呂場から山の温泉への連携を仕組んでいる。「一雨ごとに桑の若葉の緑が濃くなつて行つた」とき、長年会っていなかった東京・王子の父親がやってきて、零落した彼女を連れて帰ると言って譲らない。


廊下をうろうろしてゐたお島の姿が、やがて浴場の方に現れた。

お島は目に一杯涙をためて、鏡の前に立つてゐたが、硝子戸をすかしてみると、今起きて出たばかりの男［お島を見舞いに来ていた浜屋若主人］の白い顔が、湯気のもやもやした広い浴槽のなかに見られた。

「弱つちまふね、お父さんの頑固にも……」お島はそこへ顔を出してため息を吐《つ》いた。

「何といつたつて駄目だもの。」

どうしやうと云ふ話もきまらずに、そこに二人は暫く立ち話をしてゐたが、するうち晷《とき》が段々移つていつた。

浜屋が湯からあがつた時分には、お島の姿はもうどの部屋にも見られなかつた。（五十九）

風呂掃除のシチュエーションが変奏されながら、お島のまなざしが活かされているのだ。ちなみに、お島のさらなる転身を示唆しながら『あらくれ』を締めくくるのは、この温泉とは別の「遠い山のなかのある温泉場」である。動きの厚みのある描写と、構成の妙により、長編小説のなかで温泉や風呂の場面が広がりのある効果を発揮している。型破りな女を主人公に据え、その半生を生き生きと物語っているという点でも傑出した長編小説といえる。

他方、本格温泉小説の本家本元の夏目漱石の小説には、しばらく温泉が直接的には登場しなくなる。『二百十日』の次作『野分』（『ホトトギス』一九〇七年一月）の三人の中心人物の一人、大学を卒業したばかりの神経質な青年・高柳周作は、実人生の苦悩を表現した野心的小説を構想しているものの、糊口をしのぐ翻訳仕事で執筆する時間がなく、しかも「結核の初期」を患っている。資産家の息子ですでに審美的文章を公表している同窓の友人・中野輝一は、高柳の窮状を見かね、費用は負担するので温暖な海岸か温泉へ転地し療養しながらその小説を書きあげることを勧める。高柳はありがたい提案を受け容れて百円を受け取るが、けっきょく転地しない。私淑する文学者・白井道也へ転地の予定を報告しに行った彼は、白井が同額の借金に困っていることを知るや、出版のあてのない白井の大部な『人格論』の原稿を購入すると申し出て百円を白井に渡してしまうのだ。ただし、初期温泉三部作では明示されていなかった〈湯治〉が話題になっている点が興味深い。

多病だった漱石の温泉行には、湯治ないし転地療法が多い。一八九〇（明治二十三）年夏、トラホーム治療のために逗留した姥子《うばこ》温泉。東大卒業後の一八九四年夏、結核を心配して逗留した伊香保温泉。一九一〇（明治四十三）年八月、胃潰瘍の療養として長与胃腸病院退院後に赴いた修善寺温泉。一九一六（大正五）年一月、リューマチ（糖尿病だった可能性がある）治療のため滞在した湯河原温泉……。観光旅行、講演旅行、あるいは新婚旅行などの途上における温泉地宿泊も相当ある。とはいえ、湯治に勘定できない短期の滞在も、漱石の心身の不調が慢性的だったことを思えば、多かれ少なかれ療養か保養という側面を有していたに違いない。

2　修善寺温泉

漱石は『行人』（『朝日新聞』一九一二年十二月六日―一九一三年十一月五日）で登場人物のHさんの手紙を通し、修善寺温泉の地勢をこのように述べている。

御承知の通り此温泉場は、山と山が抱合つてゐる隙間から谷底へ陥落したやうな低い町にあります。一旦其所《そこ》へ這入《はい》つた者は、何方《どつち》を見ても青い壁で鼻が支つかへるので、仕方なしに上を見上なければなりません。俯向いて歩いたら、地面の色さへ碌に眼には留まらない位狭苦しいのです。今迄は海よりも山の方が好いと云つてゐた兄さんは、修善寺へ来て山に取り囲まれるが早いか、急に窮屈がり出しました。私はすぐ兄さんを伴《つれ》て、表へ出て見ました。すると、普通の町なら先《まず》往来に当る所が、一面の川床で、青い水が岩に打《ぶ》つかりながら其中を流れてゐるのです。だから歩くと云つても、歩きたい丈歩く余地は無論ありませんでした。　（「塵労」三十五）

実際、達磨山系を東流する桂川が形成した狭い谷間にあるせいで、修善寺温泉は三方を山に囲まれており、漱石の頃も現在も老舗旅館や商家は桂川の両岸に連なっている。漱石が町の「往来」になぞらえたその川床は、複雑にえぐれた白色凝灰岩だ。

左岸の温泉街の裏手に北条氏が庇護した「修禅寺」があり、「修善寺」という地名はこの古刹にちなむ。頼朝の異母兄弟・源範頼《のりより》は修禅寺に幽閉後に暗殺され、鎌倉幕府二代将軍・源頼家も同様の運命をたどった。伝承によれば、大同二年（八〇七）年、修行のためにこの地を訪れた弘法大師空海が、寺ばかりか温泉も開いたことになっている。桂川から露頭した岩の上で病んだ父の沐浴を手伝っている孝行息子を見て、空海が独鈷でその岩をひと突きすると湯が湧き出した、それが川中の半露天の共同浴場「独鈷《とつこ》の湯」(3)である、と。

修善寺の「菊屋別荘」（別館）で避暑する北白川宮成久王の随行係を務める予定になっていた松根東洋城（松山中学校の教え子で俳人）が、長与胃腸病院(4)を退院した師に同じ温泉場での転地療養を勧め、主治医もそれを許可した。正岡子規が一八九二（明治二十五）年の箱根・伊豆吟行の途上訪ねた

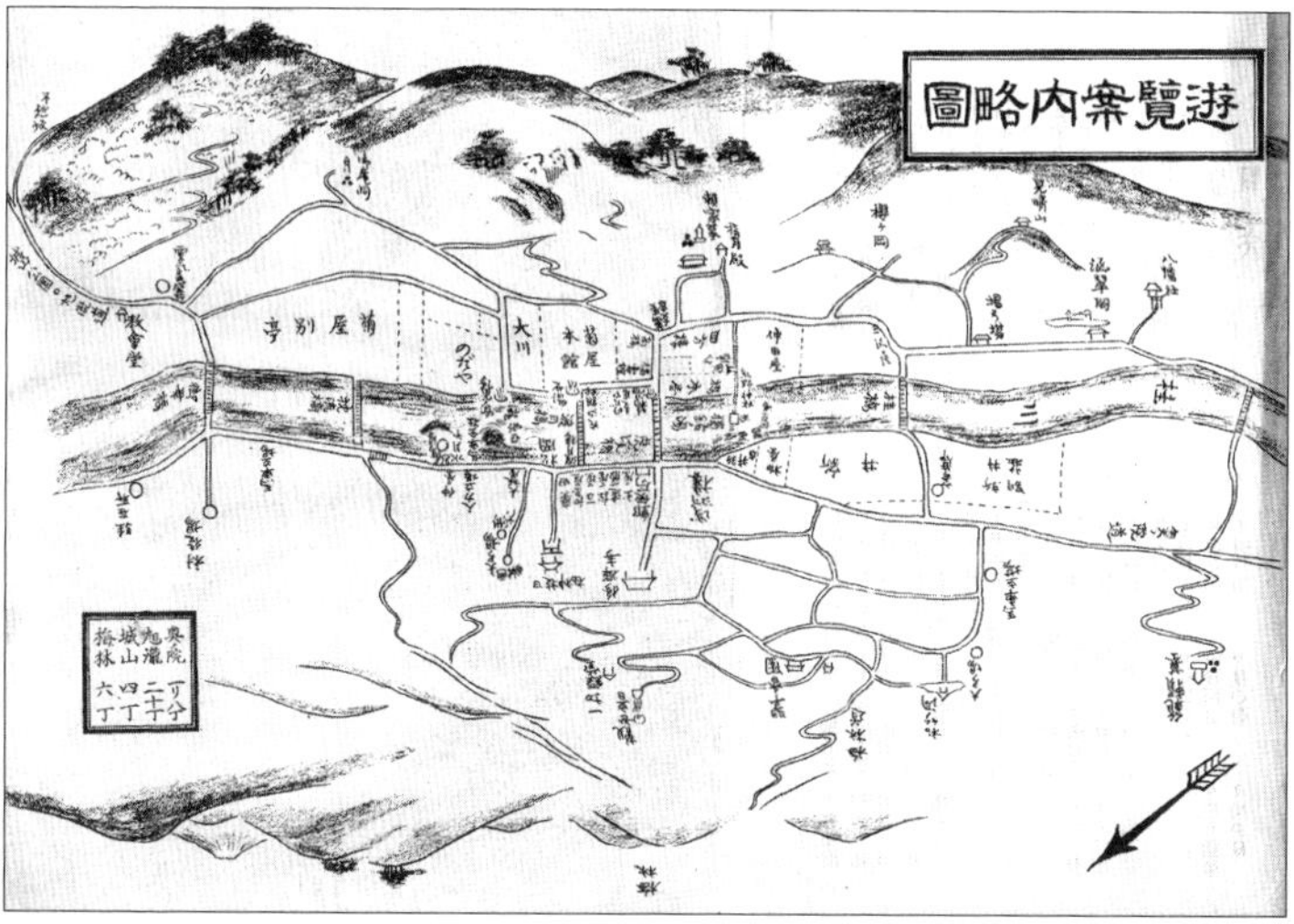

図 2-1　『修善寺温泉誌』内の「遊覧案内略図」（筆者蔵）

旧跡でもある。漱石は東洋城に案内され、一九一〇（明治四十五）年八月六日、「菊屋別荘」に投宿したものの、予約を入れていなかったため、翌日、百メートルほど上流でやはり右岸にあった「菊屋本店」（本館）の二階の間へ移った[5]（図 2-1）。桂川右岸の菊屋はとくに格式の高い老舗であり、天山幽人編『修善寺温泉誌』（文盛堂書店、一九一七年）は「大旅館として世に聞こえたり。皇族御遊来の仮御殿は別亭内に設あり、結構崇厳を極む」と紹介している。ただし漱石は本店の眺めの悪い部屋が気に入らなかったこともあり、四、五日で帰京するつもりだった。それが長雨による洪水（明治四十三年の大水害）と病状の悪化により延期になったのだ。

漱石はここで「範頼の墓濡るゝらん秋の雨」（一九一〇年九月二十三日の日記）といった句を詠んでいるし、『行人』には独鈷の湯の場面

図 2-2　修善寺虹の郷・夏目漱石記念館（筆者撮影）

があるので、伏せる前に周辺を少し歩いたのかもしれない。八月八日記によれば、最初の三日間に六回入浴している。八月八日には朝昼晩と三回入浴し、いずれも浴後に胃痙攣が起きた。三回目の胃痙攣のあと、漱石は日記にこう自己診断を記した――「どうしても湯が悪い様に思ふ。／半夜夢醒む、一体に胸苦しくて堪えがたし。／余に取つては湯治よりも胃腸病院の方遥かによし」。日増しに体調が悪化し、胃潰瘍の再発により八月十七日に吐血。十八日、長与胃腸病院から森成医師が駆けつけたものの、十九日にふたたび吐血。その夕、妻の鏡子も看病に入り、しばらく小康状態が続き、杉本副院長が手当てに加勢した。二十四日夜、漱石は鏡子の前で寝返りを打った拍子に約八百グラムもの鮮血を金盥に吐き、三十分間人事不省に陥るが、医師らがカンフル注射や食塩水注射を十数本打ったおかげで一命をとりとめた。危篤の前後、彼の身を案じ続々と家族、『朝日新聞』関係者、門下生、友人等が修善寺に参集した。仰臥を強いられながらも体調は漸次的に回復してゆき、ようやく十月十一日、漱石は担荷に乗せられ東京に帰り、長与胃腸病院に再入院した。はからずも菊屋本店で二カ月以上過ごしたことになる。

菊屋本店は戦後に解体され、菊屋別荘が「菊屋」となり、さらに二〇〇六年「菊屋」が「湯回廊菊屋」に改築された。けれども、漱石が一泊した菊屋別荘の間は「漱石の間」として現用されており、病臥した本店の二間の方は一九八〇年に近隣の自然公園に移築され、「修善寺虹の郷」の「夏目漱石記念館」として公開されている（図2-2）。隣接する修善寺自然公園の高台には、漱石が修善寺でつくった五言絶句――

仰臥人如唖　黙然看大空　（仰臥　人唖の如く　黙然　大空を看る）
大空雲不動　終日杳相同　（大空　雲動かず　終日　杳《はる》かに相同じ）

を刻んだ大きな詩碑（一九三三年建立）もある。

3　温泉の回帰

再入院中、漱石はベッドで『思ひ出す事など』を書き、『朝日新聞』に連載した。逆説的なことに、この随筆は、修善寺での思い出せない三十分間を負の焦点としている。

強いて寝返りを右に打たうとした余と、枕元の金盥に鮮血を認めた余とは、一分《いちぶ》の隙もなく連続してゐるとのみ信じてゐた。其間には一本の髪毛《かみげ》も挟む余地のない迄に、自覚が働いて来たとのみ心得てゐた。程経て妻《さい》から、左様《そう》ぢやありません、あの時三十分許《ばかり》は死んで入らしつたのです

と聞いた折は全く驚いた。（十五）

意識できなかった意識の空白を中核としたアイロニカルな一人称回想録。この空白をめぐって、鏡子の言葉が導入されている点に注意したい。日記も漱石が執筆不能になった八月二十四日から九月七日まで鏡子が代筆した――「程経て妻の心覚につけた日記を読んで見て、其中に、ノウヒンケツ（狼狽した妻《さい》は脳貧血を斯くの如く書いてゐる）を起し人事不省に陥るとあるのに気が付いた時、余は妻を枕辺に呼んで、当時の模様を委《くわし》く聞く事が出来た。徹頭徹尾明瞭な意識を有して注射を受けたとのみ考へていた余は、実に三十分の長い間死んでゐたのであつた」（十三）。この経験は、漱石に自意識や生の不確かさを悟らせたばかりでなく、小説でしばしば一人称を用い、三人称で書いた場合も男性主人公の背後に寄り添うような文体で通してきた姿勢を反省させ、『明暗』のお延の扱いに影響したかもしれない。漱石は自分自身が無力化したことを通して、自分を支えてくれている他者の存在を感謝の念をもって実感したとも述べている――「四十を越した男、自然に淘汰されんとした男、左《さ》したる過去を持たぬ男に、忙しい世が、是程の手間と時間と親切を掛けてくれようとは夢にも待設けなかつた余は、病に生き還ると共に、心に生き還つた。余は病に謝した」（十九）。

修善寺逗留は、漱石が新聞小説家になる以前に楽しんでいた漢詩と俳句の創作――しばしば温泉場や海水浴場と結びついていた――の復活にもつながった。そのことを彼は「病に因つて陳腐な幸福と爛熟な寛裕《くつろぎ》を得て、始めて洋行から帰つて平凡な米の飯に向つた時の様な心持がした」（四）と述懐した。

四日目以降漱石は入湯しておらず、常識的にいえば修善寺逗留は失敗した湯治だったといえる。けれども『思ひ出す事など』を読むと、結果として立派な湯治になったのだと思う。通常の湯治でも、数日目にしばしば「湯あたり」という体調不良になり、しばらく安静に過ごしたのち本格的な治療効果が顕れる。また湯治の効果は、湯の含有成分のみならず、俗な日常を離れた環境によるところが大きい。修善寺で漱石は激烈な「湯あたり」を経験し、まさに「擬死再生」したのではなかったか（図2-3）。

図 2-3　修善寺温泉独鈷の湯絵葉書（筆者蔵）

「修善寺の大患」後、にわかに〈入浴〉の主題がふたたび顕著になる。すでに触れたように『彼岸過迄』（『朝日新聞』一九一二年一月一日―四月二十九日）には温泉こそ登場しないが、銭湯と海水浴場が重要な役目をはたしている。前夜ビールを飲み過ぎたせいで遅く起きた田川敬太郎は、遅い朝風呂を浴びに銭湯へ行くに浸かりに行くと、平日にもかかわらず、同じ下宿に住む公務員の森本がただ一人のんびり入浴している。この森本との会話が縁となり、その後、敬太郎は、家賃滞納のまま失踪した彼から奇妙な彫刻がヘッドに施されたステッキを譲り受け、ここから彼の小さな冒険がスタートする（「風呂の後」）。海水浴のエピソードは、小説の後半、敬太郎の友人・須永市蔵の鎌倉での避暑や、関西旅行における明石海岸行のひとコマとして、「須永の話」や「松本の話」に登場するのだが、その分析は瀬崎圭二の研究に譲ろう[6]。
『行人』（『朝日新聞』一九一二年十二月六日―一九一三年十一月五日）において、温泉が復活する。『行人』の物語の語り手の青年・長野二郎は東京人だが、所要で大阪に滞在している。やがて母と兄夫婦が二郎に合流し、彼らは気晴らしに和歌の浦見物に出かける。孤独感や人間不信に苛まれた兄の一郎は、和歌の浦で二郎に対し、妻の直が「御前に惚てるんぢやないか」（「兄」十八）と思うので、「節操を試す」ために彼女を誘って二人だけで和歌山見物をしてきてくれ（「兄」二十四）、という常軌を逸した依頼をする。二郎はしぶしぶこの役を引き受け、嫂《あによめ》の直と和歌山へ行き、車夫が案内した料理屋へ入る。まず下女が風呂の案内に来たので、二人はそれぞれ入浴してから遅い昼食をとる。その間に天候が急速に崩れ、彼らは和歌の浦へ戻れなくなり、料理屋が周旋した旅館に一泊することになる（「兄」十八―三十八）。つまり料理屋が実質的に温泉旅館のような機能をはたした結果、二人の和歌山見物はかえって一郎の疑心暗鬼を助長してしまうのだ。そもそも和歌の浦小旅行は、没になった有馬温泉小旅行の代案として一郎が皆に提案したものだった[7]。

東京の屋敷へ帰ったあと、二郎は一郎の「神経衰弱」の悪化に辟易して家族と別居し、兄の親しい同僚で鷹揚なHさんに、夏休み中、兄を保養旅行へ連れ出してくれるよう頼む。二人が旅立って一一目、紅《べに》が谷《やつ》（鎌倉・材木座海岸近くの谷戸）の別荘に滞在中のHさんから経過を報告する分厚い手紙が届く。相模から伊豆にかけての旅行のあいだ一郎の精神状態は概して不安定だったが、修善寺では「川の真中の岩から出る温泉」（独鈷の湯）に浴している素朴な人たちを嬉しそうにいつまでも眺め、旅館への帰り道で「善男善女」と評したという（「塵労」三十五）。一緒に彼らと入浴できないところが一郎の限界なのだろう。

「通俗な温泉場」の箱根（そのどこかは明示されていない）では、一郎は旅館の隣人の声のせいでろくに寝られなかったものの、翌日、暴風になると「是から山の中を歩くのだ」「凄まじい雨に打たれて、谷崖《たにがけ》を容赦なく無暗《むやみ》に運動するのだ」と主張し、Hさんを随えて風雨に逆らって山中を歩きまわる。そして一郎は冷え切った身体を宿の温泉にゆだねると、「しきりに『痛快だ』と云ひ」「風呂の中で心持よく足を伸ばし」ていたという（「塵労」四十三）。精神的に窒息しかけている一郎にとって、身体に訴える温泉と自然がわずかに外への開口部となっているのだ。

二郎とHさんの箱根山中の「運動」は、『二百十日』の圭さんと碌さんの阿蘇登山の変奏でもある。おそらく漱石は螺旋状に温泉へ回帰しつつある。(8)

大正初期の『心』（『朝日新聞』一九一四年四月二十日—八月十一日）は、漱石作品のなかで海水浴がもっとも詳しく描写され、もっとも意義を発揮する小説である。「私」が先生と出会うのは鎌倉の海水浴場（由比ヶ浜）だ。海水浴客で賑わっている様子が「海の中が銭湯の様に黒い頭でごちや〳〵してゐる」と表現される。「私」が掛茶屋（海の家）の雑踏のなかから「先生」と呼ばれることになる中年男性に注意を向けることができたのは、「猿股一つで済まして」いる西洋人を彼が伴っていたからである。彼を以前どこかで見たような気がした私は、翌日から、彼と知り合いになろうと試みるがうまくいかない。ある日、彼が掛茶屋で浴衣を着る際、気づかずに眼鏡を落としてしまう。あたりを探していた彼に、私はすのこの隙間に落ちていた眼鏡を拾って手渡す。彼がふたたび海で泳ぎだすと、「私」はそのあとを追い、彼が「ぱたりと手足の運動を已めて仰向になつた儘《まま》波の上に寝」ると、私もそれに倣って傍らに浮かび「愉快ですね」と大きな声で言う（一―三）。かくして「私」は先生と親しくなるわけだが、これは『坊っちゃん』で「俺」がうらなり君と温泉入浴を共にすることをいささか想起させる。

先生は「私」に遺した分厚い遺書のなかで、学生時代の夏休みに友人Kの「神経衰弱」の転地療法を兼ねて彼と房州で海水浴をしたことを語る。

二人は何にも知らないで、船が一番先へ着いた所から上陸したのです。たしか保田とか云ひました。今では何《ど》んなに変つてゐるか知りませんが、其頃は非道い漁村でした。第一何処も彼処も腥《なまぐ》さいのです。それから海へ入ると、波に押し倒されて、すぐ手だの足だのを擦り剥くのです、拳のやうな大きな石が打ち寄せる波に揉まれて、始終ごろ〳〵してゐるのです。〔……〕其処から北条と館山は重《おも》に学生の集まる所でした。さういふ意味から見て我々には丁度手頃の海水浴場だつたのです。（八十二）

第一高等学校時代の漱石自身の内房での海水浴経験が素材となっている。「北条と館山は重に学生の集まる所でした」という文言は、どこもすでに海水浴場として開発されていたと読むべきではなく、公式にはまだ海水浴場ではなく漁村の浜にすぎなかったが、避暑で学生が集まるので彼らが勝手に海水浴をしていたと読むべきだろう。つまり、鎌倉の比較的裕福な人士で賑わっている整備された海水浴場と暗黙のうちに比較されながら、ここには地域の差だけでなく今昔の差が表現されている。と同時に、この先生とKの海水浴は、先生と「私」の海水浴と潜在的に重なり、先生がKをめぐる秘められた過去を「私」に告白し、K－先生の関係を先生－「私」の関係へシフトすることに貢献してもいる。

4　『明暗』のあらすじ

漱石は初の自伝的小説である『道草』の執筆をへて、一九一六（大正五）年五月二十六日から『朝日新聞』に『明暗』を連載したが、五度目の胃潰瘍再発によって十一月二十二日以降執筆できなくなり、十二月九日、四十九歳で失血死した。看取った最期の主治医・真鍋嘉一郎は、奇しくも松江中学校での教え子であるだけなく、飯坂温泉を日本初のラジウム泉と認定した医者でもあり、温泉療法の先駆者である。

『明暗』の「百六十七」から「百八十八」までが、津田由雄の温泉行に割かれている。漱石文学は温泉にはじまり温泉に終わる、と言っても過言ではないのだ。

ストーリー展開は緩慢で明確な出来事が乏しいが、およそ以下のような経緯をたどる。

会社員で三十歳の津田由雄は、腸壁に穴があくまで悪化した痔を患っており、医者から入院と「根本的の手術」を勧められる。京都の父親からの例月の送金がないので、津田がお延に彼女の裕福な叔父・岡本から金を借りてくれるよう頼むと、彼女は嫌がる。二人は半年前に結婚したばかりなのに屈託なく交流することができず、すれ違ってばかりいる。翌日の午前中、夫の手術と入院手続きに付き添ったあと、お延は岡本家の観劇へ合流すると、居合わせた吉川夫人（津田の会社の社長夫人）から夫の看病をせずに劇場に来たことを揶揄される。観劇後、岡本の家で叔父から「お延は直覚派だからな。〔……〕何しろ一目見て此男の懐中には金は若干《いくら》あつて、彼はそれを犢鼻褌《ふんどし》のミツへ挟んでゐるか、又は胴巻へ入れて臍の上に乗つけてゐるか、ちやんと見分ける女なんだから、中々油断は出来ないよ」とからかわれ、彼女は泣いてしまう。叔父は「お前を泣かした賠償金だ」と言って入院の出費を補填する小切手を彼女に渡す。

翌日、津田の叔父の元書生で津田と大学の同窓でもある小林は、津田の着古しの外套を譲り受けにお延を訪ね、津田由雄に彼女が知らない津田の秘められた過去があることをほのめかす。お延は津田が手紙の束を庭で燃やしていたことを思い出し、「突然疑惑の焔が彼女の胸に燃え上」がる（八十七）。

病院に津田を見舞った妹のお秀は、京都の父が、前の借金返却の約束をはたさぬまま送金を催促した津田のことを激しく怒っていると告げ、津田の態度一般をめぐって口論になる。「嫂さんを大事にしてゐながら、まだ他にも大事にしてゐる人があるんです」（百二）というお秀の声を、見舞いに来たお延は廊下で耳にする。お秀は自分が工面したという小切手を置いて立ち去る。

その翌日、お秀から前日の一件を聞いた吉川夫人が津田を見舞い、彼とお延との関係の根本に踏み込む。かつて津田は清子と結婚するつもりで交際しており、「其女を愛させるやうに仕向けた」（百三十四）吉川夫人も二人の結婚を疑っていなかった。ところが一年ほど前、清子は理由も告げず、彼の学友の関（放蕩者なことが示唆されている）と結婚してしまった。責任を感じた夫人は、懇親している岡本家の延子を津田に引き合わせ、夫とともに媒酌人となった。夫人によれば、津田はいまだに清子に「未練」があって、「腹の中ではそれ程延子さんを大事にしてゐ」（百三十五）ないのに、愛しているふりをしている。お延はそれに漠然と気づいており、「虚勢」を張っている。そもそも清子に関と結婚した理由を訊かないままにしていること自体が津田の「未練」なのだから、清子に「会つて訊く丈」で打開策となる。ちょうど清子は、流産のせいで「一日掛りで東京から行かれる可なり有名な」温泉場で孤独に療養しているから、「行つて天然自然来たやうな顔をして澄ましてゐるんです。さうして男らしく未練の片を付けて来るんです」と夫人は津田を煽動する（百四十）。

数日で退院した津田は、生活に窮して朝鮮へ移住することになった小林の送別会に行き、彼からさんざん絡まれた挙句、「君は今既に腹の中で戦いつつあるんだ。それがもう少しすると実際の行為になつて外へ出る丈なんだ。余裕が君を煽動して無益の負戦をさせるんだ」と予言めいたことを言われる。その翌朝、津田は件の温泉場へ旅立つ。到着した夜、内湯に入った帰りに複雑な造りの廊下で迷い、偶然、清子に出くわす。一瞬凝固した清子は、無言のまま自室に引き返してしまう。翌日、津田は下女を通じて清子の部屋に招かれる。

『明暗』では、出来事の因果よりも人物たちのシチュエーションと心理的関係が、とくに津田由雄とお延のぎくしゃくした夫婦関係が焦点となっており、二人の心理と知覚が非常に分析的に記述される。お延以外にも、お秀や吉川夫人など、女性登場人物の心理が津田由雄の認識を超える仕方で記されている点が漱石における新たな試みとなっている。驚くべきは、彼の入院中、視点人物が妻のお延に移り、津田目線の物語世界が大胆に「異化」されていることである。

5　湯河原温泉

作中では温泉名も道中の駅名も伏されているが、さまざまな具体的描写と作家のバイオグラフィーから、湯河原温泉の天野屋が清子のいる旅館のモデルだったことは明らかだ。

漱石は「リューマチ」の治療と中村是好との交友をかねて、ここに二度逗留した。一度目は、一高以来の旧友で南満洲鉄道総裁になっていた中村に誘われ、一九一五年十一月九日から十六日頃まで天野屋に宿泊し[9]、十二日には伊豆山の「走り湯」や熱海まで足を延ばし、十六日に箱根宮ノ下の富士屋ホテルに一泊してから帰宅した。二度目は、翌年一月二十八日から二月十六日まで同じく天野屋に宿泊。途中で中村が合流し、真鶴見物に出かけた。「其温泉場の記憶は、津田に取つても夫程旧いものではなかつた」（百四十）と記されているのは、湯河原を再訪した実体験を踏まえているのだろう[10]。『明暗』を起稿したのは、二度目の逗留から帰って三カ月後のこと。湯河原が漱石にとって最後の温泉となった。

箱根外輪山の南端を源とする藤木川は、伊豆と相模の境を東南に流れ下り、千歳川に合流して相模湾に注ぐ。大正期は十数軒の旅館がその藤木川中流の両岸に並んでいた。「漸く馬車の通れる位な湯の町は狭かつた」（百七十二）という『明暗』の記述どおり、谷の幅が非常に狭く、山里の風情が漂っていた。『万葉集』に湯河原温泉を詠った「足柄の土肥の河内に出づる湯の世にもたよらに子ろが言はなくに」（第十四巻・相聞）という歌が収録されているので、非常に古くから河原の湯が利用されたに違いないが、明治初期までは農家が湯宿をかねただけの鄙びた湯治場に過ぎなかった。一八九六（明治二十九）年、小田原―熱海間の豆相《ずそう》人車鉄道（人がトロッコを押す）の全通により湯河原駅ができ、一九〇七（明治四十）年、さらにこの路線が軽便鉄道（熱海鉄道）に改められたことで、東京の富裕層や文人の避暑・避寒が増加し、旅館が高級化したという。(11) 漱石以前に小説家としては国木田独歩が中西屋に三度逗留し、その経験をもとに『湯河原より』（一九〇二年）、『恋を恋する人』（一九〇七年）、『湯河原ゆき』（一九〇七年）等を書いた。後年、芥川龍之介は、この人車鉄道を軽便鉄道に変える工事を素材にして『トロッコ』（一九二二年）を書いた。

図 2-4　天野屋絵葉書（筆者蔵），漱石の部屋は噴水背後の一階二間

　天野屋は一八七七（明治十）年創業。再訪した漱石が、木造二階建てだった当時の「新館」一階の二八号（二間続き）に宿泊したと伝えられている。部屋は池と噴水のある裏手の日本庭園に面しており、『明暗』の描写と符合する。「新館」正面に向かって右隣に「別館」があり、(12) 清子が「別館」二階の部屋に泊まっているという設定とも符合する(13)（**図 2-4**）。浴室の按配も『明暗』の記述通りで、「新館」から階段で下ったところに新しい大浴室（板とガラス戸で細分されていた）があり、さらに一段下ったところに湯治客用の古い小浴室があったという。(14) 建て増しの繰り返しによるこうした複雑な構造を、漱石は津田が迷

子になるシークエンスにおいて深い仕方で活用している。

津田は旅館が用意した絵葉書中に「不動の滝」や「ルナ公園《パーク》」を見出している。前者は湯河原名所として実在し、漱石は湯河原初訪時に中村と見物していたが、後者は実在しない。

土井道豫『湯河原案内』（一九一八年、東京築地活版製造所）によれば、温泉の効能は「負傷後筋肉の硬結、関節不全強剛、打撲、神経痛、慢性潰瘍、胃壁弛緩、僂麻質斯、子宮病、皮膚病、盲腸炎、盲腸周囲炎、痔疾、黄疸、脳神経衰弱、神経麻痺、疝痛、痛風、月経異常の白帯下、産後の快復不全、熱性伝染病後の衰弱等」（傍点は筆者による）。漱石自身にとってばかりでなく、津田にとっても清子にとっても適した湯だったことがわかる。

一九九八年、天野屋は「湯河原ゆかりの美術館」（現・町立湯河原美術館）に建てかわったが、庭園は様変わりしながらも同じ場所に現存している。美術館も天野屋の基本構造を踏襲して建てられており、そのエントランスはかつての本館玄関の位置にあり、漱石の部屋は、二階に登る階段のそばにあったという(15)。

6　本格湯治小説

夏目漱石において身体や事物は、登場人物の意識や物語の単層化に抗う異和として、ときにユーモラスに、ときに不気味に現れる。

小説冒頭の医者の診断の言葉――「矢張穴が腸迄続いてゐるんでした。此前《このまえ》探つた時は、途中に瘢痕の隆起があつたので、つい其所《そこ》が行き留りだとばかり思つて、あゝ云つたんですが、今日疎通を好くする為に、其奴《そいつ》をがり〴〵掻き落して見ると、まだ奥があるんです」（一）――に柄谷行人は注目し、『明暗』の「社会」はさらに「奥」に巨大な闇をかかえている」と敷衍していた[16]。視野を津田の範囲に絞ってみると、「療りつこないんですか」という彼の言葉を医者は否定し、「根本の手術」を提案する。彼はその帰路、「此肉体はいつ何時どんな変に会はないとも限らない。それどころか、今現に何んな変が此肉体のうちに起りつゝあるかも知れない。さうして自分は全く知らずにゐる。恐ろしい事だ」と思い、さらに「精神界も同じ事だ。精神界も全く同じ事だ。何時《いつ》どう変るか分らない。さうして其変る所を己《おれ》は見たのだ」（二）と考える。これは、もちろん一年前の清子の突然の結婚という事件の暗示である。

漱石は、関係性の歪みを身体の病とつかず離れずのかたちで重ねあわせている。『心』や『行人』では先生や一郎の心の病が形而上化されてしまう傾向があったが、ここではそれがフィジカルに痔疾騒動と結びつけられることによって、より小説的に他者との関係や欲望のあり方の次元で扱われているのだ。清子との過去を知り、津田とお延の間柄が円滑でない事実に勘づいている吉川夫人と小林は、たがいに性格や身分が対極的でありながら、自分自身の根本問題＝心的外傷から目を背けて生きてきた津田に対してあたかも精神分析医のように振る舞っている（漱石がフロイトを知っていたかどうかは不明だが）。医者の名前も「小林」であり、小林は初登場時この一致に反応していた（二十九）。吉川夫人は津田の人間関係上の根本問題を一種の病とみなしたうえで、温泉行を「是程好い療治はないんですがね」（百二十四）と言って勧めていた。津田が踏み切る湯治とは体の湯治であると同時に心の湯治なのであり、こうした意味で私たちは『明暗』を日本近代文学史上の最初の本格湯治小説と呼びたい。孤独な病者が日常生活を離れ、湯治場で無為な時間を過し、感覚を鋭くして自然を感じ取りながら、自分の生を凝視するという点で、『明暗』は『思ひ出す事など』と合わせて、志賀直哉の『城の崎にて』（一九一七年）や『豊年蟲』（一九二九年）、葛西善蔵の『湖畔手記』（一九二四年）、梶井基次郎の『闇の絵巻』（一九三〇年）や『温泉』（一九三〇—三二年）、島木健作の『赤蛙』（一九四六年）、島尾敏雄の『冬の宿』（一九五四年）のような小説の祖型となっていると思われる。

旅立ちから清子に再会するまでの具体的記述は、モデル地の実際に則しながら、同時に非常に象徴的であり、間然するところがない。朝、風が立ち、冷たい雨が降りはじめ、汽車での移動中しだいに雨脚が強くなる。軽便鉄道へ乗り換える頃には雨はやんでいるが、車窓から橋梁再建工事を目視した同乗の老人が津田に「去年の出水」の被害を語る。お延、吉川夫人、清子などのことをとりとめもなく想い、「彼の心は車と共に前後へ揺れ出」す。すると、なんと列車は「曲がりくねった坂」の上で脱線してしまう。津田が予定より遅れて降り立った駅前の様子を漱石は「靄とも夜の色とも片付かないもの丶中にぼんやり描き出された町の様は丸で寂漠たる夢であつた」と書く。そして津田はこう思う——

おれは今この夢見たやうなもの丶続きを辿らうとしてゐる。東京を立つ前から、もつと几帳面に云へば、吉川夫人に此温泉行《ゆき》を進められない前から、いやもつと深く突き込んで云へば、お延と結婚する前から、——それでもまだ云ひ足りない、実は突然清子に背中を向けられた其刹那から、自分はもう既にこの夢のやうなものに祟られてゐるのだ。さうして今丁度その夢を追懸《おつかけ》やうとしてゐる途中なのだ。顧みると過去から持ち越した此一条《ひとすじ》の夢が是から目的地へ着くと同時に、からりと覚めるのかしら。（百七十一）

『明暗』は、この旅立ちまでは運動感が乏しく、かつ水気も乏しい小説である。それがこうした「奥」への曲折した運動とともに水気がにわかに濃密になり、津田の心理もふだんの調子から外れていく。津田は常に自分をコントロールすることで他者よりも優位に立っていると自負してきた人物だが、鎧を着こんだように硬化した自我が日常のコースから脱線し、揺さぶられ、無意識的なものの水位が上昇してくるのだ。漱石が駅名や温泉場の名を書かなかったことも夢幻性を強めている。

旅館へ向かう専用馬車が「黒い大きな岩のやうなもの」(17)の裾を迂回したとたん、津田は大きな樹影を認める。そのくだりも非常に象徴的だ──「星月夜の光に映る物凄い影から判断すると古松らしい其木と、突然一方に聞こえ出した奔湍《ほんたん》の音とが、久しく都会の中を出なかつた津田の心に不時の一転化を与へた。彼は忘れた記憶を思ひ出した時のやうな気分になつた」。いくつも電燈が見えたので津田が「着いたやうぢやないか。君の家は何れだい」と訊くと、御者は「へえ、もう一丁程奥になります」と言う。さらに「不規則な故意《わざ》とらしい曲折を描いて」（百七十二）ようやく馬車は森閑とした旅館に到着する。

曲折した道はまだ終わっていない。津田は仲居に導かれ、幾度も意外なかたちで廊下を曲がったり階段を降りたりして、浴場にたどり着く。「風呂場は板と硝子戸でいくつかに仕切られてゐた。左右に三つ宛《ずつ》向ふ合せに並んでゐる小型な浴槽の外《ほか》に、一つ離れて大きいのは、普通の洗湯に比べて倍以上の尺があつた」(百七十三)。他人との接触をある程度避けることができる仕組みになっているとはいえ、混浴らしい。その一番大きい浴室に浸かった津田は、いささか『草枕』の画工に似たシチュエーションを体験する。

其時不意にがら〴〵と開けられた硝子戸の音が、周囲《あたり》を丸で忘れて、自分の中にばかり頭を突込んでゐた津田をはつと驚ろかした。彼は思はず首を上げて入口を見た。さうして其所に半身を現はしかけた婦人の姿を湯気のうちに認めた時、彼の心臓は、合図の警鐘のやうに、どきんと打つた。けれども瞬間に起つた彼の予感は、また瞬間に消える事が出来た。それは本当の意味で彼を驚かせに来た人ではなかつた。

生まれてからまだ一度も顔を合せた覚のない其婦人は、寝掛《ねがけ》と見えて、白昼なら人前を憚かるやうな慎みの足りない姿を津田の前に露《あら》はした。尋常の場合では小袖の裾の先にさへ出る事を許されない、長い襦袢の派手な色が、惜気もなく津田の眼をはなやかに照した。婦人は温泉烟《ゆけむり》の中に乞食の如く蹲踞《うずくま》る津田の裸体姿《はだかすがた》を一目見るや否や、一旦入り掛けた身体《からだ》をすぐ後《あと》へ引いた。

「おや、失礼」

津田は自分の方で詫るべき言葉を、相手に先に奪《と》られたやうな気がした。

(百七十四)

退室した婦人が連れの男とどこに入るか相談している声が聴こえる。津田が予感した乱入者が清子であったことはいうまでもない。

湯から上がった津田は、階段を昇り一曲がりするや迷子になってしまい、静まりかえった複雑な造りの館内をさまよう。かくしてコントロールを外れた曲折運動が、ふたたび〈水〉の主題と交わる。第二の階段を昇ると、洗面所が現れる。四つの金盥に蛇口から山清水がふんだんに注ぎつづけており、「大きくなつたり小さくなつたりする不定な渦が、妙に彼を刺激」する。そこから視線を逸らすや、今度は大鏡に映った自分の常ならぬ影に驚く――「久しく刈込を怠つた髪は乱れた儘で頭に生ひ被さつてゐた。風呂で濡らしたばかりの色が漆のやうに光つた。何故だかそれが彼の眼には暴風雨に荒らされた後の庭先らしく思へた」(温泉旅館の鏡は、徳田秋声の『あらくれ』でも、島崎藤村の『家』でも、川端康成の『雪国』でも印象的に登場する)。そのさらに上へ昇る階段の先で物音がし、津田は階上を見上げる。


「是は女だ。然し下女ではない。ことによると……」

不意に斯う感付いた彼の前に、若《も》しやと思つた其本人が容赦なく現はれた時、今しがた受けたより何十倍か強烈な驚ろきに囚はれた津田の足は忽《たちま》ち立ち竦《すく》んだ。眼は動かなかつた。

同じ作用が、それ以上強烈に清子を其場に抑へ付けたらしかつた。階上の板の間迄来て其所でぴたりと留《と》まつた時の彼女は、津田にとつて一種の絵であつた。彼は忘れる事の出来ない印象の一つとして、それを後々迄自分の心に伝へた。

(百七十六)

声をかけようとした途端、タオルや石鹸入れを携えた寝間着姿の清子は踵を返し、階上の電燈が消え、[18]津田は障子の閉まる音を聴く。部屋に帰って就寝した彼は、雨戸の外から絶えず聴こえる水音――明朝、庭の噴水の音だったとわかる――に寝つけぬまま、自分の振る舞いを「夢中歩行者《ソムナンビユリスト》のやう」だったと省みる。じつに迷路こそが「奥」への近道だったのだ。ちなみに「津田にとつて一種の絵であつた」という一瞬の清子の姿の表現は、『草枕』のラストの「それだ！　それだ！　それが出れば画になりますよ」という画工のセリフに似ている。ただし、かしこでは女の一瞬の視線は発車しだした汽車上の元夫に向けられ、画工は第三者としてそれを眺めていたが、ここでは女の一瞬の視線は津田自身に向けられており、津田は抜き差しならない当事者となっている。

翌朝、津田は昨夜と同じ風呂場へ行く。天井近くに設けられた小さなガラス窓から秋の朝日が差し込んでおり、そこが半地下だったことを知る。その窓越しに、清子らしき女の通り過ぎる足元が一瞬見える。ちなみに、清子と津田は「〻」を共有している。

津田は東京の駅で吉川夫人の使いの書生から受け取った果物かごに「御病気は如何ですか。是は吉川さんの奥さんからのお見舞です」と書いた名刺を添え、仲居にそれを関夫人（清子）へ渡すよう託す。やがてその仲居によって津田は清子の部屋に導かれる。発言も直接描写もともなわない負の焦点だった清子が、かくしてようやく津田の眼前で語りはじめる。彼女の屈託のない鷹揚とした態度のせいで津田も自然に会話でき、交際時の彼女の所作やまなざしを髣髴する。いったん離れた仲居が戻ってきて、横浜の婦人（津田が浴室で出会った女性）が午後から滝の方へ散歩に行くことを誘っていると清子に告げ、清子が承諾すると「旦那様も一所に入らつしやいまし」と言う。津田は曖昧に「有難う」と返事をし、腰を上げ、「奥さん」と呼びかけるつもりが「清子さん」と口にしてしまい、いつまでとどまる予定かをたずねる。「宅《うち》から電報が来れば今日にでも帰らなくつちやならないわ」という返事に驚いた彼が「そんなものが来るんですか」と言うと、清子は「そりや何とも云へないわ」と言って微笑する。「津田は其微笑の意味を一人で説明しようと試みながら自分の室に帰つた」というのが「百八十七」の最後の一文である。

残念ながら『明暗』はまさにこれからというところで途絶している。津田も清子も自分たちの別離についてまだまったく触れていない。しかし小説の構造上からも分量からも、その談義がこの温泉場でなされ、大きな変化が津田に生じることは間違いあるまい(19)。まず津田は午後、清子らと散歩に出て、「不動の滝」へ立ち寄ることになるだろう。湯河原には該当するものがない「ルナ公園《パーク》」の存在も示唆されているのだから、そこへも出かけるはずだろう。また非常に暗示的なことに、前夜、津田を浴場に案内した仲居は「此所の方が新しくつて綺麗は綺麗ですが、お湯は下の方が能く利くのださうです。だから本当に療治の目的でお出の方はみんな下へ入らつしやいます。それから肩や腰を滝でお打たせになることも下なら出来ます」と語っていた。冷水の滝と温水の滝……。しかもこの仲居の説明は、「まだ奥があるんです」という小林医師の説明を連想させる。津田は最下層の湯にも入浴するに違いない(20)。

コラム② 温泉絵画史序説

黒田清輝は、一八九七（明治三十）年夏、芸者の種子（のちに黒田夫人となり照子と改名）を伴い元箱根で避暑をした。芦ノ湖岸の岩に座った彼女を現地で描いたのが、『湖畔』（当初の題名は『避暑』）である。湿潤な外光を表現し、浮世絵的に衣紋と背景を誂えた日本的洋画の誕生に、温泉が間接的に関与していたことになる。黒田は、箱根、伊豆、大磯、鎌倉、逗子などで保養することが多く、海水浴を描いた小品を数枚残してもいる。一八九九年、彼は徳冨蘆花に請われ『不如帰』の口絵用の『浪子像』を油彩で描いた。その浜辺の浪子は、表情こそ違え、髪型や顔立ちから背景の水の広がりまで『湖畔』の女と瓜二つではないか。

夏目漱石は、黒田の反抗的教え子・青木繁を「天才」と評価していた。出世作『海の幸』（一九〇四年）は、青木が内房の布良《めら》海岸で坂本繁二郎や福田たねらとともに海水浴をしながら、その合間に描いた作品だ。『それから』（一九〇九年）には、代助が展覧会で『わだつみのいろこの宮』（一九〇七年）を観て快く感じたことを思い出す場面がある。小説中の〈水〉の主題が、海中の光を巧みに表現した絵画と共振する。漱石没後になるが、中央画壇から去り、久留米の実家との折り合いも悪くなった青木は、西九州を転々とし、肺結核を悪化させた。一九一〇年春、友人に勧められ佐賀市古湯《ふるゆ》温泉で湯治したおり、扇屋で水彩画『浴女』と油彩画『温泉』を描いたらしい。前者は、木製の湯槽に横たわる日本髪の女性をスケッチした地味なものなのに対し、後者は、西洋風ともオリエント風ともとれるタイル張りの開放的な浴室（百合の大輪が窓辺に見える）で、大理石の浅い浴槽に立った少女が髪を梳く姿を斜め前から描いた華やかなものだ。夭折する彼が最後に放った光芒といえる（私は二〇一一年に日本比較文学会のシンポジウムで佐賀へ行ったとき、扇屋に宿泊し、この絵の存在を知った。「個人蔵」で滅多に公開されない作品だが、ようやく「生誕百四十年　ふたつの旅　青木繁×坂本繁二郎」展［アーティゾン美術館、二〇二二年］で実見することができた）。

彫刻の分野では、一九〇七（明治四十）年の第一回文展に新海竹太郎が『ゆあみ』を出品している。『草枕』刊行の翌年に、漱石と同世代の彫刻家が日本初の本格的裸婦彫刻を、薄衣をまとって湯浴みする天平風の髷の女というかたちで制作していたのである。新海は、『吾輩は猫である』の挿絵画家・中村不折が創設した太平洋画会の会員で、のちに不折に頼まれ漱石のデスマスクを制作した彫刻家でもある。

『吾輩は猫である』から『行人』までの漱石の著作の装幀を担った橋口五葉は、第一回文展に、『ゆあみ』と同じモデルによる、やはり天平風の髷で薄衣をまとった裸婦の油彩画『羽衣』を出品した（図録『橋口五葉展』千葉市美術館、一九九五年、四八ページ）。ちなみに一九〇七年には、黒田の弟子の中沢弘光も裸婦が薄衣をまとった象徴的作品『霧』を描き、白馬会展に出品した。中沢は温泉を非常に好んだ画家であり、『山の湯』（一九一三年）、『温泉入浴』（一九二二年）、『峡谷温泉』（一九三〇年）等の浴女のタブローを制作したばかりか、『不如帰《ほととぎす》』に抄出豪華本『不如帰画譜』（一九一一年）や田山花袋『温泉周遊』全二巻に多くの挿絵を提供していた。橋本五葉に話を戻すと、彼は一九一五（大正四）年以降、「新版画」の運動に参加し、浮世絵風の美人画を数々発表しており、そのなかに『浴場の女（ゆあみ）』（一九一五年）、『温泉宿』（一九二〇年）、『浴後の女』（同年）が見られる。

「新版画」の温泉といえば、風景画を専門とした画家たちがしばしば温泉場を描いている。質量ともにその第一人者は、旅と温泉を愛した川瀬巴水《はすい》だろう。『塩原あら湯の秋』（一九二〇年）、『別府観音寺』（一九二七年頃）、『上州法師温泉』（一九三三年）という題名を挙げておこう。『上州法師温泉』の画中には、有名な長寿館「法師之湯」の湯槽の奥に、丸太を枕にして両足を橋状の板張りに投げ出して気持ちよさそうに入浴する男が一人いて、巴水本人ともいわれる。彼の堅実な写生に基づいた木版画は、かつての温泉場の雰囲気や細部を写真以上に伝えてくれる歴史的資料でもある。川瀬巴水は鏑木清方への入門以前、岡田三郎助から洋画を学んでいた。

温泉を描いた生え抜きの日本画家ならば、柳田国男の弟で東京美術学校日本画科出身の松岡映丘がいる。映丘は、自分が設立した新興大和絵会のメンバー二十六名とともに『草枕絵巻』全三巻を一九二六年に完成させており彼自身は那美の浴場の場面を担当している。

モダンな日本画の例としては、川端龍子《りゆうし》の『湯浴』（一九二七年）と小倉遊亀《ゆき》の『浴女　その一』（一九三八年）を挙げておこう。前者は、川端龍子が修善寺新井旅館の天平風呂の縁に腰かけるおかっぱの三女をモチーフとしており、周りの欄干がシャープな幾何学的コンポジションに寄与している。ちなみに天平風呂は、新井旅館を定宿とした日本画家・安田靫彦が湯屋も含めて基本設計をしたもの。後者は、小倉が四万《しま》温泉積善館に泊まって着想した作品で、彼女の初期の代表作に数えられる。白い正方形のタイルが貼られた内壁と浴槽がモダンで、薄緑の湯越しの揺らめきの表現は、まるでデイヴィッド・ホックニーの『芸術家の肖像（プールと二人の人物）』（一九七二年）の水面部分のようだ。

商業美術の方面では、吉田初三郎の鳥瞰図を逸することはできない。初三郎は白馬会研究所で岡田三郎助・中沢弘光に学び、日露戦争から生還後、鹿子《かの》木《こ》孟《たけ》郎《しろう》の画塾に入った。初三郎の貧窮を見かねた鹿子木が、フランス留学から持ち帰った「新案の巴里市街図」を彼に見せ、これを応用した「新地図」の制作を勧めた。かくして一九一三（大正二）年、彼は最初の鳥瞰図『京阪御案内』を描き、鳥瞰図絵師の道に身を投ずると、この分野の草分けかつ第一人者であり続けた（長瀬昭之助『鳥瞰図絵師　吉田初三郎』日本古地図学会、二〇〇六年、一〇一一ページ）。温泉場からの依頼されたものも多いが、地方自治体から依頼されたものでもたいてい温泉が誇張された湯煙とともに描き込まれている。眺望を大和絵風に彩色しながら、魚眼レンズで撮影されたかのような湾曲したパースをほどこしている点がモダンでおもしろい。初三郎は工房体制で鳥瞰図を量産し、五〇年代まで活躍。多くの弟子が彼のもとから巣立った。

この時代の鳥瞰図は距離や規模のデフォルメが激

しいとはいえ、温泉場の取材に基づいており、旅館の形状や配置がかなり正確で、諸施設や名所などの名が絵のなかに記されているので、当時の温泉地を知るうえでとても役に立つ。誇張されているせいで、関係者が呈示したがっていたものや当時の一般的価値観を読み取ることもできる。

近代の文学者と同じように、画家たちもしばしば温泉旅行をし、入浴のさまや温泉風景を描いた。また題材が温泉に関わっていない絵画であっても、温泉地で描かれていることがけっこうある。旅館やホテルの経営者は、格式を高めるために有名画家のパトロンとなって作品を購った。ちなみに竹内栖鳳は胃潰瘍の湯治が契機となり、湯河原の天野屋旅館を別荘代わりにし、一九四二年にそこで亡くなった。同じ年に、川端龍子は新井旅館主人の支援を受け、修善寺に別荘を建てた。

文学と温泉のつながり以上に、絵画と温泉のつながりは注目されてこなかった。しかし温泉絵画の流れも、温泉文学の流れほど目立たないにせよ間違いなく存在する。ところどころで温泉文学の流れと交差しながら……。西洋では十八世紀後期から次第に現地での写生に基づいた風景画が発展し、画家が海辺や水辺に旅行することが増え、印象派において風景ともにツーリストの風俗が描かれるにいたった。他方、「泉での水浴」という主題は古典古代の権威に支えられ、定番の主題であり続けた。洋画家・日本画家を問わず明治以降の日本の画家たちの旅行が、西洋の画家たちの旅行の影響を強く被っていることは明らかである。けれども、「泉での水浴」よりも湯浴みや温泉風景の方が主題になり、この傾向が一流画家の仕事にまで認められることは、日本の近代美術の一特色であるに違いない。

第三章　川端康成――『伊豆の踊子』『温泉雑記』『雪国』

1　旅行と居住のあいだで

夏目漱石の死去から大正期末までの十年あまり、温泉小説は文壇で一般化しながらも、全体としては停滞していたように思われる。

漱石門下では、芥川龍之介が修善寺温泉をモデル地として書いた短編『温泉だより』（一九二五年）のみが、内容と形式上の新しさという点で特筆にあたいしよう。作家の「わたし」が伝える明治三十年代の「小説じみた事実談」という体裁をとっている。半之丞という大男の大工が「独鈷の湯」にまる一晩浸かって心臓麻痺で死ぬ、湯槽の傍らには、彼が惚れていた達磨茶屋のお松に宛てた遺書があり、「わたくし儀、金がなければお前様とも夫婦になれず、お前様の子の始末も出来ず、うき世がいやになり候間、死んでしまひます。わたくしの死がいは『た』の字の旦那（これはわたしの宿の主人です。）のお金を使い込んだだけはまどふ（償ふ？）ように頼み入り候」としたためられていたといったストーリーだ。小説冒頭、人物のひらがなの頭文字による略称に関して「（これは国木田独歩の使つた国粋的省略法に従つたのです）」という注記が加えられているが、これは独歩に対するリスペクトというよりも、自然主義的私小説のパロディだろう。半之丞の人生は、宿の主人、「お」の字亭のお上、薬屋の主人の「な」の字さん、「ふ」の字軒の主人といった複数の人物による、何年も前のことについて、齟齬を含んだ断片的な話のコラージュを通して呈示されており、自然主義的私小説が物語る「赤裸々な事実」なるものが、他者が関わる不透明なメディアの次元を捨象していることを、『藪の中』（一九二二年）の作者らしく皮肉っていると考えられる。しかも半之丞自体の人生自体、まったくの創作なのだ。

漱石に私淑していた志賀直哉の名作『城の崎にて』（一九一七年）があるではないか、という意見もあろう。前章で述べたように、重い病から湯治に来た温泉場で自然や生死を見つめるという点で漱石の『思ひ出す事など』や『明暗』の系譜に属するといえ、文学として傑作であることはいまさら言を俟たない。けれども、舞台は宿の部屋と外の通りのみで、温泉自体の描写がまったくない小説でもある。後年の『豊年蟲』も同様である。

谷崎潤一郎、宇野浩二は、この時期、温泉にほとんど文学的興味を示していない。

自然主義サイドではどうか。『お蔦』（一九一七年）、『芍薬』（一九一八年）、『燈影』（同年）、『山上の雷死』（同年）、『浴室』（一九二四年）というように、田山花袋の短編小説の執筆が目立つ。『お蔦』は、鉱山師の妾として温泉旅館で働いている女の話だが、浴場の描写がない。『燈影』には、旦那のいる芸者が高原の温泉で避暑をするくだりがあり、漱石的ともいえる混浴が認められる。嵐の夜、彼女が内湯に入っていると、逗留して戯曲を書いていた「紳士」も平然と入ってくる。二人が世間話をしていると、強風のせいで窓ガラスが壊れて、ランプの火が吹き消え真っ暗になり、そのあと彼女が先に浴室から出る。『芍薬』では、Sが自分の女とその母を、海に近い川沿いの温泉（城崎温泉がモデル）へ連れて行く。Sと女は口喧嘩をしているが、一緒に共同湯（男女別）へ出かけ、帰り道では二人の機嫌がなおっている。けれども、旅館でうたたねをしていたSは、女が別れていないNへの手紙を女中に託したらしいことに気づく。ただし、二作品の温泉場の描写は非常に概括的で静的で淡い。

花袋の短編小説のなかで温泉場の個性がストーリーやテーマによく活かされているのは、『山上の雷死』（のちに『山上の震死』と改題される）と『浴室』だろう。『山上の雷死』は、崇高とも滑稽とも取れる不思議な物語である。山上のS温泉（須川高原温泉がモデル）の噴気地帯の元硫黄採取小屋に「生き仏」といわれる男が趺坐し、信者や野次馬に囲まれながら、もうすぐ自分は皆の罪を背負って涅槃に入ると説法している。すると天候がにわかに崩れ、雷雨となり、男の金縁眼鏡に雷が落ちる。入浴場面はないが、噴気地帯（噴泉の描写がある）の聖性に基づいた奇譚として興味深い。[1]「怒号して空に向つて迸つてゐる噴泉」が男の獅子吼と重ねられているところは、『二百十日』と共通する。『浴室』では、Kという男と女が心中するつもりで山あいのM温泉（三朝《みささ》温泉がモデル／内務省衛生試験所により、日本一のラドン含有量であることが一九一六年に公表されて以降、医学的療法の充実がはかられた）にやって来る。Kは、早朝、旅館の長い廊下や、誰もいない浴室の「そつと影のやうに、深く底に沈んでゐるやうになつてゐる浴槽」を目にして、すでに「他界」に踏み込んでいるように感じる。町営の共同浴場は「ドイツのバアデンバアデンの浴室などをも参酌したものらし」く、「非常にハイカラ」でラジウムの温泉吸入の設備がある。蒸気を発生させるために湯が「その壁を伝つて落ちて来る湯の音は、他界からの音楽のやうにかれ等の胸にある不思議を誘ふであらう。K達はやがてその微白いラヂユムの湯気の中にその身を浸した。かれ等はかれ等の運命がいよいよその身に迫つて来たことをはつきりと感じた」。モダンで西洋的で科学的な温泉設備が民俗的な「他界」の想像力と結びついている。

島崎藤村の長編私小説第四作『新生』(一九一九年)には、温泉の場面が二カ所ある。第一は、第一部第四十四章。姪の節子との不倫を秘密にしたまま、岸本は新橋駅からパリ旅行へ発つが、代々木(花袋)ともう一人と別れの杯を交わすため、箱根・塔ノ沢の旅館へ寄り道する。「塔の沢へ行つて見る山の裾の雪、青木や萱や足立などゝ曾て遊んだことのある若かつた日までも想ひ起させるやうな早川の音、それらの忘れ難い印象が誰にも言ふことの出来ない岸本の心の内部《なか》の無言な光景《ありさま》と混合つた」。この若き日の塔ノ沢行が『春』(一九〇八年)の導入部に書かれていたことはすでに前章でみた。第二の温泉場面は、第二部第六十五章に出てくる。三年近いパリ逃避行から帰宅した岸本は、兄と磯部温泉へ旅行する。「山地に近い温泉場での三四日の滞在はひどく疲れて行つた岸本に蘇生の思ひを与へた。彼が磯部まで同伴した義雄兄よりもすこし後《おく》れて東京へ引返さうとする頃には、帰国以来兎角手につかなかつた自分の仕事に親しまうとする心を起した」。「自分の仕事」とは、姪との不倫を懺悔小説にすることを指す。二回の温泉行はこの長編小説を、過去の連作と関連づけるとともに、分節する機能を担っている。けれどもその描写は花袋以上に淡い。

花袋も藤村も温泉好きであったにもかかわらず、概して温泉宿の雰囲気や入浴を内在的・感覚的に描き出さず、概括的・静態的・単層的な報告に収っている。温泉の描写があっても、それがその場限りの説明や雰囲気の表現という域を出ず、水、光、熱、空気などの表現が小説全体を貫くイメージの戯れへと展開することがほとんどない（『浴室』は花袋の温泉小説中の例外である）。

このような停滞期・空位期に、文壇に登場するや本格温泉小説を次々と発表し、温泉小説を新たなステージに押し上げた第二の巨人こそ、川端康成（一八九九〔明治三十二〕—一九七二〔昭和四十七〕年）なのである。本章では、彼の代表作でもある二本の本格温泉小説、初期（二十代）の中編『伊豆の踊子』と、中期（三十代後半—四十代）の長編『雪国』を主に論じることにする。

どちらも非常に長期の温泉滞在と取材に基づいているという特徴があり、それが夏目漱石との大きな違いにつながっている。第一高等学校生だった満十九歳の晩秋（一九一八年）、川端は伊豆半島内陸部を北から南へ縦断する徒歩旅行をし、天城峠で道連れとなった旅芸人一座の踊子に淡い恋情を抱いた。一年後、小説処女作『ちよ』（一九一九年）でこの経験を短く語り、四年後、原稿用紙百数枚の未定稿随筆『湯ヶ島での思ひ出』（一九二二年執筆／『少年』や、岩波文庫版『伊豆の踊子・温泉宿』「あとがき」で断片が紹介されたが、原稿全体に未発表のまま著者によって焼却された）のなかで、三十八枚を割いて語った。この原稿をもとに、川端は『伊豆の踊子』を雑誌『文芸時代』一九二六（大正十五）年一月・二月号に分載し、一九二七（昭和二）年、第二作品集『伊豆の踊子』に収録した。

湯ヶ島を拠点に川端は、船原、吉奈、土肥、修善寺、長岡、下賀茂、蓮台寺、谷津などの温泉場を巡っており、川端文学研究会編『伊豆と川端文学事典』（勉誠出版、一九九九年）によれば、こうした諸温泉や中伊豆・南伊豆に取材した彼の小説は驚くべきことに五十一編、随筆は四十九編を数えるという。

越後湯沢温泉をモデル地とした『雪国』は、さらに複雑な形成をたどった。川端は満三十六歳の一九三五（昭和十）年一月から断続的に四誌に発表された七本の連作短編を加筆し、一九三七年に『雪国』と題した中編小説＝旧版『雪国』を作品集『雪国』に収録したが、一九四〇年から四七年にかけて四本の続編を四誌に発表し、一九四八年、決定版『雪国』を刊行した。そしてさらに彫琢を加え、『定本雪国』を、自死する前年の一九七一年刊行した。取り上げるのは、一九二七年版『伊豆の踊子』と決定版『雪国』である。

2 『伊豆の踊子』のあらすじ

「道がつづら折になつて、いよいよ天城峠に近づいたと思ふ頃、雨脚が杉の密林を白く染めながら、すさまじい速さで麓から私を追つてきた」。坂道を駆け上り、峠の北側の茶屋に到着すると、十代の踊子、小犬を抱えた四十代の女、若い女二人、二十代の男の旅芸人一行が休憩していた。『伊豆の踊子』の第一章は、追いついたり追い抜かれたりする徒歩による峠越えのリズムを、屈伸する文章を通して見事に表現している。

四日前、二十歳の「私」は着物に袴、旧制高等学校の制帽といういでたちで大仁《おおひと》駅から伊豆縦断の徒歩旅行をはじめた。初日に修善寺温泉で一泊し、湯川橋の近くで修善寺へ向かう彼らとすれ違った。湯ヶ島温泉での二度目の夜、宿泊していた旅館に彼らが流して来た。翌朝、彼らはすでに発っていたが、「私」は山道で追いつけるだろうと期待していたのだ。天城峠の茶屋で別室に案内された「私」が茶屋の婆さんに「あの芸人は今夜どこに泊るんでせう」と尋ねると、「あんな者、どこで泊るやら分るものでございますか、旦那様。お客があればあり次第、どこにだつて泊るんでございますよ。今夜の宿のあてなんぞございますものか」という蔑んだ口調の返事が返ってくる。茶屋を発った「私」は、天城越えのトンネルを抜け、南伊豆の下りの峠道でふたたび旅芸人一行に追いつく（図3－1）。大島の波浮から来ている旅芸人であることを知り、下田まで一緒に行く約束をする。

図3-1　天城山隧道内から南伊豆側を見る（筆者撮影）

「峠を越えてからは、空の色までが南国らしく感じられた」。昼に麓の湯ヶ野温泉で彼らとともに木賃宿に入って一息つくと、男が「私」を別の旅館に案内する。夕から激しい雨になるが、旅芸人一行が呼ばれた宴席の馬鹿騒ぎが川越しに聴こえてくる。「踊子の今夜が汚れるのであらうか」と悩ましく思い、「私」は眠れず、深夜一人内湯に入る。

翌朝、男が旅館の部屋に上がってきたので、「私」は彼を誘ってまた内湯に入る。「向うのお湯にあいつらが来てゐます」と言われ、川の対岸の共同湯の方を見やると、踊子が湯殿の奥から川岸まで全裸で飛び出して手を振る。「十七歳くらゐ」と思っていた踊子はもっと幼かった。

二日目の午前中、男と散歩をしながら身の上話を聞く。名前は栄吉で甲州生まれ、かつて東京で新派役者の一団にいたことがあり、今でも座敷で小芝居をすることがある。上の若い女は女房の千代子で十九歳だが、一度目の子を流産したうえに、早産した二度目の赤ん坊を失ったばかりで体調がよくない。四十女はその母で、もう一人の若い女は大島生まれの百合子という十七歳の雇いの芸人。踊子は栄吉の妹で十四歳、薫という名前だという。

木賃宿のそばの路端で踊子が小犬と戯れている。「私」は、ほかの人たちといっしょに旅館の二階へ遊びに来るようにと言う。彼らは五目並べをしてから、宿の内湯へ降りる。すぐに踊子が戻って来て「肩を流してあげますからいらつしやいませつて、姉さんが」と千代子の言葉を伝えるが、「私」は遠慮し、踊子と五目並べをする。熱中のあまり踊子は碁盤の上に身を乗り出し、髪が「私」の胸に触れんばかりになるが、義母が共同湯の前に佇んでじっと見ていることに気づくや、彼女は「御免なさい、叱られる」と言って立ち去る。その晩、「私」は木賃宿の彼らの部屋へ行き、大島へ行く計画を話しあったり、踊子に「水戸黄門漫遊記」の講談本を朗読してやったりする。

翌朝「私」は芸人一座と出立する。山越えの間道で、離れてついて来る踊子と千代子が「私」の噂をし、

「いい人ね。」
「それはさう、いい人らしい。」
「ほんとにいい人ね。いい人はいいね。」

と言うのを耳にし、思いがけなく感動する——「二十歳の私は自分の性質が孤児根性で歪んでゐると厳しい反省を重ね、その息苦しい憂鬱に堪へ切れないで伊豆の旅に出て来てゐるのだつた。だから世間尋常の意味で自分がいい人に見えることは、言ひやうなく有難いのだつた」。

芸人一行が定宿にしている下田の木賃宿・甲州屋に昼前に到着する。亡くなった赤ん坊の四十九日の供養が明後日に予定されていたが、旅費が尽きかけている「私」は、明日東京へ船で帰ると彼らに告げる。踊子と活動写真へ行く約束をしていたので、自分の旅館で夕食をとったあと甲州屋へ迎えに行くが、義母が二人切りで出かけることを承知しないらしく踊子は意気消沈した様子で、誘いに応じない。

翌朝、栄吉が見送りのために旅館へやって来る。乗船場には、化粧の残った顔の踊子が待っていた。彼女は何も喋らなかったが、汽船が動きだすと白いハンカチを振る。伊豆半島が見えなくなり、「私」は船室に下がって鞄を枕に横たわる。すると「涙がぽろぽろカバンに流れた」。

3　湯ヶ島温泉

一九一八（大正七）年十月三十日、駿豆線の終点・大仁駅で降りた川端康成は、修善寺温泉に一泊後、狩野《かの》川沿いの旧下田街道を南に辿って湯ヶ島温泉の湯本館に二泊。天城峠で旅芸人一座と道連れとなり、十一月二日から四日まで、河津川のほとりに位置する湯ヶ野温泉の福田屋旅館（一八七九年創業）に三泊。(2) 五日、下田で一泊後、下田港から賀茂丸に乗船し、七日に東京の一高学生寮へ帰った。

湯ヶ島温泉は伊豆半島のほぼ中央、天城山北麓に位置し、当時、旅館は狩野川の渓流の左岸に湯本館、落合楼、湯川屋、大野屋が点在するだけだった。湯本館は一八七二（明治五）年創業、湯ヶ島に最初にできた温泉旅館で、共同湯「河鹿の湯」の隣にある。川端が湯浴みした、川中島の岩を掘り窪めた露天風呂は一九五八年の狩野台風で被害を受け、廃された。現在の湯本館は増築されているが、川端が繰り返し泊まった二階の八畳（一号室）と四畳半（五号室）は現存しており、小説に「踊子が玄関の板敷で踊るのを、私は梯子段の中途に腰を下して一心に見てゐた」と書かれている木の階段も板敷も当時のままだ（図3-2）。

伊豆初旅行後、一九一九年から一九二九年までの約十年間、川端は毎年、湯本館に長期滞在した。一九一九年十一月、リューマチないし神経痛を患っていた彼は十日ほど湯本館で湯治し、ちよ（本名・伊藤初代）との婚約が破談となった二一年暮れにもその傷心や足の痛みを癒すべく同館で保養した。二二年八月、同館で執筆した随筆『湯ヶ島での思ひ出』（岩波文庫版『伊豆の踊子・温泉宿』「あとがき」内の断片）のなかで湯ヶ島を「今の私の第二の故郷と思はれる」と記した。大学を卒業した二四年は東京と湯ヶ島をたびたび行き来し、二五年からは湯本館に住んでいると言ってよい状態だった。そのおりの随筆『湯ヶ島温泉』では、「私は温泉にひたるのが何よりの楽しみだ。一生温泉場から温泉場へ渡り歩いて暮らしたいと思つてゐる。それはまたからだの強くない私に長命を保たせることになるかもしれない」と書いている。

図 3-2　湯本館・階段（筆者撮影）

川端は大阪の中心部の生まれとはいえ、物心つかないうちに両親を失って、大阪府北部の川端家先祖代々の地、三島郡豊川村（現・茨木市）宿久庄《しゅくのしょう》の祖父母の旧家で育った。その家も、祖父母の死後、十七歳のとき借金の整理のため処分された。故郷喪失者となった青年は、豊川村に地勢が似た湯ヶ島に「第二の故郷」を求めたとみられる。(3) 本書の序章で、漱石にとって温泉を書くことの根底には「西洋文学の表面的模倣ではない近代日本文学を築こうとする志しがあったはずだ」と述べたが、強い故郷喪失感（彼の言う「孤児根性」と表裏一体のものだろう）を抱えた川端は、その路線を継承しつつ、それを〈故郷〉の探求へとシフトしたように思われる。晩年の随筆『私のふるさと』（一九六三年）で川端は「親のない子の私をいたはつてくれた『ふるさと』はなつかしいが、しかし無頼浮浪の私は旅のところどころにも『ふるさと』を感じる。たとへばデンマアクにも、パリにも、フランスにも、ロンドンにも、ロオマにも、アメリカのニユウ・ヨオクの郊外にも、ブラジルにも、ふるさとに近い親しみとなつかしさがある」と述べるにいたった。

『伊豆の踊子』もその冬から二六年一月にかけて湯本館で執筆された。同年十月から二七（昭和二）年四月まで川端は新妻の秀子（入籍は一九三一年）と二階の四畳半で暮らしたが、横光利一の再婚披露宴に出席するため上京したのを機に、晩年まで湯ヶ島にもその近辺の温泉へも戻らなかった。

多くの温泉旅館が湯治客対応をしていた時代、文士の長逗留はざらにあったとはいえ、川端の逗留の長さは異例中の異例に違いなく、知人たちから訝しがられていた。小説家としての名声を得る以前であり、経済的余裕はなかったはずだ。東京帝国大学四年生の湯ヶ島逗留中、後見人の川端義一へ「温泉なぞにあるも、止むを得ざる次第にて、滞在費も文を売りて弁じることとて、若し間に合へば嬉しく候[4]」と無心の手紙をしたためていた。老女主人の安藤金から息子のように可愛がられたおかげで、宿賃の大部分はツケになっていたらしい。一九二五年以降、川端は湯ヶ島を讃える随筆を次つぎと雑誌に発表していたのだから、優遇が湯本館や伊豆の観光宣伝に資するとみられていたのかもしれない。

湯ヶ島で川端は、若山牧水、中河与一、林房雄、武野藤介、尾崎士郎、宇野千代、萩原朔太郎、広津和郎、中谷孝雄、淀野隆三、保田与重郎、日夏耿之介、今東光、小野勇、藤沢恒夫、岸田国士、橋爪恵、池谷信三郎、梶井基次郎、三好達治など、多くの文士と交際し、彼らの多くも湯ヶ島ないし伊豆に取材したものを書いた。一九二六年末から二八年四月まで断続的に結核の転地療養をした梶井

（安かった湯川屋を定宿とした）との交流は、特に重要だ。梶井は作品集『伊豆の踊子』の校正を手伝っただけでなく、湯ヶ島を舞台とする『蒼穹』『筧の話』『冬の蝿』『闇の絵巻』『交尾』『温泉』を矢継ぎ早に書いた。川端は晩年の随筆『文学的自叙伝』（一九七五年）のなかで「尾崎士郎や宇野千代氏、梶井基次郎氏等の伊豆湯ヶ島文学は、私の手柄でもある。あんなに文士が陸続と不便な山の湯を訪ねたのは、伊豆としても空前であらう」と述べている。日本の近代文学において温泉場は、題材となったばかりでなく、しばしば執筆場所や、文士・文化人の親密な社交場、文芸サロンの役目をはたした。湯ヶ島はその好例といえよう。

4　湯ヶ野温泉

小説で「トンネルの出口から白塗りの柵に片側を縫はれた峠道が稲妻のやうに流れてゐた」と描写された天城山南麓の旧下田街道のつづら折りが、河津川段丘上で穏やかな下り坂になると、まもなく右手の両岸に湯ヶ野温泉が現れる。川端が泊まった福田屋は一八七九（明治十二）年創業、昭和初期に「福田家」と字を改め、現在も古風な木橋を渡った河津川右岸にある。彼が踊子と遊んだと伝えられる碁盤も館内に残っている。小説の記述どおりなら、若き川端が泊まったのは、木橋に面した二階角部屋（現「踊子一号」）だ。前庭にはブロンズの踊子像があり、隣地には『伊豆の踊子』文学碑がある。どちらも川端の晩年に設置されたものだ。

川端は小説の後半を『文芸時代』に書くため一九二五年大晦日から翌年初旬にかけてバスで湯ヶ

図 3-3　福田家榧風呂（筆者撮影）

島—下田往復旅行をし、湯ヶ野温泉を再訪した。そのときの日記（「南伊豆行」一九二六年二月）には「福田家は立派に改築され八年前の面影を止めず。襖を切抜き鴨居より電燈を下げて二室兼用とせし頃の藁屋根なぞ昔の夢なり」と書いたが、一九六三年に吉永小百合版『伊豆の踊子』（西河克己監督）のロケ撮影に同行した際の随筆『伊豆行』（『落下流水』に収録）では、「こんどの旅で、私たちは下田、湯ヶ野、湯ヶ島、土肥と四晩泊つた。比較的むかしの姿を残してゐる温泉場は、湯ヶ野と土肥であつた」とも書いていた。こんにち共同湯は二階を旅館「湯本楼」が占める建物に入っているが、所在は変わらない。福田家の半地下式の内湯「榧《かや》風呂」は川に面してこの共同湯と向かいあう位置にあり、川端が湯浴みした当時の風情をよく残す（図3-3）。湯殿内の階段を降り、地元の黄土色の石を敷いた床に創業以来の榧材の升型の小振りな湯舟に浸かると、底板の木目が足裏に心地よい。四方の低い部分のコンクリート壁には大判の装飾タイルがまばらにはめ込まれている。小天温泉の前田案山子旧邸の湯殿と類似したスタイルなので、明治期の流行りだったのだろうか。

　私は二〇一〇年に川端の足跡をたどってここに入浴したとき、天井ぎわの高い位置にしか窓が穿たれていないことが気になった。内湯から共同湯の踊子を見たというのは文学的創作だったのかどうか、晩年の川端と交流のあった大女将に尋ねてみると、当初は窓がいまよりずっと低いところがあり、子供の頃の彼女は榧風呂から窓を潜って河津川で泳いだりもしていたが、洪水で土砂が浴室に流れ込んだのでコンクリートで塞いでしまったとのことだった。浴槽の湯口側の壁の下部のアルコーヴがその痕跡なのだ。

川端が修善寺から歩いた旧下田街道のうち、湯本の浄蓮の滝から福田家までの一六キロメートルは「踊子歩道」として整備されている。途中、与謝野晶子歌碑、五所平之助（映画『伊豆の踊子』第一作監督）句碑、穂積忠歌碑、島崎藤村文学碑、横光利一文学碑、昭和の森会館内の伊豆近代文学博物館、井上靖文学碑、川端康成文学碑（『伊豆の踊子』の秋雨の一節）、「踊子と私」ブロンズ像、旧天城山隧道などが適度な間隔で見られる文学の道であるとともに、浄蓮の滝、二階滝、平滑の滝、河津七滝《ななだる》など天然の景勝に事欠かないハイキングコースだが、湯本館から歩けば七時間ほど要し、国道から外れた鹿や猪の出没する山道も途中にあるので用心しなければならない。

「峠を越えてからは、空の色まで南国らしく感じられた」という記述は、伊豆半島の実際の気候に則しているはずだ。天城峠より南方は地勢が南へ傾斜して日あたりがいいうえに、黒潮に大地が突き出している。

5 『草枕』との類似

「管見の限り『伊豆の踊子』の先行研究において夏目漱石『草枕』からの影響を指摘したものはな

い」と断ったうえで、川勝麻里は『伊豆の踊子』と『草枕』のあいだに八つの類似を指摘している。(5)(一)峠を越えると南国的でユートピア的な世界が広がっているような峠越えの旅。「峠を越えてからは、空の色まで南国らしく感じられた」(『伊豆の踊子』)。(二)雨を逃れて峠の茶屋へ立ち寄る流れ。『伊豆の踊子』でも『草枕』でも茶屋の主は老夫婦で、女の方がヒロインを蔑む言葉を口にする。(三)茶代に大金を払うこと。(四)絵にとどめたい、もしくは絵のようなヒロインを見つめる青年の視線。(五)恋愛には陥らない男女関係。(六)温泉でヒロインの裸体を見て「自然」と感じること。(七)女性と椿の結びつき。『草枕』では椿の落花を浮かべる鏡が池の岸に那美が姿を見せる。『伊豆の踊子』で「私」は芸人たちが大島から来たと知るや「踊子の美しい髪」を眺める(椿油が大島の特産なことが暗黙の前提となっている)。(八)顔と顔を寄せ合うまでの接近。『草枕』では画工が部屋で読んでいた英語の小説のあらすじを那美に語っている最中に地震が起き、彼女が膝を崩して机にもたれかかって「御互の身体《からだ》がすれすれ」になる。『伊豆の踊子』では踊子が五目並べに熱中して「不自然なほど美しい黒髪が私の胸に触れさうにな」る。また彼女に頼まれ「私」が『水戸黄門漫遊記』を朗読すると、彼女が「するすると近寄」り、「私の肩に触れるほどに顔を寄せて」くる。

さらに私たちは複数の類似点をつけ加えることができる。どちらも知的青年の語りによる一人称小説である。青年とヒロインは山間の温泉場を発ち、外部との交通の要である町へ行き、そこで別離が演じられ、小説が終わる。『草枕』では那美が元夫を見送るさまを「余」が目撃するのに対し、『伊豆の踊子』では「私」が踊子とその兄から見送られるという反転はあるが。

川端は岩波文庫『伊豆の踊子・温泉宿』(一九五二年)の「あとがき」のなかで「『伊豆の踊子』は

私の作品としては珍ずらしく、事実を追つてゐる」と記した。しかし、たとえそうであるにせよ、この旅や温泉の経験が小説になりえるという判断や、雑多な出来事から自律的構造を備えた作品への結晶化には、文学的教養が関与したはずである。

しかも、川端は旧制中学時代に、『草枕』を含む漱石作品を愛読していた。一九一四（大正三）年の「手帖」によれば、この年の十一月に『坊っちやん』を購入している。さらに「大正四年当用日記」によれば――一月十四日「此頃現在傑作叢書名作選集及び新刊詩集漱石先生の作の春陽堂の縮版に血湧けども致方ない」、一月二十二日「習字の時間に今十二文豪を選んでみる　逍遥、鴎外、蘆花、藤村、漱石、白鳥、花袋、未明、小剣、[6]俊子、[7]秋声、鏡花だと思つて見る」、一月三十日「帰つてみると奎運堂から夏目漱石著鶉籠虞美人草が来てゐた」、二月一日「昨日車中にて漱石先生の二百十日を読む」「帰宅後、漱石先生の硝子戸の内《ママ》を読んで二百十日の圭さんが漱石に似てるなと思つた」、二月十日「夜草枕を読破した。大変感服して読むだ《ママ》」、二月十一日「漱石の虞美人草読む。漱石先生が最も好きになつてしまつた。今私の胸に最も深い作家は先生の外に蘆花未明小剣が最大なるものである」、二月十四日「十一時頃から座敷の南縁に出て日光に背を浴して虞美人草読む。午後二時まで同所に出張して虞美人草読む。大変興湧く、此頃寝間の中で何時も文学の事を考へてゐる。私は島崎さんのは新体詩だけで創作は読むでないが崇拝してゐるので《ママ》ゐる。漱石先生もその作を愛さずにゐられない」、三月十四日「漱石先生の須永の話[8]読み了る。心の描写には感服の外ない」。伊豆旅行の三年前、『草枕』を感動しながら読んでいたのだ。『伊豆の踊子』が『草枕』の強い影響下に成立した小説であることはもはや間違いあるまい。なお川端は一九三〇年の随筆『文章雑感』（一九三六年に『文章について』と改題)でも、漱石の『文学論』を「大文章であつた」と高く評価している。

また、これは資質によるところが大きかろうが、雨、湯気、川、泉、海というように変化する〈水〉が、小説の要所要所に効果的に配されているという共通性がある。時雨に襲われたからこそ「私」は峠の茶屋へ急ぎ、旅芸人一行に追いつく。茶屋の囲炉裏の熱で「私の着物から湯気が立」つ。旅芸人一行と出会ったのは修善寺の湯川橋のそばであり、湯ヶ野温泉では彼らの木賃宿と「私」の旅館は橋で距てられている。踊子の兄が身の上話をするのは、浴室のなかと橋の上。下田へ向かう山道で喉が渇いた「私」は、踊子が教えてくれた泉で清水を飲む……。

漱石におけるのと同様、入浴場面はこうした〈水〉の多様なイメージの綾のなかに編みこまれている。湯ヶ野温泉の第一日目の宵の豪雨は「私」を踊子から遠ざける天然の帳となり、私の不安の心象ともなる。そのなかで「私」は「湯を荒々しく掻き廻」す。そして川端はその翌朝の様子を、「美しく晴れ渡つた南伊豆の小春日和で、水かさの増した小川が湯殿の下に暖かく日を受けてゐた。自分にも昨夜の悩ましさが夢のように感じられるのだつた」と述べたうえで、朝風呂の場面を導入し、踊子の裸身をこのように呈示する。

「向うのお湯にあいつらが来てゐます。——ほれ、こちらを見つけたと見えて笑つてゐやがる。」

彼に指ざされて、私は川向うの共同湯の方を見た。湯気の中に七八人の裸体がぼんやり浮んでゐた。

仄暗い湯殿の奥から、突然裸の女が走り出して来たかと思ふと、脱衣場の突鼻に川岸へ飛び下りさうな恰好で立ち、両手を一ぱいに伸して何か叫んでゐる。手拭もない真裸だ。それが踊子だつた。若桐のやうに足のよく伸びた白い裸身を眺めて、私は心に清水を感じ、ほうつと深い息を吐いてから、ことこと笑つた。子供なんだ。私達を見つけた喜びで真裸のまま日の光の中に飛び出し、爪先で背一ぱいに伸び上る程に子供なんだ。私は朗らかな喜びでことことと笑ひ続けた。頭が拭はれたやうに澄んで来た。微笑がいつまでもとまらなかつた。

　踊子の髪が豊か過ぎるので、十七八に見えてゐたのだ。その上娘盛りのやうに装はせてあるので、私はとんでもない思ひ違ひをしてゐたのだ。

図 3-4　福田家「踊子一号」から木橋を見る（筆者撮影）

　共同湯も内湯も混浴だが、それゆえ「私」は踊子の裸身を目にするのではない。外の半露天の共同湯に入っていた彼女の裸身をまったく思いがけず旅館の浴室の窓から、彼女の兄に示唆されて目にする。増水した小川を距てていうところが、擬似混浴的なシチュエーションを下品にせず、清冽なエロティシズムに収める。(9)「心に清水を感じ」「頭が拭はれたやうに澄んで来た」という〈水〉にまつわる比喩が、効果的に渓流と響きあっている。しかも、これらの比喩は、この中編小説を締めくくる文章の比喩――「真暗ななかで少年〔船室で出会った、入学準備で上京する河津の工場主の息子」の体温に温まりながら、私は涙を出委《でまか》せにしてゐた。頭が澄んだ水になつてしまつてゐて、それがぽろぽろ零《こぼ》れ、その後には何も残らないやうな快さだつた」——とも共鳴することになる。この涙は潮にも川の流れにも温泉にも重なっていよう(10)。

川がもたらす空間的距離に、禁忌という社会的距離が重ねられてもいる(図3-4)。入浴後、踊子が橋を渡ってやって来るが、「私」との接近は、つぎのように義母によって巧妙に延期され、逆方向へ変換されてしまうのだ。

男と一緒に私の部屋に帰つてゐると、間もなく上の娘が宿の庭へ来て菊畑を見てゐた。踊子が橋を半分程渡つてゐた。四十女が共同湯を出て二人の方を見た。踊子はきゆつと肩をつぼめながら、叱られるから帰ります、といふ風に笑つて見せて急ぎ足に引き返した。四十女が橋まで来て声を掛けた。

「お遊びにいらつしやいまし。」

「お遊びにいらつしやいまし。」

上の娘も同じことを言つて、女達は帰つて行つた。男はたうとう夕方まで坐り込んでゐた。

夏目漱石に比べ、概して川端康成の叙述はさほどフィジカルでなく、より主情的、感覚的、詩的で、省筆が多く淡白だ。『伊豆の踊子』を注意深く読んでも浴場や部屋の構造は『草枕』の場合ほどよくはわかるまい。けれども、彼の主情的・散文詩的叙述はしかるべき空間関係に裏打ちされ、物語と相関しながら身体感覚に訴える。その底には観察や調査や経験の蓄積が沈んでいる。夏目漱石も川端康成も物語を温泉場の形状と有機的に相関させるとともに、〈水〉を中心とした諸イメージの変奏や複合によって物語を裏打ちし、温泉を内在的に表現することができた、という根本においては等しい。それらの編成の見事さからすると、彼らがこうした書き方を自覚的におこなっていたことは疑いの余地がない。『草枕』や『雪国』の場合、イメージ群の展開の方が物語をリードしている感すらある。要するに、彼らは温泉的エクリチュールによって温泉を書いたのである。

6 川端康成の温泉文学論

川端はゲニウス・ロキに促されながら小説を紡いでゆくタイプの作家である。かなりの期間、自分の創作意欲を掻き立てる場所に淫するように親しみながら連作し、納得のいく成果が得られると憑物が落ちたかのようにその場所を離れ、新たな場所へ移るのを常とする。湯ヶ島を引き払ったあと、熱海の別荘を半年借りて熱海や伊豆東海岸を舞台にした短編を書くが、一九二九年、上野桜木町に転居し、徒歩で浅草通いをしてカジノ・フォーリーの踊子たちと親交しながら、同年十二月から翌年二月まで『東京朝日新聞』に『浅草紅団』を連載した。温泉がふたたび本格的に創作意欲を励起するのは、越後湯沢を初訪した一九三四年六月以降となる。

その頃、川端は『温泉雑記』という三ページほどのエッセイを日本温泉協会の機関誌『温泉』（一九三四年十月号）に寄稿している。「触感」という小見出しの前半では、温泉場ごとに個性的な湯の触感があるにもかかわらず案内記がその違いを滅多に記していないという点を批判する――「病気の効能ばかりでなく、湯の肌触りの楽しさを調べてくれる人があつてよいと思ふ。湯船もこれを頭に入れて作つてほしい。いたずらに大きいのや西洋のおもちやみたいなものばかりが能ではあるまい」。「温泉と文学」という小見出しの後半部はこう書き出される。

例へば「金色夜叉」や「不如帰」は余りに有名であるけれども、熱海や伊香保を書いた小説とは決して云へない。書いてあるのは、熱海や伊香保の景色だけである。舞台に借りたに過ぎない。従つて、土肥の海岸の別れであつても、塩原の山の蕨狩りであつても小説には差支へないわけである。お宮や浪子は熱海や伊香保の土地の人がどんな暮しをしてゐようと、知つたことではない。眼中にあるのは、貫一と武男に過ぎない。彼等は旅行者である。温泉場の人間ではない。

温泉を取り入れた小説や芝居は少くないが、その殆んどすべてはこの旅行者の文学である。ポスターの絵や広告写真に近いものである。宿屋の客の眼の印象に過ぎない。温泉から生まれた文学ではない。その土地の人々の生活の真実とはかかはりがない。

日本の近代文学は、温泉を舞台とした作品や、温泉に触れた紀行文をあまた分泌してきたにもかかわらず、温泉文学論をほとんどまったく残さなかった。随筆家・市嶋春城が『文芸と温泉』（一九二七年）を書いているが、明治以前の例がほとんどで、また銭湯の話が多く、近代文学に関しては坪内逍遥の銭湯小説『発蒙攪眠清治湯講釈』（一八八二年）に言及しているにすぎない。『温泉雑記』は短文とはいえ極めて貴重な例外的テクストである。温泉が登場する近代日本のさまざまな小説や随筆を川端は歴史的な一連の流れとして対象化し、それを「旅行者の文学」と総括して批評した。その鋭い矢は深いところまで食い込んでいる。

『金色夜叉』『不如帰』に対する批評には勇み足もあろう。たとえば土肥温泉の近代の再興は一九〇〇年以降、すなわち『金色夜叉』の熱海のくだりが書かれたあとであり、川端が『温泉雑記』を書いた当時でも、明治期から名士が別荘を構えた熱海に比べ、高級感や知名度が劣っていたはずだろう。東京から要する時間にも、漢字の印象にも大きな差がある。(11)とはいえ、『金色夜叉』『不如帰』の熱海と伊香保の描写が風景の表面的描写にとどまり、温泉場で生活する人々の存在感が非常に希薄で、「ポスターの絵や広告写真に近い」という指摘は的確である。

川端によれば、尾崎紅葉、徳冨蘆花以降の作家の温泉の扱いも大同小異で「旅行者の文学」を出ていないという。「旅行者の文学」と「温泉場から生まれた文学」の境界はどこに定められているのか。『伊豆の踊子』もまた「旅行者の文学」だったのではないか。その違いを述べておく必要を感じたのだろう、川端は続けてこうも言う——「私はしばらく伊豆に住んでゐたことがある。伊豆にゐて伊豆の文学を読むと、田山花袋氏の紀行にも吉田絃二郎《げんじろう》氏の随筆にも、見え透いたまちがひがあつた。つまり、旅人のあわただしい眼の印象のせゐである。どの温泉文学も、その土地の人から見れば、嘘八百だらけにちがひない」。

川端は『伊豆の印象』(一九二七年)のなかでも「旅行家の話はあてにならない」と述べ、吉田絃二郎(小説家、随筆家、戯曲家、早稲田大学英文科教授)の紀行文の問題点を具体的に記していた。

彼が吉奈温泉で地元の子供がから馬車に乗って遊んでいたのを見て、土地の子供の唯一の楽しみだといったことを書いたが、それを読んだ湯ヶ島の郵便局長が「馬鹿にしてゐると腹を立ててゐた」という。また屋根の上に空気抜きのような小さな屋根が付いていることを不思議そうに書いてるが、蚕を飼うために必要な造りにほかならず、「さう分つてみると文章が馬鹿馬鹿しく見えて来る」とも。

四年前に亡くなったばかりの田山花袋の紀行に対しては川端の具体的指摘が見当たらないが、日本各地の温泉を精力的に訪ねた彼が書いたベストセラー『温泉めぐり』（一九一八年）に目を通せば、それがまさに川端のいう意味で「旅行者の文学」に過ぎないことがよくわかる。一九〇九年、花袋は、島崎藤村、蒲原有明、武林夢想庵とともに天城越えの旅をし、湯ヶ島で落合楼に投宿しおり、「五湯ヶ島」にはそれに関する回想がある。落合楼から下流の川が湾曲した対岸に「湯ヶ島館とか言はれる浴舎」もあると書いているが、「湯ヶ島館」という旅館は存在せず、文面からするとこれは「湯本館」の誤りだろう。また落合楼から下流の「狩野川」と「湯ヶ島川」が合流する落合まで散歩したと書いているが、「湯ヶ島川」という川も存在せず、記述どおりなら「長野川」と思われる。地図で確認せず昔の記憶だけで書いており、一九二五年の増補改訂版でも訂正していない。名所旧蹟主義を脱して自分の見方を押し出した点は彼の新しさだが、柳田国男の旧友だったにもかかわらず、温泉場の住民や湯治に来る農山村民の生活史にほとんど関心を寄せず、もっぱら彼自身の泉質の好みや風景の好みを述べている。「箱根の多い温泉には、それぞれ持つた特色があるが、谷としての美、渓流としての美は一番此処〔堂ヶ島〕が優れてゐると私は思ふ。底倉は温泉としては静かな好い温泉場である。木賀も矢張世離れてゐるさまが好いけれど、早川の谷には余り縁が遠すぎる。底倉の万年橋あたりは好いには好いが、それは渓谷の持つた美と言ふよりも、山巒《さんらん》に対した美といふ方が適当である」(「一一　早川の渓谷」)といった具合に。温泉を絵のような「風景」として扱う傾向は、彼の小説にもみられる。

川端自身も伊豆の「土地の人」ではないけれども、「住んでゐた」といえるほどそこに長くいたので「旅行者」ではないという自負があったのだろう。

お座敷の芸者、ホテルの踊子、舞台の女優をいくら写生したつて、彼女等の生活の真実をとらへてゐないやうなものである。温泉文学はみんな作者が客間に坐つてゐる。料理場や女中部屋や金庫のなかは見てゐない。まして温泉宿と村人との関係、外来資本と温泉経営とその土地との関係、そんなものは夢である。また短日月の宿屋客に分るものでもない。その土地の人聞くよりも、他所から働きに来てゐる者の方が真実を伝へることがある。なぜなら、彼等は故郷恋しく働かせられてゐる土地に不平が強いゆゑである。

してみると、ほんたうの温泉文学は滞在客の恋愛を歌つたり、景色の美しさを讃へたり、風俗の珍しさを写したり、そんな上つ面の浅いものでなく、土地の人々の生活の美醜の底に掘り入るものであれば、必ずしも温泉の宣伝になるとは限らぬ。反つて、からくりをあばかれて商売のさまたげとなることもあらう。しかしながら、薄つぺらな嘘ばかりで、ほんたうの語られないのも寂しくはないか。旅人の眼を待つより、かういふ作品が温泉場の内から生れて来ればよいと思ふ。

『伊豆の踊子』は薄っぺらな写生ではないと思っていたからこそ、「ホテルの踊子」の例を挙げているのに違いない。踊子一行も「土地の人」ではないけれど、「土地の人」以上にその土地の真実を伝えることがある「他所から働きに来てゐる者」に該当しよう。それでも、伊豆もののなかで「温泉宿と村人との関係、外来資本と温泉経営とその土地との関係」まではほとんど書いていないではないか、と突っ込みを入れることはできる。ただ、「温泉場の内から」新たな作家が「本当の温泉文学」を書くことの希望を記していることからすると、この点はみずからの限界として自覚していたと思われる。ちなみに川端が一九一八年、一九年に湯ヶ島を訪ねたとき、奇しくもそこには小学生の井上靖が住んでおり、後年、井上は『あすなろ物語』（一九五三年）や『しろばんば』（一九六二—六三年）で「温泉場の内から」湯ヶ島を描くことになる。

なお、李明喜は、『温泉宿』（一九二九年）のなかで女中や娼婦が男客との関係や、自動車道路建設計画をめぐる村人の亀裂などをあけすけに語りあっていることを例に挙げ、『温泉雑記』を書いた川端はすでに「土地の生活の真実」を表現していたと説いている（「〈温泉場〉に記した物語——川端康成「温泉文学」の位相と『雪国』」『温泉の原風景　論集【温泉学Ⅲ】』岩田書院、二〇一三年）。

私たちにとっていちばん気になるのは、川端が深く影響を被っていたはずの夏目漱石への言及がないことである。その理由はよくわからないが、漱石よりも自分の方が温泉場に長く暮らし、現地の諸事情に通じていると自負していただろうことは容易に想像できる。実際、松山時代に道後温泉に日参したことと、修善寺で数カ月臥せっていたことを除けば、漱石の温泉滞在期間は川端のそれよりも短く、同一温泉に何年も通うということもない。川端が明治期の文体を好ましく思っていなかったことや、文学的出自を語りたがらないことも関係しているのかもしれない。あるいはたんに紙幅の都合だったのかもしれない。

しかしながら、温泉場の具体的特徴と物語が有機的に噛みあった傑作を幾つも書くという力業によって温泉文学の歴史を画していたのは漱石にほかならず、この地平において、川端は漱石の真の後継者というべき位置にいる。『伊豆の踊子』に『草枕』の影響が見出されるだけではなく、そもそも川端の温泉文学全体が漱石以降の仕事といえる。温泉文学という次元でみれば、夏目漱石から川端康成へという、これまで看過されてきた太い文学史的系譜を指摘することができるのである。漱石が本格温泉小説の祖とすれば、川端はその中興の祖といっても過言ではなかろう。

7　『雪国』のあらすじ

『雪国』は、下町生まれの西洋舞踊評論家で、無為徒食の暮らしをしている中年男・島村を視点人物とした三人称小説である。

「国境の長いトンネルを抜けると雪国であった」。夜の信号場に汽車が仮停車し、病人と思われる男に寄り添っている葉子が駅長に、駅員になったばかりの弟のことを尋ねる。島村は東京に妻子のある身でありながら、温泉場で暮らす駒子に再会するために雪国にやってきた。三時間前、左手の人差指を眺めながら「結局この指だけが、これから会ひに行く女をなまなましく覚えてゐる」と思い(12)、その指で曇った車窓のガラスに線を引いたらそこに葉子の美しい片目が映ったので、窓ガラスの反映を通じて彼女を盗み見ていた。すると夕景の野火が「映画の二重写しのやうに」彼女の目と重なったのだった。島村と葉子らは同じ駅で降り、島村は旅館の自動車に乗った。温泉宿の湯を上がり、暗い廊下を曲がると、芸者になった駒子が立っていた（いささか『明暗』的な演出ではないか）。

駒子を知ったのはその年の五月だった。山歩きから降りて島村はこの宿に泊まり、芸者を所望したが、出払っていたので、三味線と踊りを習っていた十九歳の駒子がやってきた。彼はその清潔感や真剣さに魅せられ、翌夜、泥酔して戻ってきた彼女と一夜を過ごすと、朝、東京へ発ったのだった。

二度目の一週間ほどの逗留で、駒子がずっと日記をつけていることや、読んだ小説を雑記帳に記していることを島村は知り、そのけなげさに感動する。底冷えを感じたのでもう一度湯に入りに行こうとすると、駒子もついてくる。

誘われて彼女の住まいへ行く。彼女の師匠の家の二階の元蚕部屋を借りて暮らしていた。そこへ村娘の葉子が帰ってきて、汽車の病人が師匠の息子・行男で、重い腸結核のせいで東京での夜学を諦め帰郷したということを島村は知る。女按摩から、駒子が芸者になったのは「いひなづけ」の行男の療養費のためという噂も聞き、行男の新しい恋人の葉子と駒子の間柄を訝しく思う。駒子に問いただすと、行男は「幼馴染」なだけで「誰のために芸者になつたつてわけぢやない」と言う。帰京する島村が見送りの駒子と汽車を待っていると、葉子が駆けつけ、行男が危篤なのですぐに帰るように駒子に言うが、彼女は帰らない。

翌年の秋、島村が三たび温泉場を訪ねる。行男も師匠も亡くなっており、駒子は四年の年期で置屋へ移っていた。「二月十四日」の鳥追い祭のときにまた来るという約束を破ったことを駒子は咎める。

宿で臨時の手伝いをしていた葉子は、駒子の結び文を島村に届け、東京に出たいから「連れて帰つて下さい」と頼む。「駒ちやんをよくしてあげて下さい」とも頼むが、島村が「僕はなんにもしてやれないんだよ」と返すと、泣きじやくつて「駒ちやんは私が気ちがひになると言ふんです」と言い残して立ち去る。島村が内湯に浸かると、隣の女湯から葉子の手毬歌が聞こえてくる。

「妻子のうちへ帰るのも忘れたやうな長逗留」になってしまい、足繁くやってくる駒子に呵責を感ずるようになった島村は、雪国の「温泉場から離れるはずみをつけるつもり」で、縮《ちぢみ》の生産で栄えた下流の宿場町を見物した。温泉場へ戻って駒子と宿への石段を登っているとき、半鐘が鳴り響く。下の町の繭倉兼劇場から炎が上がっている。満天の天の河のもと、現場へ駆けつけた二人は、逃げ遅れた葉子が二階から転落するのを目撃する。駒子から葉子を抱き取りに駆けだした男たちに押され、島村がよろめく。「踏みこたへて目を上げた途端、さあと音を立てて天の河が島村のなかへ流れ落ちるやうであつた」。

8　越後湯沢温泉

岩波文庫版『雪国』の「あとがき」（一九五二年）のなかで、川端は越後湯沢温泉（新潟県南魚沼郡湯沢町湯沢、旧・湯沢村）へ行った経緯を回顧している。

「雪国」を書く前私は水上《みなかみ》温泉へ幾度か原稿を書きに行った。水上の一つ手前の駅の上牧《かみもく》温泉にも行つた。そのころ深田久弥君や小林秀雄君はよく谷川温泉へ行つてゐた。

水上か上牧にゐた時私は宿の人にすすめられて、清水トンネルの向うの越後湯沢へ行つてみた。水上よりはよほど鄙びてゐた。それからは湯沢へ多く行つた。


一九三四（昭和九）年六月の初訪問以後も川端は、一九三四年八月（未確定）、同年十二月（このとき『雪国』の冒頭部分になる「夕景色の鏡」「白い朝の鏡」を書いている）、一九三五年九月―十月、一九三六年七月に越後湯沢温泉に逗留した。いずれも泊まったのは、越後湯沢駅から二キロほど離れた郊外の高半旅館（現「雪国の宿　高半」）の「かすみの間」（作中では「椿の間」）だった。三方が窓で、湯沢の谷のほぼ全貌が眺められた。「この温泉場に行つて、その場で書いた部分もある。したがつて自然描写には、空想と見えるところも案外写生がもとになつてゐる」（「あとがき」）という。

越後湯沢温泉（新潟県南魚沼郡湯沢町湯沢、旧・湯沢村）は、湯沢の北端、糸魚川の盆地状の渓谷の右岸の高台に位置する。三方を三国《みくに》山脈の山嶺（大源太山、谷川岳、苗場山、大峰山……）に囲まれ、北側は六日町盆地に開く。高半旅館を営む高橋家の先祖が平安時代に泉源を発見し、これを掛樋で引いて温泉を開いたと伝えられている。最初、湯屋は湯之沢川右岸にあったが、一七六九年に雪崩で流され、左岸の高台（湯元地区）へ移転した。江戸時代、高崎から上州（群馬県）・越後（新潟県）国境の三国峠（標高一三〇〇メートル）を越えて湯沢宿を通り寺泊へ出る三国街道が整備され、魚沼郡の農村の湯治客や、街道を行き交う旅人で賑わうようになった。

一八八五（明治十八）年の信越本線と清水新道の開通や、海運の発展によって三国街道の利用者が激減し、湯沢宿は衰退した。大正期にスキーが民間に普及しだすと、湯沢の有志は一九一五年「湯沢スキー場」、翌年「布場スキー場」を開き、新たな客層の誘致を図った。劇的変化は、上越線の延長により一九二五年に越後湯沢駅ができ、さらに一九三一年、谷川岳（群馬／新潟の県境、中央分水嶺）を貫く清水トンネル（九七〇二メートル、当時東洋最長）が開通、上越線が全通したこと、また新しい泉源が次々に発掘されたことによってもたらされた。湯沢が交通の要衝に復位し、関東圏からの団体客、特に登山、紅葉狩り、スキーを目的とした観光客が押し寄せたのである（以上、湯沢町史編さん室編、湯沢町教育委員会刊行の『湯沢町史　通史編　下巻』二〇〇五年、『湯沢町史　資料編下巻』二〇〇四年、『人の越後――湯の里湯沢・まつりごと――』二〇〇四年、に拠る）。

上越線全通の三年後に越後湯沢を訪れ、新旧の入り混じったつかのまの情景を見た川端は、『雪国』のなかで、その過渡性をしっかり示している。島村が旅館の人から聞いた話が地の文でこう語られる――「つい近年鉄道の通じるまでは、主に農家の人々の湯治場だつたといふ。芸者のゐる家は料理屋としるこ屋とか色褪せた暖簾をかけてゐるが、古風な障子のすすけたのを見ると、これで客が来るのやら、そして日用雑貨の店や駄菓子屋にも、抱えをたつた一人置いてゐるのがあつて、その主人達は店のほかに田畑で働くらしかつた」。島村は街道の町でこうした廃れゆく情景を目にする一方、「スキイ製作所」からの鉋の音を耳にする。スキー観光の宣伝写真というかたちで、山袴《さんぱく》を穿いてスキーに乗った駒子の姿も目にする。また彼は秋の旅館で、「観楓客《かんぷうきゃく》の歓迎」のために紅葉を門松のように門口に飾るのを見る。彼が泊まる「椿の間」からは間近にスキー場（布場スキー場だろう）が見える。駒子も「お客はたいてい旅のひとなんです」と口にしている。そもそも彼にしてからが、登山

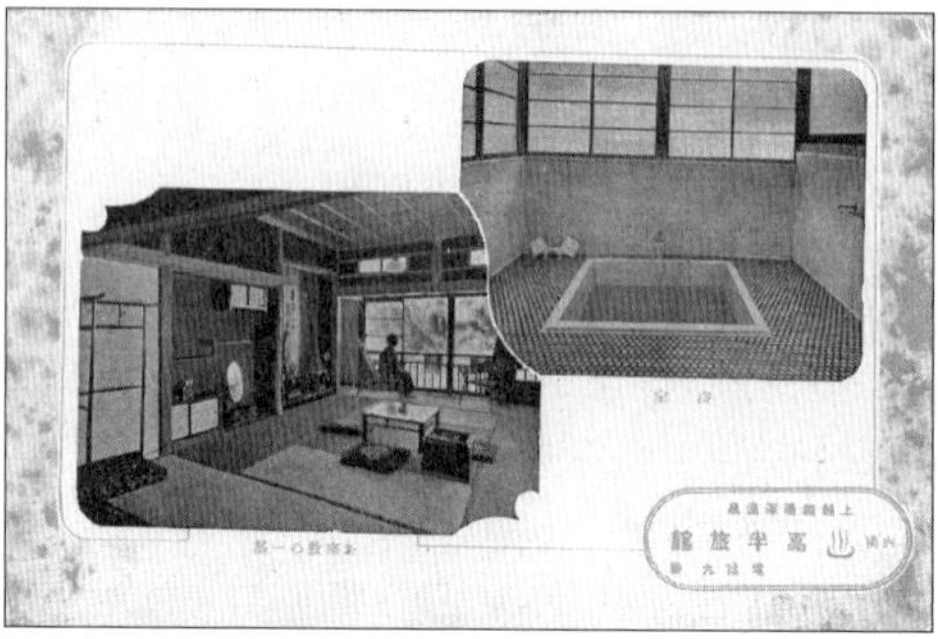

図 3-5　高半旅館絵葉書（筆者蔵）

の骨休めとしてこの温泉を訪れたのであった。

川端が泊まった高半旅館の建物「長生閣」は、当主・高橋半左衛門（代々の襲名）が上越線全通による客の増加を見込んで新築した豪勢な木造三層造りだった（**図3－5**）。そのアプローチは現在の「雪国の宿　高半」の玄関に直結する緩やかな坂ではなく、共同湯「山の湯」――駒子が仲間の芸者と利用している共同湯はこれに基づく――の前を通る、ひどく急で曲がりくねった「湯坂」の方だった。越後湯沢の温泉宿は、永らく外湯のまわりに数軒あるだけで、内湯もなかったが、川端が初訪する直前に高半旅館に内湯が設けられた[13]。また一九三二年以降、泉源掘削の成功によって新たな旅館ができ、駅近くの西山通りに新温泉が急成長していった（小説でも「新温泉」への言及や、花柳界の中心がそちらへ移りつつあったことへの言及がある）。

一九二〇年代から三〇年代にかけて、全国的な鉄道網の緻密化と相関し、各地で温泉地の拡大、観光・行楽化が進展した。そこではたいてい新温泉開発や、登山、スキー、ゴルフ等のスポーツ場整備や、花街の拡大・新設がみられる[14]。川端康成が訪ねた越後湯沢はこうした変化の渦中にあった。なお、次章で詳しくみる宮沢賢治の時代の花巻温泉はこの傾向の東北における代表例といえよう。

駒子のモデルとなった芸者・松栄（本名・丸山キク）は、一九一五年、内陸の三条市生まれ――

作中では雪国の「港」の生まれとされている――、一九九九年、同市にて八十八歳で亡くなっている。一九二八年、半玉として奉公した長岡から湯沢に移り、「若松屋」の芸者になった。年期を終えて一時湯沢を離れたが、一九三二年、数え一八で戻り「豊田屋」の芸者となり――東京で酌婦をしたのち温泉場で三味線の師匠の家の内弟子になったという設定が虚構だったことがわかる――、一九四〇年、芸者を辞めて三条へ戻り、結婚して小高姓になった。島村と駒子が待ち合わせる「杉林の中の神社」は、高半の高台の下に鎮座する諏訪社を基にしており、小説通り杉の大木や、「苔のついた狛犬の傍の平な岩」が境内にある。

現在の高半の建物は鉄筋コンクリート六階建てだが、一階の文学資料室内に「かすみの間」が移築保存されており、座敷へ上がることができる。一九三二年に宿泊した与謝野鉄幹・晶子や、一九三七年に宿泊した北原白秋の墨跡も展示されている。また湯沢町歴史民俗資料館「雪国館」では、再現された松栄の置屋の部屋が見られるだけでなく、『雪国』に描かれた町内の場所や、湯沢の生活史について知ることができる。企画展「越後湯沢発　川端康成と『雪國』の世界」の図録『川端康成『雪國』湯沢事典』（二〇〇〇年、第三刷改版）は、川端康成研究者・平山光男が編集・執筆をしており、記述が堅実で、貴重な古写真に富む。

越後湯沢駅の手前の「信号所」は一九四一年に土樽駅に変わった。こんにち川端が通ったのと同じトンネルを抜けて「国境の長いトンネルを抜けると雪国であつた」と感慨にふけることは叶わない。三本の清水トンネルが穿たれており、一九三一年開通の清水トンネルは上越線の上りが利用している だけだからだ。一九八二年に開通した清水トンネルを抜けた下りの上越新幹線（複線）は、越後湯沢駅を出るとすぐに高半の真下に穿たれたトンネルに入る。

9 「故郷」へのトンネル

川端は『伊豆の踊子』をはっきり意識しながら『雪国』を執筆したに違いない。両者のあいだには基本構造上の著しい共通点がある。どちらにおいても東京の知識人の男が、風土を大きく分かつ峠を、トンネルを通って越え、(15)山の麓の谷にある川と街道沿いの非日常的・アジール的な温泉場へ行き、ヒロインの女芸人と同時ないし一緒に入浴することになる。そして締め括りでは、ヒロインとの別れが描かれるか示唆される。

両者の顕著な差異も、多くは共通の構造を通した対照や変化に収まるだろう。『伊豆の踊子』のトンネルの通過は南国を現出させ、『雪国』のトンネルは雪国を現出させる。『伊豆の踊子』では雨がよく降るが、ここでは雪がよく降る。すぐれた温泉小説は、しばしば気象=地学的小説でもある。『伊豆の踊子』と対をなすかたちで『雪国』を書いたことによって、川端は、湿ったモンスーンが南北を往き来する本州の中央部を、太平洋と日本海の両側から捉えるにいたったといえる。

旅芸人一家の少女に淡い恋心を抱く青年と、男を知っている温泉芸者と不倫を重ねる中年男は対照的である。温泉場を巡り歩く踊子と、ひとつの温泉場に住みついている駒子・葉子も対照的である。現実の地名がちりばめられた小説と地名がほぼ皆無な小説という対照性もある。川端は、『伊豆の踊子』を乗り越えて、言葉の力による自律的空間として温泉場を構築することを企図したと思われる。

冬に熱海や長岡などの伊豆の温泉場で稼ぎ、新緑から紅葉までのあいだ「ここらあたりの山の湯で」働き、「伊豆の繁華な温泉場の経験を振り廻して、ここらの客扱いの陰口ばかり」をする番頭が登場する（かつてはこうした番頭がけっこういたのだろう。井伏鱒二は『掛け持ち』〔一九四〇年〕で甲府・湯村温泉と伊豆・谷津温泉の旅館を往き来する番頭を描いている）。雪国らしからぬ「椿の間」という部屋の名も伊豆や大島を連想させる。『伊豆の踊子』では踊子と千代子が学生を指して「いい人」という語を同語反復的に口にするが、『雪国』では駒子が島村に「あんた素直な人ね」と言い、彼を感動させる（類似性）。彼も駒子に「いい子」「いい女」と繰り返すが、彼女は性的な評価と誤解し怒る（対照性）。島村がときどき葉子と駒子を映画の映像のように見ている点は、非常に『草枕』的でもある。なお、彼が晩秋の宿で蜂、蛾、羽虫が死んでゆくのを観察するところは、志賀直哉の『城の崎にて』や『豊年蟲』を想わせる。

『雪国』には入浴の記述が繰り返し登場する。やはり浴室の造りや裸体の具体的描写はほとんどないにもかかわらず、身体感覚や情動にじかに訴える文章となっている。『伊豆の踊子』以上にそうなっているといってもいい。

二度目の逢瀬の夜、「こんな冷たさは初めてだ」と思った島村が湯へ行こうとすると、駒子が「待つてください。私も行きます」と言ってついてゆく。男湯の更衣室で島村が脱ぎ散らす衣服を駒子が籠に拾っているところに、不意に別の男性客が入ってきたので彼女が恥ずかしがっているのに島村は気づく。

「いいえ、どうぞ。あつちの湯へ入りますから。」と、島村はとつさに言つて、裸のまま乱れ籠を抱へて隣りの女湯の方へ行つた。女は無論夫婦面でついて来た。島村は黙つて後も見ずに温泉へ飛び込んだ。安心して高笑ひがこみ上げて来るので、湯口に口をあてて荒つぽく嗽ひをした。

部屋に戻つてから、女は横にした首を軽く浮かして鬢《びん》を小指で持ち上げながら、

「悲しいわ。」と、ただひとこと言つただけであつた。


他の客の前で夫婦の振りをしたことが駒子にとって悲しかったのだろう。浴室が男女に分かれており、彼らは男客の前での混浴を控えるが、無人の女湯で混浴をする。こんな振る舞いが異様に思われない程度に、この温泉はまだアジール的性格を保っているわけだ。ちなみに越後湯沢温泉では明治末の一九〇九年に混浴を廃していた(16)。

島村が抑える高笑いは、学生の「ことこと」という朗らかな笑いと対照的である(17)。ところで、高笑いを抑えるために湯口の湯で嗽《うがい》をしているのは心憎いディテールといえる。『草枕』の画工が浴室に入ってきた那美に狼狽して「がぶりと湯を呑んだ」ことを想起させるが、温泉を口にする行為が、翌日の朝の門前の描写にも意外なかたちで描き込まれているのだ。


雪を積もらせぬためであらう、湯槽から溢れる湯を俄づくりの溝で宿の壁沿ひに巡らせてあるが、玄関先では浅い泉水のやうに拡がつてゐた。黒く逞しい秋田犬がそこの踏石に乗つて、長いこと湯を舐めてゐた。物置から出して来たらしい。客用のスキイが干し並べてある、そのほのか

な黴の匂ひは、湯気で甘くなつて、杉の枝から共同湯の屋根に落ちる雪の塊も、温かいもののやうに形が崩れた。

こともなげに、深雪になる前の晴れた朝の温泉場——館内の湯槽と外の雪、スキー客の宿泊、杉と隣の共同湯——を、一匹の黒犬を介入させながら触覚的・味覚的・嗅覚的・温感覚に描き切っていることに感嘆せざるをえない。川端は伊豆の温泉についても、『温泉通信』（一九二五年）で「私は温泉の匂ひが好きだ。今はこの土地に慣れてしまつて何ともないが、以前は乗物を捨て坂を下つて宿に近づき湯の匂ひを感じると涙がこぼれさうになり、宿の着物に替へると袖に鼻をつけてこの匂ひを吸いこんだものだ」と述べ、『伊豆温泉記』（一九二九年）で「私には、湯の肌ざわりよりも先ず温泉の匂ひだ」「湯の匂ひばかりではない、温泉場程いろいろな匂ひのあるところはない」「嗅覚のとりわけ鋭いギイ・ド・モウパッサンはお湯が好きだつた」と述べていた。また、川村湊が『温泉文学論』で言及している逸話だが、[18] 現代中国のノーベル文学賞作家・莫言（モー・イェン／ばくげん）は、デビュー直前の一九八四年の冬の寒い夜、中国語訳『雪国』を繙いて「黒い逞しい秋田犬が……」の一文に触れるや「脳裏に電光石火のごとくにある着想が浮か」び、すぐさまペンを執って「高密《ガオミー》県東北《ドンベイ》郷原産のおとなしい白い犬は、何代かつづいたが、純血種はもう見ることは難しい。」という、短編小説『白い犬とブランコ』の冒頭の一文を書いた。それが彼の「小説に「高密県東北郷」なる文字が現れた始まり」で、以来「高密県東北郷」が彼の「専属の文学領土」となったという。[19]『白い犬とブランコ』で白犬はコウリャン畑を貫く土道に登場すると、橋の石柱に小便をしてから、小川の岸で「舌をのばしてべちゃべちゃと水を飲ん」でおり、莫言が『雪国』の描写のエッセンスをつかんでいることがわかる。

　駒子は島田の三度目の逗留の際「ねえ、お湯にいらつしやいません？」と彼女の方から彼を混浴へ誘い、「湯で体が温まる頃から変にいたいたしいほどはしやぎ」だす。葉子が同じ湯槽で入浴するエピソードもあるが、こちらの方は聴覚的場面となっている。葉子が駒子をめぐって泣きだして島村の部屋から出て行ったあと、彼は夜の内湯に一人浸かる。すると隣りの女湯へ、葉子が宿の子を連れて入って来る。

　着物を脱がせたり、洗つてやつたりするのが、いかにも親切なものいひで、初々しい母の甘い声を聞くやうに好もしかつた。
　そしてあの声で歌ひ出した。

　…………
　…………
　裏へ出て見たれば
　梨の樹が三本
　杉の樹が三本
　みんなで六本

下から鳥が
巣をかける
上から雀が
巣をかける
森の中の螽蟖《きりぎりす》
どういうて囀るや
お杉友達墓参り
墓参り一丁一丁一丁や

手毬歌の幼い早口で生き生きとはずんだ調子は、ついさつきの葉子など夢かと島村に思はせた。

男湯の島村からは姿が見えないせいで彼女の声が強調されている。手毬歌の歌詞には鳥や虫の「囀り」が含まれている。「どこか雪の山から今にも木魂して来さう」な「悲しいほど美しい声」と「無心に刺し透す光に似た目」によって特徴づけられた葉子、島村を惹きつけながら肉感が稀薄な葉子にふさわしい入浴場面といえる。島村が駒子にこのことを語ると、「お湯のなかで歌ふのは、あの子の癖なのよ」とのこと。(20)

私たちにとってとりわけ興味深いのは、島村が彼女の声に「母の声」を感覚している点である。車中で行男を介抱していた彼女の姿にも彼は「幼い母のやう」なものを感じていた。そればかりか、彼の掌に指で「島村」を何度も落書きする駒子に対しても「母のやうなものさへ感じ」ていた。湯や雪山に結びつけられた葉子の声。川端は駒子の造形をめぐっても周到に類似した工夫をしている。駒子は幾度も湯あがり姿で描写され、容姿は「山の色が染めたとでもいふ、百合か玉葱みたいな球根を剥いた新しさの皮膚は、首までほんのり血の色が上つてゐて、何よりも清潔だつた」とか、「温まるので名高い温泉に毎日入つてゐるし、旧温泉と新温泉との間をお座敷通ひすれば一里も歩くわけになるし、夜更しも少ない山暮しだから、健康な固太りだ」と語られる。駒子と葉子は、動と静、「フォーナ」と「フローラ」の対照性をはらみながらも、(21)意図せずして協力しあい、擬似的母ないし雪国の温泉の精《ゲニウス》を演じている。

要するに雪国の温泉は、島村にとって「母のやうな」擬似的故郷なのだ。はかなく崩壊することが運命づけられたかりそめの故郷ではあるが……。川端は湯ヶ島を「第二の故郷」とみなしていたが、そのこと自体を小説として表現することはできなかった。『雪国』の執筆は、伊豆を題材とした短編小説群の限界を踏まえた再挑戦だったと改めて思う(22)。

『伊豆の踊子』においても『雪国』においても、川端は交通の様子とともに、交通に強く依存して生きる人々や流転の人々をところどころに描き込んでいる。茶屋の老夫婦、紙の行商人、宿を間借りして営業している鳥屋、木賃宿の芸人や香具師……。信号所の駅長と葉子の弟、盲目の女按摩、ロシア女の行商人、引退する年増芸者、「渡り鳥」の番頭……。そもそも踊子や駒子がそうした細民に属する。踊子が山道の端に立てかけてあった竹竿を取って私に杖にと差し出すのを見て、彼女の兄は村人から盗人とみられることを危惧する。村々の入口には「物乞ひ旅芸人村に入るべからず」と墨書した立札が立っている。駒子は旅芸人ではないが、北陸の「港」で生まれ、東京に売られ、「港」に戻ってから温泉場へやって来た芸人であり、「ちよつと悪い評判が立てば、狭い土地はおしまひね」と言ってから「ううん、いいのよ。私達はどこへ行つたつて働けるから」と付け足す。夏目漱石も種々の交通機関を小説に巧みに導入した作家にほかならないが、交通空間を生きるマージナルな人々を、川端が陰影深く哀感をもって描いているのに対し、戯画化・滑稽化したり情報提供者として起用したりするにとどまる。これは二人の重要な差異に違いない。

　川端の温泉小説には「道の民俗学」が潜在している。旅行と居住は、川端本人においても、作品世界においても、複雑に絡みあっている。この作家にとって温泉場は、さまざまな人生を歩む故郷喪失者たちが出会い、交わり、別れる衢《ちまた》だ。掌編小説『万歳』（一九二六年）には、温泉場で出会った男にさらに北の温泉場へ連れて行ってもらいながら「北海道の一番北の温泉」へたどり着くのが一生の夢という女（南の温泉場を流していた旅芸人の娘）が登場する。

『伊豆の踊子』における交通との質的違いには、地域差にとどまらない歴史的変化が関与していよう。三〇年代半ばの日本のほとんどの地域で、峠越えの本格的徒歩旅行（馬、駕籠、人力車による移動も含めて）は鉄道旅行やバス・自動車旅行に交代していたはずだ。

　柳田国男は、明治から昭和初期の旅行史を自らの経験を通して考察した。「新道が開けると其の山村は不用になる。車屋あの村は何と言ふなどゝ聞くと、それが昔の宿場であることも屢々《しばしば》である。人の智恵は切通しとなり隧道と為り、さんざん山の容を庭木扱ひにした揚句、汽車の如きに至つては山道を平地にしてしまつた」（『峠に関する二、三の考察』一九一〇年）。「古い話だが私は日清戦争の前後から、ぽつと旅行を始めて、明治大正の境頃までよく方々をあるいた。〔……〕当時の先輩としては田山花袋君、其他知人の人が多かつた。全体に読書生は大抵同時に旅行家であつて、一時風を為すといふ有様であつた。〔……〕つまり色々の外部の条件が総合して、最近三四十年が旅行其のものゝ黄金時代、其は少し大袈裟だが兎に角に理想に近い時代であつた。さうして其条件は一つづゝ無くなつて行きはせぬかといふ心配がある」（『旅行の進歩及び退歩』一九二七年）。「日本は珍しく、峠路の多い国であつたのだが、便利がよくなつて却つて大部分が不要に帰してしまつた。山一重を隔てた二つの土地の消息は、まはりまはつてしか伝はつて来ず、まして双方を比べて見ようとするやうな旅人はもう稀々にも通つて行かない。今から考へると私などの時代は、前にも例が少なく、今は又遠く過ぎ去つて、ちやうど中間の僅かな丁場であつたことが心付かれる」（『北国紀行』自序、一九四八年）。

柳田は一九一〇年の伊豆旅行において、湯ヶ島で一泊後、駕籠で天城越えをし湯ヶ野で一泊していた（『五十年前の伊豆日記』一九六三年公表）。かつてたいてい山の麓の温泉場は、峠越えの備えや骨休めの場所という意義を持っていた[23]。三国峠に関しても越後側の越後湯沢温泉、上州側の笹の湯と湯島温泉、やや街道から外れるが法師温泉がそのような意義を持っていた。

柳田が明治後期から昭和初期を旅行史の「中間の僅かな丁場」にして「黄金時代」とみていることの背後には、全国的鉄道網が達成されながら、そこから外れた地域において徒歩旅行者のために旧来の街道がまだ機能していた、という過渡的状況があったのであり、この時期の柳田の旅行は、鉄道旅行と徒歩旅行を組みあわせることで大規模かつ頻繁で肌理こまかな調査たりえていた。

大正半ばの川端の伊豆旅行も鉄道と徒歩と船を組みあわせたものであり、かつ「読書生」の修養的・感情教育的な旅だった。[24] 天城山隧道開通は、日露戦争中の一九〇四年。トンネルによって馬車や自動車による天城峠越えが可能になった。藤村・花袋ら一行は乗合馬車でここを越えていた。[25] 川端の天城峠越えの一年後、一九一六年に大仁―下田間の乗合自動車（路線バス）の営業がはじまった。峠の茶屋のシーンに「山を越える自動車が家を揺すぶつた」とある。掌編小説『有難う』（一九二五年）は、伊豆半島の南の港を目指して走る乗合自動車内のドラマだ。伊豆もののなかでも『伊豆の踊子』は、モータリゼーションで徒歩による天城越えや旅芸人が衰微する直前の情景をみずみずしく記した例外的作品である。そしてこうした交通史の地平においても『草枕』を引き継いだ小説なのであり、『草枕』―『伊豆の踊子』―『雪国』という系譜を指摘することができる。

これに対し、駅がある温泉場を舞台にした『雪国』には、『伊豆の踊子』では明示されていなかった観光旅行ないしレジャー旅行に関わる情景がそこかしこに記されている。そしてこの小説は、単行本化後ほどなく越後湯沢のロマンティックな観光宣伝媒体となった。

10　雪と火の祭り

不実な島村が駒子を思い切れず繰り返し雪国に来てしまい逗留がだんだん長くなるという展開は、『雪国』の執筆の歩みを反映していよう。当初、川端は越後湯沢を題材にした創作を短編小説一本で済ませるつもりだったという。類似や対比や隣接の戯れを演じるイメージの連合が、断続的に書き継がれた短い連作どうしを束ねることに大きく与っている。そのことに川端が自覚的だったことは明らかだ。
たとえば、三度目の逗留時、ふたたび駒子と混浴した翌朝（旧版『雪国』一九三七年で付加された場面）、遅くに起床した島村は、雪が降っているのに気づく。

島村は去年の暮のあの朝雪の鏡を思ひ出して鏡台の方を見ると、鏡のなかでは牡丹雪の冷たい花びらが尚《なお》大きく浮び、襟を開いて首を拭いてゐる駒子のまはりに、白い線を漂はした。
駒子の肌は洗ひ立てのやうに清潔で、島村のふとした言葉もあんな風に聞きちがへねばならぬ女とは到底思へないところに、反《かえ》つて逆らひ難い悲しみがあるかと見えた。

駒子の聞き違いとは、前夜「いい女だね」という島村の言葉を性的なものを指した言葉と彼女が解釈して気色ばんだことを指しているが、ここで注目したいのは鏡面上の駒子と雪の方である。それによってこの場面は、初めて混浴した後の部屋の場面（「物語」『日本評論』一九三五年十一月号）に送り返される。それればかりか、彼女の「洗ひ立てのやうに清潔な肌」――湯あがりなのだから冗長な直喩だが――と雪との隣接によって、つぎの章（「雪中火事」『公論』一九四〇年十二月号）の縮の蘊蓄へつなげられてもいる――「雪のなかで糸をつくり、雪のなかで織り、雪の水に洗ひ、雪の上に晒す。績《う》み始めてから織り終るまで、すべては雪のなかであつた。雪ありて縮あり、雪は縮の親といふべしと、昔の人も本に書いてゐる」。鈴木牧之《ぼくし》の『北越雪譜』（一八三七年、一八四一年）に拠った縮の歴史は、さらに島村に葉子の湯浴みを想起させる――「葉子が湯殿で歌つてゐた歌を聞いて、この娘も昔生れてゐたら、糸車や機にかかつて、あんな風に歌つたのかもしれないと、ふと思はれた」。

川端は書き継ぐことによって、すでに記した雪、水、温泉などのイメージを巧妙に伏線へと変換したのだ。最終章で導入された「縮」は、たんなる郷土色の一刷けではなく、駒子と葉子の抽象化された身体というべきものであり、麻糸の織物とはいえ糸という点で繭や蚕とつながり、『雪国』というテキスタイルのようなテクストのメタファーとなっている。

ストーリー上は唐突な繭倉兼劇場の火事も、見事な終曲として周到に織られている。川端は一九三五年晩秋、第四次越後湯沢逗留の際、実際に繭倉の炎上を目撃していた。「この小説は『雪国』と題し、来年二月、もう一度ここに来て、最後を書きます。雪に埋もれた活動小屋の火事で幕を閉じようかと、昨夜火事（繭の乾燥場に活動写真あつて焼けました）を見て思ひつきました」（改造社編集部・水島治男宛、一九三五年十月二十三日付）。駅前の三国街道沿いの乾繭場兼劇場・朝日座で、映画上映中にアーク灯と接触してフィルムが発火し、建物が全焼したのである。けれども島村と同じく川端も鳥追い祭がある二月の再訪を女に予告しながら、それを果たさなかった。そして、結局、火事のくだりを「雪中火事」（一九四〇年十二月）、「天の河」（一九四一年八月）、「雪国抄」（一九四六年五月）、「続雪国」（一九四七年十月）と、太平洋戦争を挟んで断続的にさまざまな文芸誌に発表した。このことは「物語」（一九三五年十一月）以降の部分が結末を念頭に書かれたこと、偶然的な事件を小説的イメージに昇華するのに長い熟成期間を要したことを物語る。

すでに複数の論者が指摘しているように、映画上映中の火事による葉子の受難は、彼女が「映画の二重写しのやうに」車窓の外の野火と重なって初登場したことに呼応する。また、繭倉の二階席からの彼女の転落は、駒子が最初に二階の元蚕部屋に住んでいたことと呼応する。縮は麻糸の織物だが、糸という点で繭や蚕とつながる。鮮明な星空も、すでに小説のところどころで触れられていた。とくに注目すべきは、ここで〈火〉と〈水〉ないし〈雪〉が派手に交わっているという事実である。

　その火の子は天の河のなかにひろがり散つて、島村はまた天の河へ掬ひ上げられてゆくやうだつた。煙が天の川を流れるのと逆に天の河がさあつと流れ下りて来た。屋根を外れたポンプの水先が揺れて、水煙となつて薄白いのも、天の河の光が映るかのやうだつた。

〔……〕

　入口の方の柱かなにかからまた火が起きて燃え出し、ポンプの水が一筋消しに向ふと、棟や梁がじゆうじゆう湯気を立てて傾きかかつた。

　湯気を伴った〈水〉と〈火〉の交わりは温泉に通ずる。「火照《ほて》りで子供達は後ずさりした。足もとの雪も少しゆるんで来るらしかつた。人垣の前の雪は火と水で溶け、乱れた足形にぬかるんでゐた」という地面の描写は、旅館の門前の描写に似る。

　火の粉、煙、水煙、蒸気、銀河(26)が壮麗に交わるさまは、祝祭的ですらある。葉子をサクリファイスとしたカーニヴァル。この村の風物詩の鳥追い祭は、「堂」と呼ばれる台を雪のブロックで築き、「家々の注連縄を貰ひ集めて来て、堂の前であかあかと焚火をする」、「子供達は雪の堂に入つて燈明をともし、そこで夜明かしする」と説明されていた。島村と川端がすっぽかし、欠けてしまった鳥追い祭の描写の代補という側面が、繭倉炎上にはあるだろう。「あんた二月の十四日はどうしたの。嘘つき。ずいぶん待つたわよ。もうあんたの言ふことなんか、あてにしないからいい」という駒子のなじりには、一九三六年二月に鳥追い祭りや本格的積雪を見に来ずに結末の執筆を先送りした作者に対する、雪国のゲニウス・ロキの怨嗟の声が混じっている。

コラム③　近代温泉文学ツーリズム事始

近代の温泉文学は、いつ頃から作品や作家にまつわる温泉地への人々の旅行を促すようになったのか。また温泉地は、そうした作家や温泉文学の宣伝効果を意識し、それを利用するようになったのか。

『金色夜叉』（一八九七―一九〇三年）に関しては、天野宏司「熱海におけるコンテンツ・ツーリズムの普及――金色夜叉を事例にして」（『歴史地理学』第五十六巻一号、二〇一四年一月）という優れた研究がすでに存在する。天野によれば、旅行案内書や案内絵図の熱海の記述に『金色夜叉』が初登場したのは、一九〇八（明治四十一）年。『伊豆新誌』の「熱海梅林　町の北方にあり、明治十八年に横浜の人茂木氏の開いたものであり、紅葉山人の金色夜叉に依つて名高くなつた。されば予は境内の光景《ありさま》は同氏の筆にゆづつて敢て禿筆《とくひつ》を馳《か》らず。君若《も》し心あらば、此所来《きた》つて此床几《しょうぎ》に依り、此花を眺め、宮の心を察し、貫一の思ひを憐み給へ」云々と。ただし、門人と地元有志によって文学碑「紅葉山人記念　金色夜叉の碑」が建立されたのは、ずっと下って一九一九（大正八）年であり、一九二〇年以降の熱海を紹介する案内書では『金色夜叉』および「金色夜叉の碑」の記載が定石となった。

『不如帰』（一八九八―一八九九年）に関しては、このような先行研究がまだないようなので、私が確認した範囲の事柄を記しておこう。蘆花の伊香保の定宿・千明《ちぎら》仁泉亭《じんせんてい》の庭に蘆花歌碑と、蘆花を追悼する兄・徳富蘇峰の漢詩「蘆花亡弟記念碑成有感」碑（元湯蘆花公園に現存）が建ったのは一九二八年、逗子の高養寺（『不如帰』に登場する寺院で、通称「浪切不動」だったが「浪子不動」と呼ばれるようになった）の前の磯に「不如帰の碑」が建ったのは一九三三年で、「金色夜叉の碑」よりさらに大きく下る。

けれども印刷物からは、もっと早くから『不如帰』が旅行を促進し、地元側も『不如帰』ないし徳冨蘆花を観光資源としていたことが窺われる。国立国会図書館所蔵の案内記・旅行記をみるかぎり、「『不如帰』で知られた地蔵河原付近は早蕨、菫、蒲公英《たんぽぽ》、土筆《つくし》、米蘭《べいらん》、姫百合、熊谷草、敦盛草等の高山植物限りなく萌出でゝ摘むに任せ」云々と書いた栗田暁湖の『前橋と伊香保――四季の伊香保』（一九一三年）が最初のようだ。これ以前にも何冊も旅行案内書は出版されているが、漢文読み下し調の文語体で書かれ、「文学」に関しては万葉集、藤原定家、宗祇等の和歌、近世の紀行文、明治のものとしてはせいぜい中島歌子、三条実美、高崎正風などの和歌などを挙げるのみで、近代小説を全然扱っていない。これに対し『前橋と伊香保――四季の伊香保』は、言文一致体で柔らかく書かれ、具体的で親密な表現が多く、『不如帰』への言及だけでなくエクリチュールの水準でも新しいといえる。実際、これ以降『不如帰』やその他近代文学を取り上げた言文一致体の旅行案内書や紀行文が散見するようになる。

二年後の戸丸暁鐘（戸丸国三郎）編『伊香保案内』（日本温泉協会代理部、一九一五年、一九一七年再版）には、徳富健次郎（蘆花の本名）の伊香保紀行二本「春雨後の上州」「高根の風雨」（『自然と人生』〔一九〇〇年〕に既出）が収録されている。『不如帰』の言及はないが、『不如帰』と伊香保のつながりを大前提とした編集に間違いない。一九一八（大正七）年、田山花袋は『一日の行楽』（博文館）の「逗子海岸」の章で、『不如帰』の執筆事情にまで言及する――「浪切不動は、『不如帰』のために、今は浪子不動と言はれてゐる。不動もさぞかし驚いてゐることであらう。此地は徳富蘇峰氏の別荘があるので、蘆花氏はよく此処にやつて来た。氏の『自然と人生』の中の此地に関する写生は、頗る真に迫つた好いものがある。それから国木田独歩にとつても此地は忘れることの出来ない土地であつた」。同じ年、ジャーナリストの松崎天民は『温泉巡礼記』（『報知新聞』連載の単行本化）で、「塩原は尾崎紅葉の『金色夜叉』に依りて、一層世の中に知られ、伊香保は徳富蘆花の『不如帰』に依りて更に世に紹介されたり。小説に縁ある塩原に遊びて、また小説に縁深き伊香保に浴泉す」と明言する。

翌一九一九年に伊香保書院から刊行された文集『伊香保みやげ』は、文学ツーリズムの歴史において記念碑的書物といえよう。観光地側が現役作家一般の文章や訪問の宣伝効果を公認し、その積極的活用を企てということを明証しているからである。伊香保をめぐって、幸田露伴、岩野泡鳴、谷崎潤一郎、芥川龍之介、徳田秋声、馬場孤蝶、前田夕暮、田山花袋、大町桂月、藤森成吉、近松秋江、沖野岩三郎、小山内薫、佐藤緑葉、有島生馬、岡本一平、山村暮鳥、島崎藤村、長瀬春風、松崎天民、昇曙夢、萩原朔太郎、木下尚江、正宗白鳥等、総勢四十三名もの有名現役作家のエッセイや短歌が集成されている。既出エッセイの採録もあるとはいえ、大部分は編集部からの注文によって新たに書かれた文章だ。肝心の徳冨蘆花が執筆陣に入っていないのは、一九一九年一月から彼が世界周遊中だったからだろう。ただし『不如帰』の蕨摘みの一節が挿入されており、藤森、沖野、小山内、長瀬、松崎、昇が『不如帰』に言及している。藤森のネガティヴな言及はかえって示唆的だ。東京帝国大学一年生になりたての一九一三年秋、文科の秋季遠足で伊香保に泊まったら、土産物店に『不如帰』の「武夫と浪子の墨色の絵ハガキ」があった。藤森は「さう云ふ一種俗悪な絵ハガキが沢山に店で売られてゐるのを見て、私は妙な小説の影響に心を驚かされると同時に、ヒドク不愉快な感じの催して来るのを抑へる事が出来なかつた」という。

ちなみに一九一九年に高浜虚子は『伊予の湯』という道後温泉案内を出版し、そこに自作の句をちりばめるとともに、「夏目漱石」という章を設けていた。

このような諸例から、温泉文学ツーリズムが明治末から大正中期に本格的にはじまったと推測する。しかも『金色夜叉』と『不如帰』が明治の小説中の最大級のベストセラーだったことを考えると、これは近代文学ツーリズムのはじまりでもあった可能性が高いはずだ。ちなみに『金色夜叉』の絵葉書は、遅くとも一九〇五年夏に六枚セットで発売されており、小栗風葉が買い求めたことが『読売新聞』(七月十日)の記事になっていた。

夏目漱石の最初の文学碑は、一九三三(昭和八)年に修善寺の公園に建てられた漢詩碑である。ただし、松岡譲によれば、没後一年目の一九一七年、門下生の定例会の席上、最後の主治医だった真鍋嘉一郎がドイツの文豪記念碑などを引例して、湯河原に「さうした入湯記念碑とか曾遊記念碑といつたものがあつてもいゝぢやないか」という話があり、一九二一年頃、湯河原に記念碑を造りたいという男が夏目家に何度も訪ねてきた。しかし、この男が「漱石が『不如帰』を書いたてな事を言ひ兼ね」ないくらい無教養でうさんくさかったことや、湯河原温泉側の合意が不十分だったことのせいで、この話は流れたという。

川端康成の場合、一九六五年十一月、六十七歳のとき、湯ヶ島温泉に「伊豆の踊子」碑、十二月に越後湯沢に「雪国」碑が建った。紅葉、蘆花、漱石などと異なり、川端は生前にみずからの文学碑が建った世代なのだ。

なお、文学碑に注意している人なら、与謝野晶子の歌碑や高浜虚子の句碑が温泉地にやたらと多いことを気づいていよう。彼らが温泉を愛していたという理由もあろうが、吟行という創作方法や、結社としての活動。地方の歌人・俳人との交流という、俳句と短歌に特有の事情が大きく関与していたに違いない。また、歌碑・句碑の建立は近代以前からなされてきた行為なので抵抗がなかったという事情や、作品全体を碑に刻むことができるといった事情もあるだろう。小説の場合、顕彰文を刻むか、小説の題名や一節を刻むしかない。

近代文学と観光とのつながりは、コンテンツ・ツーリズムの観点からだけでなく、文学の受容史の観点からも重要問題であるにもかかわらず、いまだ全体的な研究がなされていない。文学碑、案内記、絵図、パンフレット、絵葉書などが基本資料となる。戦前に遡る文学碑は、意外と多くないので貴重である。ところが、文学碑の紹介や一覧は、決まって観光地案内の一環か、特定作家の文学巡礼の手引として作成されたものだ。しかも残念なことに、たいてい建立の経緯、年月日、施主、石材、サイズ等の情報を欠いている。研究機関・研究グループによる全国におよぶ統一的調査があってしかるべきではないだろうか。

第四章　宮沢賢治――イーハトーブ火山帯にて

1　トリックスター

旧制中学校生の宮沢賢治（一八九六〔明治二十九〕―一九三三〔昭和八〕年）が温泉をめぐってこんな愉快な文章を書いていたことを、ご存知だろうか。


僕は先頃一週間ばかり大沢に行った。大事件は時に起ったね。

どうも僕はいたづらしすぎて困るんだ。大沢はポンプ仕掛で湯を汲上げてそれから湯坪に落す。所でそのポンプは何で動くったら水車だね。更にその水車は何で動くった〔ら〕山の上から流れて来る巾三尺ばかりの水流なんだ。

その水流が二《ふたつ》に分れる〔。〕一《ひとつ》は水車に一《ひとつ》は湯坪に。つまり湯があまり熱いとき入れるんだね。

そこにとめがねがかかってある。

永らく流れないものだから蛙の死んだのや蛇のむきがらなどがその湯坪に入る水の道にある。一つも水が湯坪に行ってない。水車に行ってゐる。

乃公〔＝僕〕考へたね。そこでそのとめを取った。所が又本《もと》のやうにならない。水はみんな湯坪に行った。水車は留《とま》った　湯はみな湯をためてる所から湧き上るのでみなあふれ出る。そして川に入る。川には多くの人が水を泳へ《ママ》でゐる。僕逃げた。後で聞くと湯坪には巡査君湯主と共に男女混浴はいかんなんて叱ってゐる上から水が、そら熱いとき上から落つるやうになってゐるとひから三尺立方といふやつがどんどう落つる　湯は留まる。あたら真白の官服も湯や水には〔ね〕られてごぢゃごぢゃになった。浴場には又東京から来たハイカラ君なども居たがびっくりして湯にもぐったさうだ。


大沢温泉では水車とポンプを使って川底から湧く源泉を汲み上げていた（図4-1）。その水車を動かす山からの水流の一部は水路の途中から分岐し、熱すぎる湯をうめるために浴室の外の温水槽に流れ込む仕組みになっていたが、分岐点にストッパーがかかったままに永らく使用されていなかった。そこで「僕」が試しにそれを動かしてみたところ、元に戻らなくなり、山清水が水車の方へまったく行かず浴室外の温水槽へ一挙に流れ込み、蛇のぬけがら、蛙の死骸、土石などを押し流して浴室内の湯槽に「どんどう」と滝のように落ちた。「巡査君湯主と共に男女混浴はいかんなんて叱ってゐる」というのは、湯主と巡査が浴室に共にいて巡査が湯主を叱っているという意味だろうか。あるいは湯主と巡査が共に入浴している男女を叱っているという意味だろうか。いずれにせよ浴室内で男女混浴を叱っていた巡査の制服が大量の汚水で「ごぢゃごぢゃ」になり、東京から来て入浴していたハイカラ青年は驚きのあまり湯にもぐるという珍事が生じた。さらに若き宮沢賢治は書き継ぐ。


水は留《とま》らずますます出る〔。〕湯坪〔、〕湯坪ぢゃない水坪になった。

も一組驚い〔た〕やつらがある〔。〕川で泳いでゐる人達だ〔。〕泳いでゐる中〔、〕川の水は生ぬるい所がある。熱い所がある。こりゃ川から湯が湧き始めたなんてさわいでやがらあ。

後に湯坪に行って見ると蛇のむけがら蛙の死がい。泥水。石ころ。下駄片方。いやさんさんたる様だぁね。

浴客はみなかけつける。

火事のやうだ。面白くおっかなかったねー。

巡査君には宿主があやまってゐた。

家の人と行かないと之れだからいゝ。その翌々夜自炊してゐる、曾ってクラスメートであったやつらの五六人の気が食はんので竜ど水で水をその浴室から出てくるのに山の上から水をぶっかけたり、その夜一時頃阿部末さんと二人

図 4-1　大沢温泉絵葉書（筆者蔵），対岸に湯殿（滝の湯）と源泉汲み上げ設備が見える

で戸をたたいて目をさまさせたり目に合せた。

川で泳いでいた人たち（川辺の温泉の古い絵葉書や写真にはときどき、浴客と思われる男性や子供が川に入っている様子が見られる）は外の温水槽から溢れて川に流れ込んだ湯を、川底から新たに湧き出した源泉と勘違いし、この騒ぎに他の浴客たちが浴場に駆けつけた。騒ぎの大きさに恐れをなした賢治も見物人のなかに紛れ込んで混乱を見ていたようだ。最後に、賢治は、翌々夜、自炊部に泊まっていた元同級生たちが湯屋から出てきたところを山側から待ち伏せし、「竜土水」（木製消火ポンプ）で冷水を浴びさせたことや、深夜一時に「阿部末さんと」一緒に彼らの寝屋の戸をばんばん叩くという悪戯を重ねたことを紹介している。

少年賢治がやんちゃなトリックスターとして秩序を壊乱することを通し、温泉の仕組みや立地だけでなく、混浴が警察によって問題視されながらも続行されていたこと、まだ珍しかったとはいえ東京から垢抜けた青年が来ていたこと、当たり前のように浴場そばの川で泳ぐ大人たちがいたことなど、当時の大沢温泉をめぐる史的・社会的状況を一気に浮かびあがっている点がじつにおもしろい。しかも文章がすてきだ。浴場の仕掛けへの介入によって惹起された冷水と温泉の思いがけない運動に感応したかのように、文が連鎖し躍動しているではないか。

このスラプスティック・コメディーさながらの顛末は、彼の物語作品ではなく、一九一〇（明治四十三）年、盛岡中学校二年次の夏休み中[1]、友人の藤原健次郎宛に書いた手紙の一部である。「大沢」は、岩手県花巻市西部の大沢温泉。「阿部末さん」とは、大沢温泉から近い湯口村石神出身で、一年先輩の阿部末吉。賢治が盛岡中学校の仲間たちと「一週間ばかり」大沢温泉にいた事情は定かでない。藤原健次郎は夏休みが明けても賢治と再会することなく、腸チフスで亡くなった。くだけた口語調の報告文はこの友人を楽しませようとする工夫が凝らされており、すでに文学の域に達している。しかも、通常の温泉小説に見られないユニークさで。

入浴の描写がほとんどないにもかかわらず本書で宮沢賢治に多くのページを割くのは、彼の温泉との関わり方が度はずれにユニークで深いからにほかならない。地方に生まれた大多数の作家が、青年期に東京やそれに準じた大都市へ移住し、文壇での地位を得て故郷を回顧する作品を書いたのに対し、彼は死ぬまで岩手県にとどまって、その風土に根ざした作品を書き続けた。ただし自分の文学を「心象スケッチ」と呼び、その「文学領土」（莫言）を「イーハトーブ」と呼んだことに示唆されているように、彼の文学は中央の自然主義文学を素朴に模倣した通常の郷土文学・農民文学とはまったく異なり、日常的現実からの奔放な飛躍を伴い、現実の再設計を志向している。

旅して遠方の著名な温泉へ出かけるといったことがなかったことも、他の作家との大きな差異である。生地花巻も、盛岡中学校、盛岡高等農林学校で学ぶために数年間住んだ県都盛岡も、中心部から数キロメートル西方の奥羽山脈の山間にいくつも温泉場を擁する。賢治の沐浴が確認できる温泉は岩手県の温泉に限られる。「温泉場の人」というほどそばに住んでいたわけではないが、「旅行者」ではなかった。彼の温泉表象は地元の血縁・地縁に支えられており、旅情とは無縁だ。しかもそこには、周辺の地質調査をしたり、温泉場の造園にたずさわったりした彼自身の経験が色濃く反映されている。

こうした異例づくしの宮沢賢治の温泉表象には、夏目漱石や、同世代の川端康成のそれも含めた近代日本の温泉文学の死角を衝く流星のようなポテンシャルが潜んでいよう。

本章では論述の形式を大きく変えたい。賢治の「温泉」は非常に多様なかたちで数多くの詩や童話に分散しており、ほぼ岩手県内に限られているとはいえ対象となっている温泉場の数も多い。そこでまず温泉場を「豊沢川沿いの温泉」「台川沿いの温泉」「盛岡西方の温泉」というように地域ごとにまとめて紹介する。つぎに、個々の作品を立項して論ずるのではなく、「民俗的な層」「地学的な層」「モダンな層」の三層に分類して諸作品を論ずる（この三層の区分は便宜的なものであり、実際にはたいてい複雑に入り混じっている）。そして、温泉場で彼が実践した造園を論ずる。

2　豊沢川沿いの温泉

奥羽山脈の山裾に発して東流する豊沢川と台川――下流で呼び名が「瀬川」に変わる――は、岩手県を北から南へ縦断する大河・北上川へ流れこむ。花巻の町は、その落合に形成された城下町であり、宮沢一族は豊沢川河口付近に住んだ有力町人だった。花巻の温泉は豊沢川と台川の二筋の谷に沿って点在する。賢治の時代、豊沢川沿いの温泉は旧・稗貫郡湯口村に含まれ、上流から順に挙げると、西鉛温泉、鉛温泉、大沢温泉、志戸平《しどたいら》の四温泉があった。

西鉛温泉は、現在の新鉛温泉と鉛温泉のあいだの右岸に位置していたが、一九七二（昭和四十七）年に廃業した。洪水によって川岸が崩れて発見された温泉で、開湯は一八九二（明治二十五）年。(2) 平屋の旅館と唐破風の玄関を備えた四階建ての旅館があり、「明治館」という名称だったが大正期に

「秀清館」と改称された（図4－2）。湯は小石が敷かれた浴槽の底から湧いていた。かつて、豊沢川沿いの温泉のなかでもっとも山奥に位置し、閑静な奥座敷的温泉だったのだろう。太平洋戦争末期に宮沢家との縁で花巻へ疎開して一九五二年まで留まった高村光太郎は、晩年の談話筆記「花巻温泉」（一九五六年）のなかで「大変な建築道楽が建てた家で、文化財に指定したいくらいのものである」と述べている。

図 4-2　西鉛温泉絵葉書（筆者蔵），ラジウム含有を宣伝している

賢治の書簡やメモから、父政次郎や母イチが長期の保養や湯治をしていたことがわかる。東京で日本女子大に通っていた妹トシも、結核を患い帰省すると、一九一九年四月から百日ほど湯治しながら兄の短歌群を浄書した。弟静六の話では、祖父喜助がここを定宿としていた関係で「賢治も幼い頃から何度も出かけていた」という(3)。賢治と親しかった森荘已池は宮沢家の湯治についてこう説明している。

宮沢家では夏になると西の方の温泉にいくのがならしとなっていた。「湯治」といわれる夏のたのしい行事で、花巻の町の人たちは夏になると西方の志戸平、鉛、大沢などという温泉に一家の半分くらいずつ避暑するのがならしであった。

宮沢家でも毎年夏になると、母や父がいて、そこにこどもたちがかわるがわるいくというようにしていた。この温泉行きは花巻の町の人たちとは、離して考えられない行事になっている。(4)

宮沢家の人々が西鉛温泉をよく利用していた背景には、一九一八年頃からその経営が実質的に「宮沢商店」（母の実家が営む会社）に移っていたことがあったと考えられる。(5)

鉛温泉は、西鉛温泉から四百メートルほど下流の右岸にあり、藤井三右ヱ門により一四四三年頃に発見され、一八四一年創業と伝えられる。藤井家は宮沢一族と親戚関係にあるだけでなく、(6)ともに浄土真宗・安浄寺の主要檀家だった（賢治の家は彼の死後日蓮宗へ改宗し、身照寺檀家となった）。安浄寺は創業に関与しており、かつて四館あった旅館の一棟を藤井家から寄進され所有していた。(7)こんにちレトロな趣で有名な藤三旅館の木造三層の建物は、元の旅館の焼失後、一九四二年に建て替えられたものである。「白猿の湯」の湯殿も再建された建物だが、自噴泉としては日本一深いという岩風呂は賢治の頃の趣を濃厚に残していよう。

川端康成は随筆のなかで「白猿の湯」について、こんなふうに小説的に語っている。

「そこはまだ背が立つの？」と、女はこはごは縁の岩につかまつて、うつかり中へ進むことが出来ぬ。踏み外したら、ずぼりと沈むのだ。つまり、底へ小石を埋めたり、板の簀子を張つたりする、面倒を省いた湯船なのだ。

それでも中程に申しわけばかりの板を立てて、男湯と女湯とに分けてはあるが、男はその下を潜つて泳いで行き、女の足にぶつかつて、ぽかりと浮かぶと、「きやあつ。」と大騒ぎになる。男はまた潜つて男湯に帰る。
（『伊豆温泉記』一九二九年）

川端が鉛温泉へ行った事実は確認できず、「盛岡の花巻温泉から奥へ入つた山の湯」と著しく誤った紹介をしてもいるので、大学以来の友人で岩手県出身の小説家・鈴木彦次郎あたりから小耳に挟んだ噺を記憶にまかせて記したのかもしれない。(8) けれども「白猿の湯」の湯槽を申しわけ程度に男女に分けていた羽目板のことは高村光太郎も「花巻温泉」（一九五六年）のなかで言及しているので、「伊豆温泉記」も賢治生前の鉛温泉の様子を伝えてくれる貴重な資料といえよう。光太郎による言及は、以下の通り。

昔は男女混浴で、お百姓さんや、土地の娘さんや、都会の客などがみんな一緒に湯を愉しんでいたが、だんだん警察がうるさくなって、「男女区別しなけりゃいかん」ということで、形式的に羽目を立てた。が、これがまた一層湯を愉しくした。
はじめのうちは男女両方に分れて入っているが、土地の女というのが男以上に逞しくて、湯に入りながら盛んにいいノドをきかせる。と、男の方はこれに合せて音頭をとりだし、しまいに掛け合いで歌をはじめ、片方が歌うと片方が音頭をとるというわけで、羽目をドンドンと叩くからたまらない、羽目がはずれて大騒ぎになる。なんとも云えない愉しさだ。

いつからか羽目板は撤去され、現在では女性専用タイムを設けた混浴となっている。泉源が湯槽の底にあり、岩盤を長年かけて掘削した「白猿の湯」は唯一無二のものであり、壁で分割したり女湯を新設したりすればもはや「白猿の湯」ではなくなってしまうだろう。

ちなみに田宮虎彦は一九五〇年代初頭、鉛温泉・藤三旅館に一カ月ほど逗留し、短編小説『銀心中』（一九五二年）を執筆した。鉛温泉が銀《しろがね》温泉となって描かれているほか、豊沢川沿いの他の温泉も仮名化されて登場する。これを原作とした映画『銀心中』（新藤兼人監督、一九五四年）には今はなき湯治場風景や花巻電鉄（後述）がロケ撮影されており、ドキュメンタリー的価値がある。

鉛温泉から四キロメートルほど下流の大沢温泉の発見については諸説あるが、歴史的に確かと思われるのは久保田氏により寛政年間（十九世紀初期）に発見されたというものだ。こんにち右岸の混浴露天風呂「大沢の湯」が大沢温泉のシンボルである。けれども戦前は、絵葉書や温泉案内から判断すると、菊水館（幕末の建築で現存している）のそばにあった離れの湯屋「瀧の湯」（現存しない）や、大正末か昭和初期に改築されたと思われる右岸のアール・デコ調の木造湯屋（現・薬師の湯のあたりに建っていた）がシンボルだったようだ。賢治が藤原健次郎宛書簡で語っているのは前者に違いない。樋で上から落とす打たせ湯だったからこそ、東京から来た学生が湯に潜るほどびっくりし、浴槽のかたわらに立っていた巡査の制服までびしゃびしゃになったわけだ。

一九〇二年から一九一六年頃にかけて毎年「夏期仏教講習会」がここで開催された。子供も含めて皆で一週間ほど旅館に合宿し、高名な学僧や宗教学者の講話を聴き、合間に隠し芸大会、合唱、散策、温泉のはしごなどをして愉しんだ。オーガナイズしていたのは花巻の篤信で有力な少壮商業者で、父政次郎や叔父たちも幹事を務めており、少年の賢治は数回参加していた。藤原健次郎宛書簡で「家の人と行かないと之れだからいゝ」と言っているのは、仏教講習会の経験を踏まえてだったのだろう。ただし、仏教講習会は彼の宗教的情操の形成にとって大きな役割を果たしたはずである。盛岡の島地大等(浄土真宗本願寺派願教寺住職、天台教学研究者)――その著書『漢和対照妙法蓮華経』(一九一四年)はのちに賢治が法華信徒に転じるきっかけとなった――が講師だった一九一一年夏期仏教講習会の際、講後に近くの山に登る催しがあって、十四歳の賢治は先達を務めた。そのとき感じた強い「悦び」が晩年の文語詩未定稿「講後」に表現されている。「かの鉛に続くといへるみねみち見え初めたれば」とあるので、上流の鉛温泉へ行く遠足だったのか。

志戸平温泉は大沢温泉からさらに三キロメートルあまり下流、松倉山近傍にあり、かつては花巻市街からもっとも近い温泉場だった。大沢温泉と同じく坂上田村麻呂開湯ともいわれるが、伝説の域を出ない。確かなのはやはり久保田氏が、大沢温泉を創業したのと遠からぬ頃に旅館を建てたこと、やがて分家の経営になったことである。旅館は豊沢川左岸にあり、湯は右岸の崖下の岩窟露天風呂だったが、現在は湯も左岸にあり、元の岩窟風呂は遺跡となっている。

一九一一年十月、漆にかぶれて顔をひどく腫らした中学生の賢治は志戸平で一週間ほど湯治した。大正初めの夏には、母イチが彼女の実父と湯治をし、妹トシとクニとシゲ、弟清六などが見舞った。[9]一九一三年夏には政次郎が湯治をし、途中、賢治、トシ、シゲ、清六が見舞った。[10]こうした宮沢家の人々の志戸平温泉利用には、西鉛温泉の場合と同様の背景があったと考えられる。温泉の社長を務めた久保田大作の私家本『乾坤一擲――久保田大作自叙伝』(二〇〇三年)によれば、日露戦争後、久保田家は宮沢商店へ「温泉源、敷地、建物」を委譲し、二十三年かけてやっと買い戻したという。[11]

3　台川沿いの温泉

台川沿いの温泉は旧稗貫郡湯本村に属し、上流から順に、台温泉、花巻温泉の二温泉があった。台川に注ぐ細い支流・湯ノ沢川の両岸に台温泉は存在する。高温の湯が豊富に湧く泉源が多く、三方を山に囲まれた狭い谷であるにもかかわらず旅館がいくつも並ぶ。花巻の温泉では古くから唯一温泉街を形成し、賢治の時代は芸者を抱えて遊蕩的雰囲気が漂っていた。発見は十四世紀、南北朝時代と伝わる。乗合馬車の開業や、泉源の掘削により内湯旅館の増加に伴い、明治末から大正初期に来泉者が激増した。[12]中里介山『大菩薩峠』（一九一三—一九四一年）のなかで、仙台藩の家宝を盗んだ怪盗・七兵衛は山中を闇雲に逃走して「奥州花巻の台の湯といふ名の聞えたお湯」へいたり、人心地つく。ただし、幕末なのに野天風呂だけで宿がないという設定はまったくのフィクションだ。賢治は『大菩薩峠』を愛読していたが、この挿話を含む「農奴の巻」は一九三八年の書き下ろしなので、彼が読む機会はなかった。

一九一〇年十月、盛岡中学校の遠足として賢治は台温泉に二泊した。花巻農学校教師時代には、生徒たちを引き連れて台川沿いの地質巡検をし、台温泉に幾度か泊まった。台温泉の特産品として、近くの万寿山の陶石を用いた「台焼」があったが（一九四四年、窯場は花巻温泉の入口近くに移転し、現在では陶器が中心となっている）、賢治は一九二四年頃、菊作り仲間の庭を「紅葩園《こうはえん》」と命名し、そのプレートの作成を台焼に頼んでいる（結局それは採用されず、ガラスのプレートになった）。

一九一八年、岩手軽便鉄道社長・三鬼《みき》鑑太郎、台温泉関係者、花巻電気株式会社社長・菊池忠太郎らは、台温泉から引湯して二キロメートル下流の台川河岸段丘上に新温泉を開き、花巻駅—台温泉間に鉄道を敷く、という計画を立てたが、大事業すぎてなかなか着工に踏み出せなかった。ところが一九二一年、岩手財界の風雲児・金田一国士《くにお》率いる盛岡電気工業株式会社が花巻電気を吸収合併してこの事業も引き継ぐや、事は一気に動いた。かくして一九二三年、当初の想定をはるかに超えた大規模な遊園地型温泉、東北初の近代的温泉リゾート、花巻温泉——当初の名称は「台遊園地新温泉」で、一九二四年に「花巻温泉遊園地」に改称される——が、それまで何もなかった荒蕪地に忽然と出現したのだ。一九二七（昭和二）年、社長や重役に大きな変化はないが、花巻温泉の経営は電力会社から独立し、株式会社花巻温泉が設立された。

岩手県内で花巻電気は、盛岡電気に続く二番目に古い電力会社で、一九一二年の設立。豊沢川からの取水による水力発電所を設け、温泉場や花巻市街に電灯をともしただけでなく、一九一五年九月以降、東北本線花巻駅の裏手の西公園駅から西鉛温泉方向へ鉛線電気軌道（路面電車）を段階的に開通していった。これは東北初の電車である。盛岡電気工業はこの事業も引き継ぎ、一九二五年八月一日、西花巻—花巻温泉間八キロメートル半の鉄道線・花巻温泉電気鉄道（ただし十月三日までは蒸気機関車）を全通させるとともに、同年十一月一日、大沢温泉—西鉛温泉間の電気軌道を開通させ、西公園—花巻温泉間一八キロメートルの花巻電気軌道を全通させた（ともに一九七二年に廃線）(13)。

花巻温泉の地勢や植生を活かした基本的ゾーニングは日本初の公園デザイナーの長岡安平によるも

のであり、個々の建築設計は長岡が岩手公園（現・盛岡城跡公園）を手がけた際に助手を務めた一戸三矢常務によるものである。ロータリー状の円形広場を中心とした放射状の並木道と、碁盤目上の並木道が新設され、一九二七年までに、敷地の中央部に十三棟の貸し別荘が、周縁部に五棟の旅館、一棟の公衆浴場、各種売店が、さらに外側に花巻温泉駅、室内遊技場、動物園、運動場、テニスコート、大小のスキー場、講演場、遊歩道などが配備された。明治末に創業した宝塚新温泉を嚆矢として大正から昭和初期に全国の大都市郊外に造られた、遊園地や新温泉に倣った温泉場といえよう。貸し別荘ゾーンの外観は、田園都市ないし新興住宅地さながらである。当時からの建物としては松雲閣別館（一九二七年竣工）が、花巻市初の登録有形文化財に指定され現存する。

花巻温泉重役には賢治の母方の叔父の一人・宮沢直治がいた。また花巻農学校の教え子・冨手一《はじめ》が就職した。[14] 庭師でもない賢治がここで造園をなしえたのは、彼自身の意欲、花巻農学校教諭という身分、花巻に洋式庭園に通じた庭師がいなかったという事情以外に、縁故も作用したのだろう。一九二三年四月、彼は花巻農学校寄宿生を指揮し、新校庭用の桜の苗木の余りを植樹した。一九二五年ないし一九二七年、[15] 冨手に封書で土地改良や植栽指導を行った。そして推定一九二六年、「対称花壇」と「日時計花壇」を造り、一九二七年四月から六月、「南斜花壇」を造った。温泉の環境整備をした作家は賢治くらいだろう。

開業から数年で全国的に知られた大温泉となり、著名人の来泉が多かったことも、花巻の他の諸温泉との顕著な差異である。賢治生前に限っていえば、下村海南、柳田国男、[16] 九条武子、高浜虚子、巖谷小波、吉井勇、本多静六、黄瀛、徳富蘇峰、佐々木清野、与謝野鉄幹・晶子夫妻、中山晋平、秩父宮、東伏見宮、中村草田男などがいた。こんにち敷地内に数々の歌碑・句碑を見ることができる。

花巻温泉はメディア戦略にたいへん力を注いでいた。絵葉書、鳥瞰絵図を含む温泉案内を大量に発行し、一九二七年、東京日日新聞・大阪毎日新聞が昭和の新時代を代表する景勝地を選定する趣旨で主催した「日本新八景」の一般投票で二百万票を集め、「温泉」部門の第一位になった。最終的には選考委員によって別府温泉が選定されたとはいえ、組織票が大きかったという一般投票の結果は、絶大な宣伝効果を発揮したはずだ。一九二九年四月から一九三九年一月まで花巻温泉は月刊のPR新聞『花巻温泉ニュース』(花巻市立図書館で閲覧可能)を刊行し、投宿した名士をこまめに紹介した。宮沢賢治の名が紙上に登場するのは没後最初の全集が出た際だが、貸し別荘や小スキー場の「花壇」の話題はたびたび登場しており、賢治の造園が経営側から評価されていたことわかる。

なお、花巻農学校教諭時代、賢治は当直になると、ときどき夕方から寄宿生を誘って、志戸平、大沢、鉛、西鉛、花巻温泉などへ遠足し、温泉や食事を振るまっていた(17)。

4 盛岡西方の温泉

宮沢賢治の生前、盛岡の西方の賢治ゆかりの温泉地には、網張温泉、新網張温泉、鶯宿《おうしゅく》温泉、繋温泉の四カ所がある。鶯宿温泉以外、白濁した硫黄泉で、ほぼ無色透明の花巻の温泉と泉質が大きく異なる。

一九一〇年六月、賢治を含む盛岡中学寄宿生有志による岩手山登山の下山途中、一行は網張温泉

（帝釈／大釈の湯）に一泊した。小岩井農場や盛岡市街を一望できる標高七六〇メートルの温泉で、岩手山の登山口のひとつでもある。澤村亀之介が岩手山山麓の爆裂火口跡の泉源（元網張）から湯を木管で引き、一八八七（明治二十）年に旅館を開業。大久保旅館は現在の「休暇村網張温泉」の位置にではなく、湯ノ沢川の対岸、網張薬師社前の段々上に建っていた。

網張引湯盛岡温泉株式会社[18]は元網張の湯をさらに下へ木管で引き、滝沢村（現・滝沢市）鵜飼の広野に新網張温泉（盛岡温泉／新盛岡温泉）を一九一五年前後に開業した。道路を井字形に区画して旅館七戸、雑商其他四十三、軒を連ね、あたかも一の小市街をなす[19]」という大規模な温泉場だったという。廃業して久しく、もはや痕跡としては道路と「新温泉」という名のバス停しかない。

一九一六年七月、賢治は盛岡高等農林学校の課題実習として級友と「盛岡附近地質調査」を行い、石ヶ森や沼森を調査したのち新網張温泉に投宿した。その経験に取材した「初期短篇綴等」中の「沼森」において、「何でも早くまはって行って沼森のやつの脚にかゝりそれからぐるっと防火線沿ひ、帰って行って麓の引湯にぐったり今夜は寝てやるぞ」と述べられている「引湯」は、これに違いない。

新網張温泉の実態に関しては不詳な点が多い。その終焉に関して『農民生活変遷中心の滝沢村誌』（滝沢村、一九七四年）はこう語る——「大正六年秋、木管破裂し、湯がストップしてしまった。このときすでに資本金の全部を使用し尽くしていたので施すに術なく、元湯の権利を雫石の酒造家大久保千代松氏へ売渡し、温泉地は、当時の盛岡銀行頭取金田一国士の所有となり、見るかげもなく潰滅をしたのであった」。けれども、国士が盛岡銀行頭取に就いたのは大正十（一九二一）年なので矛盾がある。鈴木健司は跡地の所有者で国士の孫の金田一惣八氏に取材し、「松の木管が破裂したのは大正九年頃で、金田一国士が土地を購入したのはその後のことであるらしい。金田一国士は温泉地を買い取ったあと、修復して『新盛岡温泉』を継続させるつもりだったが、元湯の網張温泉からは二〇キロ以上木管で湯を通しているので、修復してもいずれまた破裂するだろうと考え、新たに花巻温泉の開業に向けて意欲を燃やしていったとのことである」と書いている。[20] これでこの矛盾は解消する。

ただし、所有が金田一に移って再建されずに新網張温泉が消滅したとは思いがたい。鉄道院旅行案内編纂所『大正十年版鉄道旅行案内』（白羊舎書店、一九一一年）の「盛岡」の章には「新網張温泉」の詳しい記述がみられる。それが『日本案内記　東北篇』（一九二九年）にはみられない。新網張温泉の実態と終焉時期に関しては今後も調査を要する。[21] が、ともかく、鈴木健司が次のように新盛岡温泉＝新網張温泉を意義づけていることに関しては私もまったく同意見だ。

岡村民夫は『イーハトーブ温泉学』（みすず書房、二〇〇八）で、金田一国士が作りだした花巻温泉の「新しさ」を精緻に論じているが、温泉リゾート型の新温泉〔……〕として企画されたその花巻温泉の原形が、新盛岡温泉に見い出されるように思う。宮沢賢治はくしくも新盛岡温泉、花巻温泉（台遊園地新温泉）の二つを体験していたのである。

金田一にとって花巻温泉の開発は、不本意なかたちに終わった新網張温泉買収のリベンジでもあったのだろう。

雫石の鶯宿温泉は、晩年の文語詩「〔鶯宿はこの月の夜を雪降るらし〕」において遠景として言及されているだけで、賢治が来訪したかどうかは不明。

繋温泉は、小岩井農場の南、雫石川のほとりにあり、新網張温泉を別にすると盛岡からもっとも近い温泉（徒歩で一時間ほど）なので、温泉街を形成していた。ただし現温泉街の眼前の御所湖は一九八〇年に完成したダム湖で、かつての温泉街のかなりの部分がその水底に沈んでいる。「文語詩篇」ノートに「ツナギ旅行」「ツナギ　松原」というメモがあり、賢治は盛岡高等農林学校時代に岩石採集のために幾度か行ったことがわかる。また、詩「小岩井農場」（『春と修羅』）では橋場線（現・田沢湖線）小岩井駅を降りて繋温泉へ向かう客たちに言及しているが、彼自身が利用したのかは不明。

5　民俗的な層

民間信仰において、一般的に〈山〉はマチや里に対して非日常的な異界・他界の様相を帯びており、なかでも山中の古くからの自噴泉はまさに聖なるパワースポットとみなされていた。温泉が湧く地質学的理由も、温泉の治癒力の医学的理由もよくわからなかった人々にとって、温泉は神仏からの贈与であり、多かれ少なかれ温泉自体が聖性を帯びていたのは至極自然なことだろう。湯治には、聖なる清い湯を通して心身を浄化・再生するという、禊に近い側面があった。そうした聖性は、温泉が近代化されるにしたがって、また掘削によって新温泉が増えるにしたがって希薄になっていった。けれども宮沢賢治は、エリートとしてモダンで科学的な教養を豊かに持つ一方、民衆の古風な温泉観に共感を抱いていた人物だったと思われる。詩ノート「〔墓地をすっかり square にして〕」（一九二七年）は、第一連で温泉場[22]のやや下流の道の傍らの古い墓地の開墾を描写し、馬頭観音像——街道を行き来した馬の供養のためのものだろう——が撤去されたことに言及する。第二連では、川の方から砕石された凝灰岩を引き上げる「インクライン」が言及される。そうした山間部の近代化の一端を記しながら、賢治は第三連で、湯治を終えた農民一家を、聖地巡礼を終えて村へ帰る一家に見立てている——「日あたりの荒い岩かどを／巡礼のこゝろもちで／つゝましく／西の温泉から帰ってくる／百姓の家族たち」。

花巻西部の山や滝の多くかつては修験者たちの行場であり、彼らが「講」を組織し、民衆の信仰を集めていた。そのことは、廃仏毀釈・修験道禁止令を経たにもかかわらず、寺社の境内（金矢神社、白山神社大日堂、緒ヶ瀬の滝前の不動堂、羽山神社、台温泉神社、高木岡神社、鳥谷崎神社、小舟渡八幡宮、日性院、三嶽神社、勝行院〔如来堂〕、延命寺〔地蔵堂〕、上根子熊野神社、円万寺、清水寺……）や路傍に、出羽三山、鳥海山、岩手山（巌鷲山）、早池峰山、古峯山などの石碑が非常に多いことからも、出羽沢、大《おお》ヘンジョウ沢、権現山といった地名からも明らかだ。間違いなく、賢治は郷土の古層として山岳信仰の存続を認識していた。「春と修羅　第三集」の「渇水と坐禅」には「出羽三山の碑をしょって／水下ひと目に見渡しながら」、遅れた田植えを思案する農夫の姿がスケッチされている。「雨ニモマケズ手帳」の終わり近くには「湯殿山」の文字が大きく碑文風に記されたページや、「巌鷲山」「月山／湯殿山／羽黒山」「早池峰山」の三基の石碑の素描が描かれたページが存在する。湯殿山の御神体が自噴泉の石灰華ドームであることも知っていたはずだ。

彼の童話には、山に入った人物が、山男、雪童子、人語を話す動物などの異人に出会う物語が多い。こうした彼の〈山〉への関心の奥底にも、宗派の違いや神仏の違いを超えた土着的山岳信仰が血流のように流れていたに違いない。「雨ニモマケズ手帳」に法華経の埋経のための経筒のデッサンと、「経埋ムベキ山」として岩手山、姫神山、早池峰山等、岩手県の三十二山の名が記されている。そのほとんどは山頂や麓に修験道ゆかりの寺社や祠を伴った山であり、大森山、松倉山、高倉山、堂ヶ沢山といった花巻の温泉地の山も認められる。

では、いつ頃、どのようにして賢治は〈山〉に出会ったのか。ほぼ全周のスカイラインが山並でかぎられているとはいえ、花巻中心部に住む児童が遊びに行けるほど近くに山々はない。おそらく家族の年中行事として営まれていた湯治ないし湯治見舞いの折や、大沢温泉の夏期仏教講習会の折だったのに違いない。小学生の頃から近所の豊沢川の河原で石を拾うことに熱中していたというから、その上流に行けば、当然、巨岩や崖の露頭に魅了されたはずだろう。(23)

彼の童話には、温泉行が非日常的な自然や民俗に接する機会となったことを窺わせるものがある。『鹿《しし》踊りのはじまり』(童話集『注文の多い料理店』一九二四年)は、岩手県の郷土芸能鹿踊りに関する創作縁起だ。主人公の開拓農民の青年・嘉十は左の膝を痛め、独り、「西の山の中の湯の湧くところ」へ出かける。野原の芝地で栃と栗の団子を食べてからふたたび歩き出すが、手拭い——入浴の必需品——をその場に忘れたことに気づいて戻る。六頭の鹿たちが手拭いと栃団子のまわりを巡っている。その様子をススキの影から窺っていると、手拭いを危険な生き物かもしれないと警戒していた鹿たちがやがてそれをなめくじの干からびたものだと納得し、安心して栃団子を食べ、太陽やハンノキやウメバチソウを讃える歌をうたいながら輪舞しだす。「嘉十はにはかに耳がきいんと鳴りました。そしてがたがたふるえました。鹿どもの風にゆれる草穂のやうな気もちが、波になつて伝はつて来たのでした」。「じぶんと鹿とのちがひを忘れて」嘉十が叫んで跳び出すと、鹿たちは驚いていっせいに木の葉のように逃走してしまう。「そこで嘉十はちよつとにが笑ひをしながら、泥のついて穴のあいた手拭をひろつてじぶんもまた西の方へ歩きはじめたのです」。

嘉十が鹿たちの踊りという奇跡を垣間見ることができ、鹿踊りがはじまることができたのは、村を離れて山の温泉へ出かけたからにほかならない。温泉というパワースポットを蔵し、夕日とも結びついた「西の山」は、聖性を帯びているはずだろう。鹿たちが逃げた方向と、そのあと嘉十が歩きはじめる方向が同じ「西の方」と記されている点に注意したい。鹿たちは西の山から野原に降りてきた聖獣だったのだ。彼らがもて遊んだ手拭いを拾うと、嘉十は鹿たちがススキ原に残した「水脈《みお》のやう」な痕跡を辿って、山の天然の湯に向かう。鹿たち野という〈山〉と〈里〉の中間地帯で、山の側の鹿たちとの遭遇が生まれたと考えられる。

湯治場で自炊する農民を主人公とした作品は、温泉文学の歴史を通じてほとんどないだろう。宮沢賢治と同じく東北人の石坂洋次郎が、戦後、『草を刈る娘――ある山麓の素描』（一九四七年）という例外的傑作をものしているが。『鹿踊りのはじまり』は湯治へ行く途上の物語だとはいえ、きわめて先駆的な試みであったはずだ。しかもそこで賢治は、すでに失われていた湯治の原光景を点描している。そのほぼ冒頭にこうある。

そこらがまだまるつきり、丈高い草や黒い林のままだつたとき、嘉十はおぢいさんたちと北上川の東から移つてきて、小さな畑を開いて、粟や稗をつくつてゐました。

あるとき嘉十は、栗の木から落ちて、少し左の膝を悪くしました。そんなときみんなはいつでも、西の山の中の湯の湧くところへ行つて、小屋をかけて泊つて療すのでした。
天気のいゝ日に、嘉十も出かけて行きました。糧と味噌と鍋をしよつて、もう銀いろの穂を出したすすきの野原をすこしびつこをひきながら、ゆつくりゆつくり歩いて行つたのです。

賢治は、旅館や湯屋が建つ以前の湯治の姿を記しているのだ。思い当たるのは、鈴木守三『岩手県鉱泉誌内――志戸平 大沢 鉛 西鉛 温泉記』（河北堂、一八九五年）のなかの「鉛温泉は宝暦年間邑人藤井三右衛門なる者発見《みいだ》せしといふ。然れども未だ浴場を設けざりしに其子三之助天明六年に誤て負傷せしことあり　試《こころみ》に雨露《うろ》を凌《しのぐ》の仮小屋を設け此の湯を浴せしに奇効《ききめ》ありて創傷《きず》忽ち癒えり」という記述である。賢治はこの書か類書を読んでいたか、口碑を聴いたかして、湯治者が自分で小屋がけをして地元の温泉で湯治をする時代があったことを知っていたのではないか。

ところで、賢治において温泉は妙に動物と非常に近しい関係にある。童話『耕耘部の時計』（一九二二年頃[24]）には、小岩井農場の耕耘部の農夫室における「一月十日」の会話のなかに熊の噂話が出てくる。この日、夕方から雪が降り出した。

「今夜積るぞ。」
「一尺は積るな。」
「帝釈の湯で、熊又捕れたってな。」

「さうか。今年は二疋目だな。」

熊の件はこれ以上展開せず話題が不思議な掛け時計へ移るので、「帝釈の湯」が網張温泉を指すのかその元湯を指すのかは判然としないのだが、通常であればすでに熊が冬眠している厳冬期の高所の出来事である点が気になる。もしかすると温泉周辺で水が凍らずに流れていたりすることが関与しているのかもしれない。

熊と温泉とのつながりを記した童話として特に興味深いのは、『なめとこ山の熊』（一九二七年頃）である。賢治は熊狩り名人の主人公・淵沢小十郎を紹介する際、「鉛の湯」＝鉛温泉の当時の光景に言及する。

腹の痛いのに利けば傷もなほる。鉛の湯の入口になめとこ山の熊の胆《い》ありといふ昔からの看板もかかってゐる。だからもう熊はなめとこ山で赤い舌をべろべろ吐いて谷をわたったり熊の子供らがすまふをとっておしまひぽかぽか殴りあったりしてゐることはたしかだ。熊捕りの名人の淵沢小十郎がそれを片っぱしから捕ったのだ。

「なめとこ山」は、花巻市と岩手郡雫石町の境界に位置する標高八六〇メートルの山。この山や旧和賀群沢内村を狩場とするマタギが、賢治の生前、豊沢集落（豊沢ダムの建設によって一九六一年に水没・消滅した）に住んでいて、実際に鉛温泉に「熊の胆」（熊の胆嚢を干したもの）を卸していたということが確認されている。松橋和三郎・勝治親子である。和三郎は一八五一年の生まれで、秋田マタギ発祥の地とされる阿仁《あに》のマタギだったが、一九〇六年、豊沢へ移り住み、一九三〇年に亡くなった。生涯二百頭の熊を捕ったという。和三郎に引けを取らない熊捕り名人・勝治は一八九三年生まれで、一九六八年に亡くなった。(25) 作中のなめとこ山の説明のなかに、「中山街道はこのごろは誰も歩かないから蕗やいたどりがいっぱいに生えたり牛が遁げて登らないやうに柵をみちにたてたりしてゐるけれども」という記述がある。中山街道は、花巻から豊沢川沿いの諸温泉、豊沢や幕館の集落を経て中山峠を越え、沢内村を経て秋田方面へ向う街道——ここにも峠道と温泉のつながりがみられる——だが、賢治は豊沢—中山峠間の十キロメートルを「中山街道」と呼んでいたようだ。(26) 中山街道は現在では県道に組み込まれ、そのコースも多少変化している。

かつて東北の山々の湯治場では、マタギが作った「熊の胆」が薬としてよく売られていた。江戸中期の漢方医・後藤艮山《こんざん》が、湯治と熊の胆と灸をセットとする療法を提唱した影響で、江戸後期から東北のマタギの主な狩猟対象が鹿から熊に移り、湯治場に熊の胆を卸すことが彼らの主要な現金収入源となったという。(27)

『なめとこ山の熊』は、熊捕り名人が熊の気持ちを深く感受できるという逆説に基づいた崇高な悲劇だ。嘉十と同じく、小十郎はある日ふと熊たちの言葉を理解してしまう。またある日、木に登っていた熊に銃を向けたら、熊は「少しし残した仕事もあるしたゞ二年だけ待ってくれ。二年目におれもおまへの家の前でちゃんと死んでゐてやるから、毛皮も胃袋もやってしまふから」と言い、その約束を守る。賢治にとって熊は極めて高貴な動物にほかならない。

昭和初期の花巻には熊を「山の神」に近い聖獣とみなす農民がまだいたということが、彼の口語詩稿「地主」からわかる。ある山際に土地を持っている地主が、小作米だけでは困窮するようになる。「そんならおれは男らしく／じぶんの腕で食ってみせると／古いスナイドルをかつぎだして／首尾よく熊をとってくれば／山の神様を殺したから／ことしはお蔭で作も悪いと云はれる／〔……〕／もう熊をうてばいゝか／何をうてばいゝかわからず／うるんで赤いまなこして／怨霊のやうにあるきまはる」。

6　地学的な層

稗貫郡（ほぼ花巻市に重なる）は、盛岡高等農林学校教授・関豊太郎に郡内の地質土壌調査を委託した。彼の指導を仰いでいた研究生であった賢治は、一九一八年春から一九二〇年夏にかけてそのフィールドワーカーの一人として働き、花巻西部山地の調査の際、鉛、大沢、台の温泉旅館に投宿した。『岩手県稗貫郡地質及土性調査報告書』（稗貫郡役所、一九二二年）の「第一章　地形及地質」は、関豊太郎の監修にもと宮沢賢治が執筆したとみられており、『新校本 宮澤賢治全集』第十四巻に収録されている。その第二節で、「温泉ハ過去ノ火山作用ノ後現象ニシテ地下浅所ニ火山熱ノ未ダ消散セザルヲ証ス」という温泉の原理的説明や、温泉作用による岩石の変成として「硅化」と「分解」があるという一般的説明のあと、花巻西部の温泉地帯における事例が詳述される――「鉛大沢間ニ於テハ本凝灰岩ヲ採掘シ下シ沢石ト称シ竈ノ製作ニ利用ス、〔……〕台温泉地ニ於テハ其分解ニヨリテ生シタル白土ヲ以テ陶器ヲ製造ス、本岩ニハ温泉ノ作用ヲ受ケテ硅化シ頗ル堅硬トナリ頑トシテ風化ニ耐フルモノアリ〔。〕志戸平、江釣子森、台温泉付近等ニ好例ヲ見ル」。盛岡高等農林学校研究生時代、賢治は家業の古着屋兼質屋を継ぐのが嫌で、父に岩石や鉱物に関する工業に従事する希望を述べており、「志戸平付近　その他台に至る方面」に多く分布する「耐火粘土等」に言及していた（一九一八年六月二十二日、宮沢政次郎宛書簡）。賢治における〈山〉には、民俗的な層と地学的な層が共存し複合している。そして地学的層は、土性の理解や地下資源の活用という経路でモダンな層とつながっているのだ。

花巻農業学校（当初「稗貫農学校」）教諭となった彼は、温泉地帯の地質に関する知識に基づいて台川の地質実習を担当したに違いない。『台川』（一九二二年頃）はその経験を題材とし、説明的描写を排して引率者の「私」の意識の流れを辿ったモダンな短編小説だ。「私」は草地で休憩している生徒たちから有志を集って、徒歩で三十分ほど上流の釜淵《かまぶち》の滝まで出かける。「これから又こゝへ一返帰って十一時には向ふの宿へつかなければいけないんだ」というのは台温泉の旅館到着のことである。「私」の発言は〔　〕で示され、回想中の他者の発言は（　）で示されている。途上の松林のなかに「黒い畑」があり、「私」は「(あゝ畑も入ります入ります。遊園地には畑もちゃんと入ります）なんて誰だったかな、云っていた」というように、誰かの言葉を思い出すが、「遊園地」とは開設されたばかりの花巻温泉遊園地のことだ。釜淵《かまぶち》の滝は花巻温泉の敷地内にあり、かつては滝壺が同温泉の水浴場となっていた（図４－３）。こんにち滝の前に、巖谷小波の歌碑と『台川』文学碑が建っている。

滝に到着し、「私」は生徒たちの注意を川底の岩盤の太古の温泉活動の痕跡に向ける。

〔こゝをごらんなさい。岩石の裂け目に沿って赤く色が変ってゐるでせう。裂け目のないところにも赤い条の通ってゐるところがあるでせう。この裂け目を温泉が通ったのです。温泉の作用で岩が赤くなったのです。こゝがずうっとつちの底だったときですよ。わかりますか。〕

引き返す途中でも「私」は温泉の痕跡を見つける。

うん。あるある。これが裂罅を温泉の通った証拠だ。玻璃蛋白石の脈だ。

〔こゝをごらんなさい。岩のさけ目に白いものがつまってゐるでせう。これは温泉から沈澱したのです。石英です。岩のさけ目を白いものが埋めてゐるでせう。いゝ標本です。〕みんなが囲む。水の中だ。

「取らへないがべが。」「いゝや、此処このまんまの標本だ。」

「それでも取らへないがべか。」〔取って見ますか。取れます。〕

図 4-3　釜淵の滝（筆者撮影）

賢治は旧温泉の台温泉の存在と新温泉の花巻温泉の計画を示唆する一方で、冷たい水底の岩のなかにも太古の温泉を透視しているのだ。彼は大地を、多様な時間の層や異質な諸力の錯綜から編まれた書物として受け止め、解読していた。

晩年の少年小説『グスコーブドリの伝記』の主人公ブドリは、木樵の子として山に育ち、山を降りてオリザの「沼ばたけ」（水田のイメージ）で雇われて働き、イーハトーブ市の学校のクーボー大博士（関豊太郎がモデルといわれる）の推薦でイーハトーブ火山局に就職する。

ブドリはその日からペンネン老技師について、すべての器械の扱ひ方や観測のしかたを習ひ、夜も昼も一心に働いたり勉強したりしました。そして二年ばかりたちますとブドリはほかの人たちと一緒に、あちこちの火山へ器械を据え付けに出されたり、据え付けてある器械の悪くなつたのを修繕にやられたりもするやうになりましたので、もうブドリにはイーハトーブの三百幾つの火山と、その働き工合は掌《てのひら》の中にあるやうにわかつて来ました。じつにイーハトーブには七十幾つの火山が毎日煙をあげたり、鎔岩を流したりしてゐるのでした。五十幾つかの休火山は、いろいろな瓦斯を噴いたり、熱い湯を出したりしてゐました。そして残りの百六七十の死火山のうちにもいつまた何をはじめるかわからないものもあるのでした。

イーハトーブとは、まさに日本列島を凝縮したかのような火山帯、不安定な生きた大地なのである。火の山は人々に温泉や地下資源の恵みを与えてくれる一方、有毒ガスを噴出したり、噴火したり、地震を起こしたりもする。火山局技師心得となったグスコーブドリは、一年の大部分を「火山から火山と廻つてあるいたり、危くなつた火山を工作したり」し、二十七歳の時、大冷害の兆候が現れると、大気中の炭酸ガス濃度を濃くして気温を上昇させるためにカルボナード火山島を噴火させる工作を担い、命を落とす(28)。羅須地人協会時代の賢治もまた農業技師として農村を巡りながら、地学的知見に基づいた「肥料設計」を精力的に実践した。その主な地域は、火山灰や火成岩起源の貧しい粘土質の土壌が多い奥羽山脈よりの大地だった。そして晩年、東北砕石工場技師として、火山性の酸性土壌を中和する「炭酸石灰」(石灰岩抹肥料)の普及に尽力した。

『銅鑼』同人へ勧誘する手紙を送った草野心平に対し、賢治は「私は詩人としては自信がありませんが、一個のサイエンチストとしては認めていただきたいと思います」といった返事をしたというが、彼のサイエンスの本領は、フィールドワークを通して土地の潜在力を調査し、農業技師としてそれを活用したり調整し環境を改良したりするところにあった。

フィールドワークは、彼の文学に題材を提供したばかりでなく、執筆形態自体に影響していたと考えるべきだろう。山野や郊外を移動中、不思議な実在感をともなった幻想的イメージに襲われると、彼はそのさまを現場で手帳に筆記し、その後、反省や分析を加え、詩や童話や小説に仕立てていた。『注文の多い料理店』自筆広告文で「これは田園の新鮮な産物である。われらは田園の風と光との中からつやゝかな果実や、青い蔬菜と一緒にこれらの心象スケツチを世間に提供するものである」というように「心象スケッチ」を農産物になぞらえているのは、自然的生成と作品化のための工夫の両面を念頭に置いているに違いない。フィールドワークに基づいた農業技師としての活動と文学的執筆活動のあいだには、根本的な同型性・並行性が認められる。要するに宮沢賢治とは、大地の潜勢力を踏査するフィールドワーカーであり、見出した潜勢力を想像力によってデザインして提供する技師なのである。

7　モダンな層

宮沢賢治の文学において〈電気〉は、宇宙の根源的エネルギーとして特権的価値を帯びている。『グスコーブドの伝記』では、世界のまだどこにも実現していなかった潮汐発電所が二百基も設置され、詩ノート中の詩「〔サキノハカといふ黒い花といっしょに〕」には、「銀河もつかって発電所もつくれ」というSF的提言が記され、『銀河鉄道の夜』では、「黄金《きん》の円光をもった電気栗鼠」なる不思議な生物がちらりと姿を見せる。

花巻の温泉地帯を走った電車は、この青年の心象を打ち震わせた。「一九二三、九、一六」の日付が記された詩「昴」（詩集『春と修羅』）では、夜の山を下る鉛線と思われる電車の内部の視点から、「オリオンの幻怪と青い電燈」「そのまつ青《さお》なそば畑のうつくしさ／電燈に照らされたそばの畑を見たことがありますか」というように、電燈と田園の美しい出会いがまず描かれたのち、「東京はいま生きるか死ぬかの堺なのだ」と一転、前日に発生した関東大震災が言及され、電車の走行の危うさが蠍やドラゴンの心象として喚起される――「見たまへこの電車だつて／軌道から青い火花をあげ／もう蠍かドラゴかもわからず／一心に走つてゐるのだ」。そして最後には、そうした走行が人生一般に重ねられ、「たゞもろもろの徳ばかりこの巨きな旅の資糧で／そしてもろもろの徳性は／善逝《スガタ》から来て善逝《スガタ》に至る」というように、宗教的な旅へ昇華される。「善逝」とは、迷妄を去って悟りの世界へ逝った者＝如来を意味し、スガタはその梵語。

「一九二七、三、一九、」の日付を持つ詩「運転手」（詩ノート）では、電車の舵輪を操作する運転の視点から、線路の勾配がモダンに表現される。「第二スロープ　ダウン　一　三　二／M——1/2 ↑　三　三／はん、材木置場第二号／もうはんのきとかはやなぎ／瀬川の岸にもうやってきた」というところから、花巻温泉線に乗っていることがわかる。

「一九二五、八、一〇、」の朝に花巻駅のプラットフォームから見た親方と工夫の様子をスケッチした「電軌《ママ》工事」のような、電気軌道延長工事中の情景をスケッチした詩もある。最終形「〔朝のうちから〕」（『春と修羅　第二集』）ではタイトルが削られてしまうが、この下書稿（三）タイトルから彼らが後の鉛線の延長工事（大沢―西鉛間）に携わっている人たちであることがわかる。親方は信号機の真下で雨に打たれながら「向ふ」を心配そうに見つめ、「ふし〳〵……暗いところにお湯屋ができたよと……」といった戯《ざ》れ唄をうたっている。「くらいところにお湯屋ができたよ」は「くらい山根に湯宿があるよ」に書きかえられ、さらに「くらい山根に滝だのあるよ」に書きかえられる。「遊園地」への言及もあるので、これらは花巻温泉や釜淵の滝や緒ヶ瀬の滝のことだろう。詩の締めくくりに「雨の中から／黒いけむりがもくもく湧いて／機関車だけが走ってくる」（最終形）とあり、信時哲郎はこの蒸気機関車を、花巻温泉線の当初に短期間代用された蒸気機関車の「試運転」のものと推理している。[29] 生成過程や当時の花巻の状況を踏まえなければ意味が取りがたく、詩としての完成度は低いが、賢治が温泉観光を焦点とした花巻の変化を注視していたことがわかる。なお不思議なことに、賢治は晩年、この戯れ唄を「霧やら雨やら、／向ふはくらいよ、／暗い山根へ／湯宿を建てたよと」と書きかえ、「雨ニモマケズ手帳」（一九三一年以降）のあるページに記しており、そのおしまいに大きく「湯殿山」と銘記している。

一九一二年にジャパン・ツーリスト・ビューロー（JTB）が設立され、一九二四年に日本旅行文化協会が、一九二九年に日本温泉協会が設立された。大正期から昭和初期は、鉄道網（殊に私鉄）の整備や都市中産階級の発達と相関しながら近代的な温泉観光が飛躍的に発展した時代であり、花巻の温泉もその渦中にあって、岩手県の湯治場から全国的な温泉地への階段を駆けのぼっていったことになる。

花巻農学校教師時代の賢治は、そこに一種の可能性を見いだしていたようだ。一九二四年五月、彼は二年生の北海道修学旅行を引率後、報告書「修学旅行復命書」を学校へ提出した。それによると、北海道帝国大学の農学部温室を見学した際、彼は「特に温泉地方出身の生徒に温度湿度等を注意」させた。「温泉を利用しグラスハウスを設け斯《こ》の種促成栽培を行ふこと浅虫〔青森県浅虫温泉〕の例もあればなり」。そして中島公園にあった拓殖館では、「諸種農産製造品及所謂名物」に関して「町出身の生徒に注意」させた。「蓋《けだし》し花巻に独創的産物なく然《しか》も近時温泉地方の発達に伴ひてその需要大なるものあればなり」。前年の花巻温泉の開業を意識した文言だろう。興味深いことに、この修学旅行から半年後の同年十二月、花巻温泉に温泉利用温室が開設され、一九三二年に二棟目が開設されている。『花巻温泉ニュース』によれば、モヤシ、ミズ、(30)イチゴ、ビワ、ウメ、ヒヤシンス、ゼラニウム等が栽培され、館内の食材や土産物になった。花巻農学校一回生の教え子・冨手一が一九二四年に花巻温泉に就職し、園芸主任として温室を管理していたので、この温泉利用温室は賢治のアイディアによるのではないか。

以下、花巻温泉と宮沢賢治の創作との関係を検討しておこう。

『一九三一年度極東ビヂテリアン大会見聞録』は、童話『ビヂテリアン大祭』（一九二三年頃）を改稿した未完の作品だが、舞台が「ニュウファウンドランド島」の山村ヒルティから花巻温泉へ移し替えられている。花巻温泉の保養客だった「筆者」が、一九三一年九月四日に紅葉館で開催される「第十七回極東ビヂテリアン大会」に参加するために来た一人の西洋人と路上で偶然出会い、好奇心から「温泉に浴してこれを見聞した」という体裁である。彼らの宿泊先は松雲閣となっており、その支配人「福池第三郎」が登場するが、当時の支配人・菊池大三郎をモデルにしたことは明らかだ。「筆者」が「松雲閣へ帰って一つ風呂を浴びてやれといふ気持ちで更衣室に行くと」、さっきの西洋人が「宿から縞の唐桟《とうざん》の袷《あはせ》を着せられて」椅子に座ってパイプをくわえ時事新報を読んでいたので、「ハロー」と声をかける。そして入浴後、筆者がいったん自室へ戻ってから「あまり栄えもせぬをがせが滝」（緒ヶ瀬の滝）を拝

図 4-4　絵葉書「松雲閣ヨリ緒ヶ瀬ヶ瀧ヲ眺ム」（筆者蔵）

見に縁台へ出ると、またしても彼がおり、「やはり椅子にすはってシガーをくゆらして滝を見てござったのである」。実際、松雲閣縁台から緒ヶ瀬の滝を望んだ絵葉書が残っているので、定番の眺望だったのだろう（図４－４）。その後、花巻温泉の敷地内の桜小路を散策していた筆者は、「シカゴ畜産組合」の旗を立て菜食主義者を弾劾するビラを撒きながら走る黄色い自動車とすれ違う……。

国際的イヴェントのために外国人が花巻温泉へ集うという設定は、必ずしも荒唐無稽なものではあるまい。花巻温泉は外国人客誘致に努めており、松雲閣には豪華な洋室、国際電話、アール・デコ調のタイル画と色ガラスの浴室、洋式バスタブなどが備わっていた。一九二八年十月、昭和天皇が閲兵する岩手県陸軍特別第演習が行われた際、駐日外国人武官一行がまさに「縞の唐桟の袷」を着て松雲閣に逗留した。『花巻温泉ニュース』一九三〇年一月十五日号は、「逓信省が宣伝機関となって、花巻の温泉を宣伝し世界的に有名な清遊場としたいものである」という小泉又次郎逓信大臣の談話を紹介している。

西洋人菜食主義者が英語や片言の日本語だけでなくエスペラントまで話すのも、モダンさや国際性の記号といえるだろう。縁台で筆者が「ビヂテリアンもたばこはノムデスカ。」と西洋人に尋ねると、彼は「ノムデス。Tobakko ne estas animalo.」（タバコは動物ではありません）と返す。「タバコ」のエスペラントは正しくは「tabako」なのでこれは英語まがいの誤りだが、意図的表現ではなくミスではないだろうか。賢治は一九二六年十二月に上京してエスペラントの講習を受け、翌年三月に羅須地人協会でエスペラントを講じたが、十分な習得にはいたらなかったとみられる。彼が自作の短歌や詩をエスペラントに訳したものは「綴字のミスばかりでなく、名詞・形容詞の複数語尾

(-j)・対格語尾（-n）の脱落や、合成名詞の作り方の不備、動詞の誤用など[31]」に加えて、英語に引きずられたとみられる誤りが散見する。[32]

ちなみに、まさに一九三一年一月十五日発行の『花巻温泉ニュース』第一九号の冒頭には、このような英語とエスペラントによる広告文が併記されている。

Hanamaki Spa

Hanamaki Spa, although comparatively little known to the public at large, is a well-equipped modern spring that satisfies oll [sic] visitors, Such advanced improvements as a baseball diamond, golf links, etc., are being laid out-for the benefit pf visitors. It is a good place for recreator for those traveling through the Tohoku district.

(Present-Day Japan.)

Hanamaki Onsen estas tre moderna banurbo aranĝita bone por ĉiuy turistoj, sed ankoraŭ ne estas sciita al tuta popolo.

Lastatempe la banurbano estas avance protestante bastan" [sic] basebal, ejon kaj novan golfejon, k.t.p.

Hanamaki-Onsen estas tres arrabal sanigejo por Sinjorai kaj Sinjorinoj, kiuj vojaĝas nordorientan provincon.

英文の方は朝日新聞社が刊行した日本ガイドブック『Asahi English supplement : present-day Japan』

（一九二五年）からの引用で、エスペラントの方はおよその対訳であり、日本語に試訳すれば、「花巻温泉はまだ皆には知られていませんが、非常にモダンな温泉でよく設備が整っていますので、すべての訪問者を満足させるでしょう。／最近、この温泉は広い野球場や新しいゴルフ場を先進的に準備しています。／花巻温泉は、東北地方を旅行する紳士淑女にとり、非常に快適な保養地です」といったところ。非常に興味深いことに、「tobakko」のケースと同様、「basbolo」（野球）とすべき語が英語につられ「basbal」となっている。また、エスペラントでは「y」を用いず代わりに「j」を用いるにもかかわらず、「ĉiuj」（すべての）と綴るべき語が「ĉiuy」となっている。これらは賢治のエスペラント詩稿に見られる間違いと重なっており、賢治がこのエスペラント広告文を執筆した可能性が高いと考えられる。

8　温泉の装景

賢治の温泉文学の本質に迫るには、彼が構想した庭園を検討することが絶対に欠かせない。花巻温泉に造った庭園に触れた詩があるからだけではない。彼が自分の造園を文学に劣らない芸術的創造とみなしており、詩と庭園が通底したものだったからでもある。「修学旅行復命書」の末尾で彼は「郷土古き陸奥の景象」を北海道の風景の「配合の純、調和の単」と比較しながら、「その配合余りに暗くして錯綜せり」と嘆いたうえで、「之を救ふもの僅に各戸白樺の数幹、正形の独逸唐檜、きらめくやまならし　赤き鬼芥子の一群等にて足れり」と説いていた。「農民芸術概論綱要」（一九二六年）には「光象生産準志に合し　園芸営林土地設計を産む」とある。また「装景手記」ノート中の詩「装景手記」（推定一九二七―二九年）には「この国の装景家たちは／この野の福祉のために／まさしく身をばかけねばならぬ」とある。

造園学者・田村剛《つよし》は、初期の著書『造園概論』（成美堂書店、一九一八年）の序説において、ドイツ語のLandschaftverschönerkunstないし英語のLandscape architectureを「風景装飾術」「風景装飾」と訳し、こう説いた。

風景装飾術は前期の農林業以下と分かれて存在するものではなく、全く同一物の異なる見方に過ぎないのである。即ち二者ともに土地の利用を目的と据えるものではあるが、一方は実用を主とし、他は美を眼目とする点に於て性質を異にして居る。併し吾人の理想としては、その目的は実用と美とを同時に満足させるべき性質のものでなくてはならぬ。

そして田村は「風景装飾」を「土地経営術」と再定義し、なかでも「美と実用を兼ねたもの――Decorative art（装飾的）」なものを「装景」と名づけている（三―四ページ）。後段では、「建築は勿論、山水明媚な名所や風景、更に進んでは農業も林業も、亦土木をも包括して、所謂国土の風景を造る所の各要素を統合し、そして全体として一貫した風致を造らうとする」のが「新傾向」なので、彼は「風景装飾」あるいは「装景」という熟語を作ったという（五二―五三ページ）。「装景」の定義が少々ぶれているが、農林業や利便的人工施設や風景全体を含みうる広義のダイナミックな造園活動を日本に導入しようする主張は一貫しており、同様の主張は、賢治による熟読が判明している続書[33]『造園学概論』（成美堂書店、一九二五年）でも繰り返されている（同、五三ページ）。賢治はこうした主旨を理解したうえで、そこに自分のヴィジョンを込めて「装景」という新語を用いている。詩「装景手記」では、夜間に稲田を強力な電光で照明して成長を促成することや、地味な朱色のヤマツツジの自然林に西洋の園芸種のツツジであるアゼリアを添えることや、北上山地の萱原の火入れなどが「装景」として列挙されている。つまり賢治において造園活動とは、風景改造の志を含みながら、芸術と農業の統合をめざす営みだったのである。

田村が「装景」の対象として、「住宅」「公共建築（植込）」「都市（都市計画・田園都市・公園都市・広場・小公園・街路樹）」等とともに「温泉場」を挙げていることは、私たちにとって特に興味深い。『造園学概論』では、造園学の観点から日本の「温泉地」を改良すべきとまで説いている――「保養地のうちで、我が国で特に多いのは海水浴場と温泉場である。而してその両者は千年以上からの歴史をもつてゐるので、発達の程度も大きいけれども、一方では因襲的な欠点も少くない。極端にいふならば、これまでの海水浴場や温泉場は、無計画であり、無設備であつたといつてもよろしい。今後それ等の経営について最近の造園術を応用してゆくことは、特に必要のことゝかんがへられる[34]」。

残念ながら、賢治が花巻温泉の少なくとも三カ所に設計した庭園はその場所に現存していない。一九六〇年代以降、「南斜花壇」は「花巻温泉バラ園」に徐々に変貌し、一九七〇年代、「対称花壇」は駐車場に変わった。「日時計花壇」は駐車場化の際、バラ園の片隅に移設された。現在、バラ園の中央部には、「花巻温泉南斜花壇跡」と刻まれた御影石の標柱、賢治が冨手一に送った書面「南斜花壇

図 4-5　絵葉書「堂ヶ沢よりの展望」（筆者蔵）

設計」（一九二七年四月九日付）の写真をプリントしたガラス板碑、付属動物園で飼育していたヒグマの糞の堆肥を冨手と思われる人物といっしょに「南斜花壇」に施肥する作業を楽しげに記した詩「冗語」（口語詩稿）のガラス板碑が設置されている。

地勢と諸資料から往時のさまを想像してみるならば、それらはたがいに関連づけられながら風景全体のデザインとなっていたと考えられる。

堂ヶ沢山上から花巻温泉を俯瞰した古写真（図4−5）を見るとよくわかろう「対称花壇」と「日時計花壇」は、中心的十字路の左右の貸し別荘間の矩形の空き地（八間×十二間）に線対称的に配置されており（賢治はこれらの花壇に、「修学旅行復命書」で挙げていた鬼芥子を植栽したという）。それらの矩形を縦に貫く園路は、並行する道路をつなげる路地的機能もはたしていた。「南斜花壇」の造園は、『岩手日報』の記事「花巻温泉の鈴らん／姫神山から移植する」（一九二七年四月十三日夕刊）において、「第二スキー場千二百坪を一面のローンとなし姫神山の鈴蘭を満地に移植する外四季の草花をあん配しまん草〔蔓草〕からまる四阿を設けまたベンチも諸所にしつらへ此の曲折せる小径をたどりて一週《ママ》出来るやう作業中である因《ちなみ》に設計は元花巻農学校教諭宮沢賢治氏の設計である」と報じられている。現在の跡地から推量して、奥行きは九〇メートルほどあっただろう。「対称花壇」「日時計花壇」が幾何学的・抽象的デザインなのに対し（図4－6）、「南斜花壇」は、蔓草を模した左右非対称的に屈曲したU字型の園路（その面影は現在の園路にも残っていよう）と、果実を模してところどころに加えられた円形花壇からなる有機的・具象的デザインである（図4－7）。この違いは、「対称花壇」「日時計花壇」の敷地が、整然と区画された矩形の平地だったのに対し、「南斜花壇」の敷地が、温泉場の後背をなす堂ヶ沢山の自然なスロープを利用した小スキー場だったことに基づいていよう。要するに、賢治は花巻温泉のゾーニングに対応した造園を実践したのである。

冨手一宛一九二七年四月九日付書簡を読むと、花巻温泉における視点の配分や動線をはっきり意識していたことも判明する。

設計ハゴ意向ニ従ヒ冬季スキー場タルコトヲ害スルコトナク且ツソノ南方ヘノ緩傾斜ヲ利用シテ芝生ト廻道ト花壇トヲ兼ネテ造リ自由ニ休息シタリ多少ハ摘草モシタリ花ヲ観テ廻ッタリ頂部デ碧イ地平線ヲ展望シタリマタ下方停車場前ノ道路ヤ諸花壇カラハ纏ッタ一ツノ古イ更紗模様ニ見エルヤウ三人デ相談イタシマシタ。

温泉客の動線や行為をしっかり計算に入れ、花壇頂部からの北上平野の眺望だけでなく、下方の花巻温泉駅前や「対称花壇」「日時計花壇」から見上げるまなざしを「南斜花壇」のデザインに組み込んでいるのだ。蔓草の「更紗模様」(アラベスク)は、その園路を歩く際には認知しがたく、下方の離れた場所から見上げる時、くっきり現象する。逆に「対称花壇」「日時計花壇」のシンメトリック

図 4-6　バラ園内に移設された日時計花壇(筆者撮影)

図 4-7　南斜花壇頂部(『花巻温泉物語［増補］』より)

な配置は、「南斜花壇」頂部から初めて一望のもとに目視できる。

加えて注目すべきは、賢治が敷地やその周辺の施設や植物も「南斜花壇」に組み込もうとしていたということである。彼は冨手に「交互ニ赤及青ノ球」を用いた「六箇ノ電燈」を灯して「ソノ交照部デハ夜ノ花群ヲ一種此ノ世ノモノナラヌ色彩ニ照明シテ見タイト存ジマス」と述べている。この非常に斬新な案は、残念ながら経営側に却下されてしまったようだが、〈電気〉という賢治的エレメントの導入を意味するとともに、小スキー場の夜間照明燈――これは日本初のライト付きスキー場だった――の活用を意味する。また彼は「原野ヨリ採集」したアケビ、葛、ハンノキを植栽したり、敷地に自生するカタクリやイヌガヤをそのまま利用する計画も述べており、こちらは実現した可能性が高い。書簡において、シャスターデージー、アンテリナム、ペチュニア等の洋品種の園芸植物に地元の植物を混合する理由は「純粋ナ北上山地ノ景観」ないし「本県山地ノ通観」を表現するためと説明されており、蔓草、更紗模様、岩手県の高原等の複数のイメージがこの造園に込められていたことがわかる。まさに「イーハトーブ」の心象スケッチ家ならではの「装景」というべきだろう。ちなみに『岩手日報』の記事では姫神山で採集したスズランを移植する予定となっているが、書簡では「明年以降」にスズラン三〇〇〇芽を札幌第一農園から購入して植栽する予定になっている。

ところで、このような献身的仕事ぶりにもかかわらず、花巻温泉を題材とした詩群では、しばしば同温泉に対する屈折した感情が吐露されていることに注目したい。造園作業を楽しげに記した「冗語」や、雪降る動物園広場で孔雀の世話をする老人を静かにうたった「〔老いては冬の孔雀守る〕」（「文語詩一百篇」）などがある一方、「冬」（「春と修羅　第二集」）、「悪意」（「春と修羅　第三集」）、

「〔こぶしの花咲き〕」（詩ノート）等、経営動向に対する批判が含まれた詩があるのだ。

そのもっとも早い例「一九二五、二、五、」の日付が付された「冬」で、賢治は朝の鉛線の電車の電光を描写しながら、「向日葵のかはりに／電燈が三つ咲いてみたり／灌漑水《みづ》や肥料の不足な分で／温泉町ができてみたりだ」と述べている。一九二四年に岩手県はひどい旱魃に襲われ、各地で農民の水争いが生じていた。金田一国士が大資本を花巻温泉の整備に注がず、灌漑事業や肥料調達に注いでくれたならばという、どだい無理な希いが彼の胸中にはあったのだろう。

「一九二七、四、八、」の日付をもつ「〔ちゞれてすがすがしい雲の朝〕」（詩ノート）では、詩人は——たぶん造園作業のためだろう——朝の花巻温泉遊園地前に立ち、「村のむすめら」の風紀の乱れに眉をひそめる。

遊園地のちかくに立ちしに
村のむすめらみな遊び女のすがたとかはりぬ
そのあるものは
なかばなれるポーズをなし
あるものはほとんど完《まつた》きかたちをなせり

周辺の湯本村の娘たちがなぜ「遊び女」のような姿をしていたのか。一九二四年十月七日の『岩手日報』記事には「淫蕩的退廃的気分の流れるは温泉場の常であるが此の遊園地のみは些かも汚される所なく常に清浄を保つてゐるから子供連れの静養には最も適し」ているとある。東北の宝塚を目指した花巻温泉は、もともと婦女子を含む新中間層の家族客を主要なターゲットとして構想されたはずである。ところが、歌人・吉井勇は一九二八年七月の東北旅行記「陸奥紀行」のなかで、盛岡の旗亭で同席してゐた盛岡の人達から聞いた話として、「花巻温泉といふところは、近ごろではかなり紅燈的気分を帯びて来てゐる」と書いている。つまり発足数年で経営の路線変更があり、芸者を大幅に導入していったとみられる。『花巻温泉ニュース』紙面にしばしば芸者や置屋の紹介が読まれることがその変化を証する。賢治は地元の娘がそうした芸者を真似したり、芸者に転身したりしているのを見て慨嘆しているのだ。

「一九二七、四、八、」の日付が付された「悪意」では、朝焼けの下での「南斜花壇」の造園作業をこのように記した。

今日の遊園地の設計には、
あの悪魔ふうした雲のへりの、
鼠と赤をつかってやらう、
口をひらいた魚のかたちのアンテリナムか
いやしいハーデイフロックス
さういふものを使ってやらう
食ふものもないこの県で

百万からの金も入れ
結局魔窟を拵えあげる、
そこにふさふ色調である

困窮している岩手県の農民たちを差し置いて、金田一国士は百万円を越える資本を花巻温泉に注ぎ、遊蕩的な「魔窟」をつくりあげる。それにふさわしい色調として、朝焼けに染まった黒雲の鼠色と赤を使った色調を花壇に取り入れてやろう、というのだ。この年の七月「盛岡電気工業株式会社」が「盛岡電燈株式会社」に改組され、十一月、百万円どころか二百万円の資本により花巻温泉の経営が「盛岡電燈株式会社」から独立し「株式会社花巻温泉」が発足している。[35]「アンテリナム」とは金魚草、「ハーデイフロックス」とは花魁草を指す。植栽にハーディフロックスを考えたのは、花巻温泉が抱える芸者にかけた諷刺と解釈できる。[36]

花巻温泉の経営方針に不満を抱きつつも、花壇を整備しつづける宮沢賢治の矛盾ないし不徹底を指摘することは易しい。批判的な詩篇は生前に発表されたものではない。それに「悪意」といっても、アンテリナムに「いやしさ」を感じたり、ハーディフロックスの含意を解したりする人が果たしていただろうか。芸者を「遊女」と同然とみなしたり、「芸者」を営むことやその風体の真似をすることを良くないとみなしたりするのは、一方的で生硬な判断ではないだろうか。川端康成が知ったら、その青臭さ・無粋さを嗤ったかもしれない。

けれども、たいていの作家が「旅行者」ないし「客」の眼でしか温泉を表象しなかった近代日本文学史において、彼の自己矛盾や葛藤に満ちた彼の反応は貴重な例外であり、地元の視点に立った温泉批評、温泉場の設計に関与した者による温泉批評として屹立しているのである。川端が「温泉雑記」で期待を込めて記したように、彼は「温泉場の内から」「土地の人々の生活の美醜の底」に踏み込み、「外来資本の温泉経営とその土地との関係」をある程度浮き彫りにしえている。しかも、散文ではなく詩において。やはり宮沢賢治は日本の温泉文学におけるトリックスターだ。

本章の締め括りとして、温泉を含んだ岩手山を奇想天外な国立公園に仕立てる空想を記した詩「国立公園候補地に関する意見」(「一九二五、五、一一、」の日付、「春と修羅　第二集」)を紹介しておこう。岩手山の「鎔岩流」(東山麓の「焼走り熔岩流」)を訪ねた詩人は、ブラックユーモアに満ちた観光プランを同行者に提案する。ここには温泉の仕掛けを悪戯して騒動を引き起こした悪童の面影があろう。

いったいこゝをどういふわけで、
国立公園候補地に
みんなが運動せんですか
いや可能性
それは充分ありますよ
もちろん山をぜんたいです
うしろの方の火口湖　温泉　もちろんですな

鞍掛山もむろんです
ぜんたい鞍掛山はです
Ur-Iwate とも申すべく
大地獄よりまだ前の
大きな火口のへりですからな
さうしてこゝは特に地獄にこしらえる
愛嬌たっぷり東洋風にやるですな
鎗のかたちの赤い柵
枯木を凄くあしらひまして
あちこち花を植えますな
花といってもなんですな
きちがひなすび　まむしさう
それから黒いとりかぶとなど、
とにかく悪くやることですな
さうして置いて、
世界中から集った
猾るいやつらや悪どいやつの
頭をみんな剃ってやり

あちこち石で門を組む
死出の山路のほととぎす
三途の川のかちわたし
六道の辻
えんまの庁から胎内くぐり
はだしでぐるぐるひっぱりまはし
それで罪障消滅として
天国行きのにせ免状を売りつける
しまひはそこの三つ森山で
交響楽をやりますな
第一楽章　アレグロブリオははねるがごとく
第二楽章　アンダンテ　やゝうなるがごとく
第三楽章　なげくがごとく
第四楽章　死の気持ち
よくあるとほりはじめは大へんかなしくて
それからだんだん歓喜になって
最后は山のこっちの方へ
野砲を二門かくして置いて

電気でずどんと実弾をやる
Aワンだなと思ったときは
もうほんものの三途の川へ行ってるですな

岩手山は東西に延びるいくつもの山嶺からなる。「うしろの方の火口湖　温泉　もちろんですな」という部分は、下書き稿の段階では「薬師岳から鬼ヶ城／向ふの方のあのまっ青な火口湖に／網張小岩井はもちろんですな」であり、賢治が網張温泉を念頭に置いて「温泉」と記していたことがわかる。「大地獄」は、西岩手山のカルデラ内の爆裂火口＝噴気地帯「大地獄谷」のこと。鞍掛山は岩手山南麓に位置し、一見岩手山から派生した山のように見えるが、それに先立って形成された網張火山群に属する。そうした形成史の知見に基づき、賢治は鞍掛山を「Ur-Iwate」と呼んでいる。(37) 以上の広域を国立公園に指定し、焼走り溶岩流の一帯を、不気味な柵や凶々しい植栽ばかりか「交響曲」の演奏まで導入して東洋風の地獄に見えるように演出し、「世界中から集った／猾るいやつらや悪どいやつ」を、砲撃によって本物の地獄へ引導してしまおう、というわけだ。「Aワン」は、日本海軍の開発していた高角砲A1型だろうか。

むろん、賢治は火山の噴気地・熱水湧出地を「地獄」になぞらえる山岳信仰を踏まえている。そのうえで「地獄」を現代の悪徳者を退治する場所と見立てる点において、「国立公園候補地に関する意見」は、『二百十日』の圭さん・碌さんが阿蘇山麓で吐く怪気炎と想を等しくする。漱石の影響は確定できないが、大いにありえよう。同時に、「地獄」をメタファーにとどめず、人工的に再設計するというファンタジーに賢治ならではの新しさがある。彼の宗教的・民俗学的想像力と地学的教養が、冥府に接した壮大で国際的で遊園地的な「装景」へと結像しているのだ。大正後期から「地獄」にキッチュな演出を施したり、掘削によって新地獄を創出したりすることで鶴見山麓を公園化し、国際的観光地にのしあがりつつあった別府温泉のことも、脳裏にあったかもしれない。

日本では一九三一年に国立公園法が制定され、宮沢賢治早世の翌年にあたる一九三四年、瀬戸内海、霧島、雲仙地獄で名高い雲仙の三地域が、日本初の国立公園に指定された。ただし、国立公園制定を求める議論はすでに明治後期から継続していた。そして一九二一年から一九二七年の間――つまりまさに賢治がこの詩を書いた真っ最中――誰あろう田村剛が、内務省衛生局委託として全国十六カ所の国立公園候補地を調査しており、国立公園を定めるキー・パーソンとして注目されていた。田村は『造園概論』『造園学概論』でも、アメリカの国立公園を紹介しながら日本における候補地を論じているが[38]、岩手山は勘定に入っていなかった。

コラム④　浴する動物たち

まだ湯屋も建たない昔、片足を痛めた若者が、逃げ去った鹿を追いながら湯の湧く西の山の方へ向かうという『鹿踊りのはじまり』は、動物をきっかけとした開湯伝説の因果関係を反転させたかのような物語だ。花巻・盛岡周辺に鹿の入浴を語る伝説は見当たらないが、鉛温泉には、木樵が湯浴みする白猿を見つけたのがはじまりとする伝説があり、鶯宿温泉には、木樵が川床で湯浴みする傷ついた鶯を見つけたのがはじまりとする伝説がある。

柳田国男は『山島民譚集』（一九一四年）の冒頭、「温泉ハ我邦ノ一名物ニシテ兼テ又多クノ伝説ノ源ナリ」と述べ、白鷺（青森県鷺之湯、山形県湯田川温泉）、鶴（山形県温海温泉、兵庫県城崎温泉）、鸛《こうのとり》（宮城県鸛ノ湯、西多摩郡鹿之湯）、鳩（富山県鳩之湯）、鹿（富山県鹿井之湯）、蛇（西多摩郡蛇之湯）、蜘蛛（兵庫県有馬温泉）などの例を紹介し、鳥獣がらみの開湯伝説が多い理由を次のように説く。白鷺や鹿のたぐいは「古来皆霊物」である。だから温泉の発見者が宗教者とされている場合、こうした聖なる動物が「神仏の使者伝令」となっていることに不思議はない。また動物を引き合いに出すことで天然の「奇徳」の「有難味」が強調されている。そもそも、動物に倣って人が何かを為すとか発見するといった伝説は、温泉由来記以外にもよくある「耳馴レタル物語」である。

柳田の見解は、民俗的想像力の類型の解釈としては現在でもおおむね通用するといえようが、動物開湯伝説には現実的な背景もあったと思われる。湯浴みする動物に気づく者は、たいてい狩人、木樵、旅の僧侶や行者だ。里人が立ち入りがたい山奥や峡谷に自噴する温泉を発見しえたのは、多くの場合、実際にこうしたマージナルな人々だったはずである。

いまや野生のニホンザルが地獄谷温泉に気持ちよさそうに浸かっている姿は海外にまで知られている。けれどもこれは厳冬に身体を温めるためだし、ニホンザル一般に見られる行為でもない。ただ、入浴しないまでも動物が温泉に集まることは、泉質や環境にもよるにしろ、あるはずだ。塩類を含む温泉なら動物が塩類補給に舐めにやって来て当然であり、柳田も『山人外伝資料』（一九一三―一九一七年）のなかで、動物ゆかりの温泉縁起の背景に動物の塩分補給行為を想定していた。雪や氷に覆われる冬場の場合、温泉の湧いているところならば、草食動物が草を食べに来るだろうし、それを捕食しようと肉食動物も来ることだろう。

気になるのは、はたして鳥獣が怪我を治すために温泉に浸かるかどうかだ。昨今の温泉本でもしばしばそうした入浴が温泉発見のきっかけになったとされているが、動物学者による実証的研究ではどうなっているのだろうか。

近代の文学作品にも、動物の温泉入浴は散見する。これらはだいたい開湯伝説や、作家の想像に基づくものと考えられる。正岡子規の歌集『竹之里歌』（一八九八年）のなかに「足なへの病いゆとふ伊予の湯に飛びてもいかな鷺にあらませば」という短歌がある。道後温泉には大国主命・少彦名命《すくなひこなのみこと》による開湯伝説のほかに、白鷺が痛めた脚を湯で癒していたのに村人が気づいて温泉を発見したという話も伝わっている。子規はこちらの伝説を踏まえ、足が萎える病気も癒すという道後温泉に自分も鷺であったら飛んで行きたいのだが、と望郷の念をうたったのだ。

川端康成の短編『駒鳥温泉』（一九二五年）では、身体の弱い美也子が、家族とたびたび湯治に通って親しくなった湯本館の娘の朝子と二人で、谷川の小鳥が集まっている一角に温泉を発見し、脚を怪我した駒鳥がいたことにちなんで駒鳥温泉と名づける。『高野聖』（一九〇〇年）で、飛騨の山中でヤマヒルに襲われた行脚僧は、妖艶な美女（誘惑した男を畜生に変えてしまう魔女）に宿を乞い、近くの谷川で行水し、彼女に背中を流してもらう。具合がすっかりよくなったと言うと、彼女はその水が万病に効くもので、冬は雪に閉ざされても「貴僧《あなた》が行水を遊ばした彼処《あすこ》ばかりは水が隠れません、然《そ》していきり〔湯気〕が立ちます。鉄砲の疵のございます猿だの、貴僧《あなた》、足を折つた五位鷺、種々《いろいろ》なものが浴《ゆあ》みに参ります」と説明する。はっきり書かれてはいないが、これは湯川といえよう。同年に書いた『湯女の魂』では、青年が妖怪じみた湯女に出会う北陸の小川温泉が、こんなふうに紹介されている――「此の温泉場は、泊から纔《わず》か四五里の違ひで、雪が二、三尺も深いのでありまして、冬向《ふゆむき》は一切浴室はありませんで、野猪《しし》、狼、猿の類、鷺の進、雁九郎などと云ふ、珍客に明け渡して、旅籠屋は泊の町へ引上げるくらゐ」。

小説や俳句・短歌に比べ、「詩」という分野では温泉の登場は少ないが、高村光太郎がいくつも温泉詩を書き残していることは特筆にあたいする。なかでも『温泉と温泉場』（一九二四年）という散文詩は傑作に違いない。まず、人が知る以前の深山幽谷の温泉が荘重に描写される。

嶽烏《だけがらす》は鹿をおそれなかつた。角の無い一匹の鹿は頭を垂れたやうな姿勢をして、つつましげにいつまでも、岩のかげの一晩深く湯のたたへてゐるところに立つてゐた。鹿の脚をひたしてゐる透きとほつた湯は底から絶えず泡を立ててた。戯れるやうに、まとひつくやうに、又競争するもののやうに、小さい泡が一しきり綺麗な岩と小砂利の中からつづいて走せのぼり、ほのかに湯気のただよふ水面にぱちぱち消えた。しばらくすると又大きな泡がむくりと上つて来てぽつかりとはねた。鹿は半ば眼をつぶつて、その鼻づらで割れる泡をよろこんだ。

岩で囲まれた二坪ばかりの自然の湯ぶねにいつからか人知れぬ温泉が湧いてゐた。溢れた湯は谷川に落ち、落ちるところに小さな湯の滝が出来てゐた。いつとなく其処は鳥獣の休み場となつた。羽をいためた鳥は其処で湯を浴び、脚を傷けた獣は其処の湯にひたつた。岩壁に生ひかぶさつてゐる熊いちごを食べ来る熊も、其処では聖人のやうにおとなしかつた。

あるとき、里人が「赤いちごの実」を採っているうちにこの岩陰の泉源にたどり着き、湯浴みすると精気がみなぎった。下流の山里ではたちまちその噂が拡がり、翌年、里人たちがやって来て、「岩かげの湯からは太い木管が里まで引かれた」。「里人は皆湯の宿の主人となり又は物商ふ店の主人となつた」。

そして温泉場は年々盛んになっていく。

里人の中の智慧ある者がさまざまの設備を考へ、さまざまの宣伝を行ひ、さまざまの平野に向ふ道をひらいた。都会の人人は此の温泉をよろこんだ。

木管から引かれた湯は又幾本かに分たれてそれぞれの贅沢な浴槽の人造の滝となつて落ちた。千人風呂といふのも出来た。ありあまる湯は程よく堰き止められて尚更大量のやうに見えた。湯の効能はあらゆる形容詞に満ちた、輪をかけた雄弁を以て説かれた。湯気に含むラヂウムといふものの貴さを聞かされて、都会の人人は浴槽の中でよく深呼吸をした。岩かげの泡立つ湯を見知らぬ都会の人一は木管で引かれた湯にも尚ほ溌剌の霊気があるものと信じてゐた。それで病める人は健康になり傷つける人は癒えた。都会の人人はこの温泉に感謝し、この温泉場は稀有の霊地とされた。

けれども「里人の智慧ある者」は、岩陰の湯の「犯し難い精気と、慈愛を湛へる明朗さ」が都会の人々に汚されるのを恐れて、泉源について多くは語らなかった。

詩は余韻を残して静かに終わる。

かかるうちにも、嶽鳥と今も時折訪れる鹿との外には余り知らない寂しい湯は、ひとり喜ぶもののやうに、又追はれるやうに、又大空への挨拶をするやうに、又深い地中の衝動にかられて快い逸出をもとめるやうにあとからあとからと湧きに湧いた。幽谷の岩かげで泡をたてて。

人は温泉を自分の所有《もの》だと思いすぎているに違いない。

終章　ギー・ド・モーパッサン──『モン＝オリオル』

1　典型的かつ例外的な本格温泉小説

ギュスターヴ・フローベールを師とし、フランス文学史において自然主義に分類される小説家ギー・ド・モーパッサン（一八五〇〔嘉永三〕年─一八九三〔明治二十六〕年）は、十九世紀半ば、オート＝ノルマンディーのトゥルーヴィル＝シュル＝アルク（有名な海浜リゾートのトゥルーヴィルとはまったく別の離れた町）の城館に生まれ、[1]少年期をおもにエトルタの別荘で過ごした。おりしもイギリス型の近代的海浜リゾート文化が英仏海峡を渡り、ノルマンディー沿岸に海水浴場、グランドホテル、カジノ、別荘、遊歩道などが整備されたシックな海水浴場がつぎつぎと誕生していった時代である。思春期のギーは漕艇や水泳に熱中しながら、しばしば水着姿の女性逗留者に性欲をくすぐられもした。

一八六二年、二十二歳でパリの海軍省の下級官吏になると、シャトゥー、アルジャントゥイユ、ブージヴァルなど、パリ西郊のセーヌ川沿いの行楽地で日曜日に水遊びボートに興じた。一八七五年、二十五歳のとき最初の短編小説を発表。テニス、フェンシング、射撃も愛好したスポーツマンであったが、ほどなく梅毒に感染し、消化不良、眼痛、頭痛、ヘルペスなどに悩まされるようになり、一八七七年、医師の勧めに従ってスイス・ヴァレー州のロエシュ＝レ＝バン（ロイカーバート）で最初の湯治をした。一八七八年に転勤した文部省を退職すると、エトルタでの保養に加えて、冬にカンヌ、アンチーブ、マントンなど、コート・ダジュールの海浜リゾートで避寒をするようになった。湯治も続け、晩年までに、シャテル＝ギュイヨン、エクス＝レ＝バン、プロンビエール、バニェール＝ド＝リュション、ディヴォーヌ＝レ＝バン、シャンペル＝レ＝バン[2]などの温泉リゾートに毎年逗留した。一八八五年にヨット「ベラミ号」を、八九年には「ベラミ二号」を購入し、地中海周遊を敢行した（アラン・コルバンが『浜辺の誕生』のなかで、「ヨットローリングは海辺の保養地が流行に乗るのと軌を一にしてブームを呼」んだと述べていたことを思い出そう）。けれども梅毒の進行を止めることはかなわず、一八九二年一月、自殺未遂の後、錯乱状態に陥ったモーパッサンは狂人と診断され、一八九三年、四十二歳でパリの精神病院にて亡くなった。

海、川、温泉といったさまざまな〈水〉との豊かな身体的交わりを通して、モーパッサンは「比類ない『水』の想像力の作家[3]」となった。ノルマンディーの海岸を舞台に『女の一生』（一八八三年）、『悲恋』（一八八四年）、『ピエールとジャン』（一八八八年）、『わたしたちの心』（一八九〇年）など、セーヌ川の行楽地を舞台に『ポールの恋人』（一八八一年）、『ピクニック』（同年）、『イヴェット』

（一八八四年）、『蠅』（一八九〇年）など、コート・ダジュールを舞台に『初雪』（一八八三年）、『牧歌』（一八八四年）、『ベラミ』（一八八五年）、『旅路』（一八八六年）などの短編小説や長編小説を書いた。[4] そして温泉に関しては、ロエシュ＝レ＝バンをモデルに短編『温泉にて ロズヴェール侯爵の日記』を、シャテル＝ギュイヨン＝レ＝バンをモデルに短編『私の二十五日』（一八八五年）と長編『モン＝オリオル』（一八八七年〔明治二十年〕）を書いた。[5]

序章「浴する文学」で述べたように、十九世紀の海浜リゾート開発の雛形となったのが内陸の温泉リゾートであったことや、セーヌ川の行楽地が海浜リゾートの安価で手近な代用地だったことを思えば、十九世紀のフランスの作家のなかでモーパッサンが温泉小説を書くにふさわしい資質と経験にもっと恵まれていたことは間違いない。本人もそのことを自覚して温泉を三番目の長編小説の題材に選んだのだろう。『モン＝オリオル』の登場人物ゴントランは、温泉リゾートと海浜リゾートの類似を語っている――「温泉の源泉は鉱質成分を含んでいるのではなくて魔法が入っているみたいだ。そしてそれが、どこでも同じ調子だと来ている。エクスでも、ロワイヤでも、ヴィシーでも、リュションでも、そのうえ海水浴場でも同じだ。ディエップでも、エトルタでも、トゥルーヴィルでも、ビアリッツでも、カンヌでもニースでも。世界中のいろんな国の人が見本みたいにいるのにお目にかかる。いろんな世界の人間に。素晴らしくいかがわしい成金外人。他の場所では絶対に見られないような人種や人間が混じり合って非凡なアヴァンチュールに出会える」（第二部第六章）。モーパッサンにとって〈水〉をめぐるリゾート地は、上級階級の有名人と交際しながら、彼らのしばしばスキャンダラスな生活を観察する絶好の場所だった。彼はは、この小説の末尾に「アンチーブ、ヴィラ・ミュテルスにて、一八八六年」と記していた。

『モン＝オリオル』は、十九世紀末のフランスの温泉保養の典型を批評的に呈示することを目論んだ長編小説であり、地形、施設、入浴などのフィジカルな描写が象徴的な価値を帯びつつ、ストーリーとしっかり絡みあう本格温泉小説である。それゆえ、日本の漱石以降の温泉文学との比較に適している。けれども、それゆえ、近代のフランス文学のみならず西洋文学において『モン＝オリオル』は異例の野心作となってもいるのだ。

十九世紀から二十世紀はじめの温泉リゾート整備、鉄道敷設、温泉療法の流行などを背景に、フランスでも日本同様、多くの作家が温泉地に長期滞在し、湯治をした。フランソワ＝ルネ・ド・シャトーブリアン、アルフォンス・ド・ラマルチーヌ、スタンダール、プロスペル・メリメ、ジュール・ミシュレ、オノレ・ド・バルザック、ヴィクトル・ユゴー、アルフレッド・ド・ミュッセ、デュマ・フィス、ジョルジュ・サンド、ジェラール・ド・ネルヴァル、ギュスターヴ・フローベール、ゴンクール兄弟、ジュール・ヴェルヌ、エミール・ゾラ、アルフォンス・ドーデ、ステファヌ・マラルメ、ポール・ヴェルレーヌ、モーリス・ルブラン、アンドレ・ジッド、マルセル・プルースト等の著名作家を挙げることができる。ヴィシーの一泉源の所有者を父としたヴァレリー・ラルボーもいる。

だが、彼らの温泉経験はもっぱら手紙や日記やエッセイに記されたにとどまり、温泉地の具体的描写に注力した小説はごくわずかしか残されていない。温泉地が出てくる小説であっても、焦点はあくまでそこでの社交や恋愛に置かれ、温泉自体に関しては、入浴が描写されず、飲泉が淡い点景として言及されるのが通例である。たとえばデュマ・フィスの『椿姫』（一八四八年）で、高級娼婦のマルグリット・ゴーティエは結核の療養のためにバニェール＝ド＝リュションで湯治し、そこで彼女に似た娘を同じ病で亡くしたばかりの老公爵に見初められるが、この出来事は、アルマンと彼女のロマンスを主題とした小説において、彼女の放恣なパリ生活が公爵の特別な援助でなりたっているという大前提の最小限の説明にすぎず、温泉に関する描写は一切ない。モーパッサンと知己だったドーデが一八八一年に刊行した長編『ニュマ・ルーメスタン　パリ風俗』（小杉青村訳『恋の南国』一九一四年）は比較的詳しく温泉場を描いており、『モン＝オリオル』執筆の刺戟となった可能性がある。全二十章中第十一章から十三章にかけて、アンヴァル＝レ＝バン（アルヴァール＝レ＝バンがモデル）における飲泉、温泉吸入、温泉医が登場する。けれども、それらはニュマ・ルーメスタンが若い歌手のアリスと不倫関係に陥るという筋と有機的に絡まず、温泉場はやはり書割り的背景にとどまる。

事情はフランス以外の国でも大差あるまい。ジェントリー階級に属し、バースに長らく住んだジェイン・オースティンの小説『ノーサンガー・アビー』（一八一七年）はバースを主要舞台とし、飲泉所と社交ホールを兼ねた「ポンプルーム」（漱石は『文学評論』のなかでここに言及していた。本書二四ページを参照）が登場するが、温泉利用の描写はといえば、「アレン氏は鉱泉水を一杯飲むと、紳士たちの政治談義に加わり、自分たちが読んだ新聞記事についてあれこれ論評しあった」という主人公キャサリンの引率者に関する記述と、「まず、まっすぐヨーク・ホテルに行き、そこでスープを飲み、早めのディナーを予約し、歩いてポンプ・ルームへ行き、そこで鉱泉水を飲み、財布とスパーの買いに五シリング使い、それから菓子屋で休憩してアイスクリームを食べ、急いでホテルに戻り、暗くならないうちに帰るため大急ぎでディナーを取り、そして楽しいドライブの帰途についた」（中野康司訳）というマライラの馬車遠足の報告があるにすぎない。

七十二歳のヨハン・ヴォルフガンク・フォン・ゲーテがボヘミアのマリエンバートで十九歳の少女に叶わぬ恋をしたことは有名だが、長詩『悲歌』（通称『マリエンバートの悲歌』、一八二三年）を読んだだけでは悲恋の舞台が温泉都市だとはわからない。

フョードル・ドストエフスキーが、ルーレットにはまってヴィスバーデン温泉のカジノで無一文になった経験に基づいて書いた『賭博者』（一八六六年）では、小説の半ば、資産家の老婦人アントニーダがルーレッテンブルグに到着する第九章にいたって舞台が温泉地だったことが言及される。第十二章で、カジノで大金をすったアントニーダがモスクワへ帰ると言うと、義理の娘ポリーナから「でも、鉱泉は、お祖母さま？　だって、鉱泉を飲みにいらっしゃったんでしょうに？」と訊かれる。これに対し、アントニーダは「ふん、鉱泉なんぞ知っちゃいないよ！」（原卓也訳）と返す。

温泉リゾートの様子を比較的詳しく描いているといわれるミハイル・レールモントフの『現代の英雄』（一八四〇年）の場合でも、「公爵令嬢メリー」の章（森鷗外の妹・小金井貴美子により『しがらみ草紙』に一八九二年から一八九四年にかけて『浴泉記』という題で訳出された）において、飲泉所と並木道が、カフカス地方の温泉にやって来た主人公ペチョーリンが名士たちによく会う場所として繰り返し登場するだけであり、入浴は浴場で生じた諍いの伝聞として一度だけ短く言及されるにとどまる。温泉保養が上流階級のライフスタイルの新たな構成分子となっていたにもかかわらず、作家たちは温泉の湧出や享受を、描くにあたいしない卑俗で非文学的事柄とみなしていたのだろう。

かくして浮かびあがるのは、ヨーロッパ近代の温泉文化の劇的展開がそれに見あった文学表現を獲得していなかったということであり、日本の温泉小説群の国際的検討にあたいする奇観、群れとしての怪物性である。

『モン＝オリオル』も社交と恋愛のドラマである。ただし、モーパッサンは温泉地をめぐる文学的ニッチに目をつけ、シャテル＝ギュイヨン温泉の綿密な調査に基いて、温泉の諸側面をドラマと有機的に結びつけたのだ。かくして『モン＝オリオル』は、典型的であるがゆえに突出した例外的温泉小説となった。夏目漱石の初期温泉三部作に先立つこと約二十年。世界初の本格温泉小説と言えるかもしれない。ちなみにゾラは、シャテル＝ギュイヨンから遠からぬモン＝ドール温泉に滞在して温泉町の発展を主題とする小説を構想したものの、年少の友人のモーパッサンに先を越され、執筆を断念したという。

『モン＝オリオル』は、対比を通じて日本の温泉小説の特徴を浮かびあがらせるだけでなく、西洋の温泉小説一般の特徴と死角を浮かびあがらせもする、両面鏡となりえる特権的な本格温泉小説なのである。その比較文学上の特権的な価値は、いまだ温泉文化史・温泉文化史の研究者のあいだだけではなく、日仏のフランス文学の研究者のあいだでもしかるべく認知されていないのではないだろうか。

2　『モン＝オリオル』のあらすじ

第一部

パリからラヴネル侯爵が、二十一歳の娘クリスチアーヌ・アンデルマット、彼女の婿のユダヤ人銀行家ウィリアム・アンデルマット、息子ゴントラン・ド・ラヴネル伯爵（クリスチアーヌの兄）と、オーヴェルニュ地方アンヴァル峡谷のボンヌフィーユ温泉――温泉検査官医師ボンヌフィーユによって六年前に開発された――のスプランディッド・ホテルに逗留している。自身のためでもあるが、結婚から二年経っても妊娠しないクリスチアーヌの湯治が主目的である。

近隣の裕福な農民オリオル爺さんがブドウ畑の真ん中にある邪魔な巨岩を爆破するというので、地元民や温泉客が見物に集まる。爆破の結果、温泉が噴出したのを見て、ウィリアムは新たな温泉町を立ち上げる事業を思いつき、吝嗇で慎重なオリオル爺さんにさっそく面会し、温泉が噴出した一帯を購入する交渉をはじめる（第二―三章）。オリオル爺さんは温泉の評判を高めようと、中風とリューマチで脚が麻痺している（仮病の可能性もある）浮浪者のクロヴィス爺さんを買収し、一カ月間毎日、露天の湯壺に入浴させることにする（第四章）。

兄ゴントランの友人ポール・ブレティニは、実利的なことにしか関心のない夫と違い、田園や旅行や音楽の魅力を熱弁したり、ボードレールの詩を暗唱したりするロマンティックな青年で、クリスチアーヌのまどろんでいた官能を揺さぶり起こし、彼女はしだいに彼に惹かれていく（第四―五章）。

ウィリアムは温泉開発の画策のためにパリへ帰ることが多くなる。彼の不在中、クリスチアーヌとポールは、オリオル姉妹やゴントランらと一緒にピクニックを重ねる。遊びのつもりだったポールも、媚態を示すようになったクリスチアーヌに夢中になり、タズナ湖へ馬車で遠出した際、愛を告白する（第六章）。一カ月のパリ滞在から急に戻ったウィリアムが妻を抱擁しようとすると、嫌悪を感じた彼女は「いや……触らないで……そっとしておいて……あの……あの……たぶん……、たぶんだけど、赤ちゃんができたんだと思うの！……」と出まかせを言う。ウィリアムはこれを温泉の効果と信じ、有頂天になる。彼は湯治中のクロヴィス爺さんを訪ね、以前より具合が良くなったと聞くや、最終交渉をしにオリオル家へ踏み込む。小山の中腹の泉源周辺や頂部（ホテルを建てるため）を高額で買い取り、会社の利益の四分の一をオリオルに分配する、という条件で商談がまとまる。夕方、ウィリアムがふたたびパリに経つと、ポールは窓からクリスチアーヌの寝室へ忍び込む（第七章）。

パリから株主連中を引き連れ戻ったウィリアムは、会社設立の会合を開く。新温泉の名称は「モン＝オリオル温泉」に決まり、資本金二百万フランの「モン＝オリオル温泉施設会社」が設立され、彼が社長に就任、ラヴネル侯爵、ゴントラン、ポールは重役に収まり、パリジャンのラトンヌ博士がモン＝オリオル温泉の検査官に就くことに決まる。温泉シーズンが過ぎて秋になり、クリスチアーヌはポールと愛を誓いあうと、父や夫とともにパリへ帰る（第八章）。

第二部

翌年七月一日、すでにモン＝オリオル・グランド・ホテル、山荘、温泉施設兼カジノ、公園、遊歩道が整備され賑わっていたモン＝オリオル温泉で、開業式典が催される。三つの主要泉源は「クリスチアーヌ」、「ルイーズ」（オリオル爺さんの長女の名前）、「シャルロット」（彼の次女の名前）と命名される。みごもって腹が膨らんでいたクリスチアーヌは、カジノに併設された劇場の舞踏会から抜け出し、ポール・ブレティニに激しい愛情を吐露する。ところが彼の方は自分の子を妊娠した女に嫌悪を抱く（クリスチアーヌの不妊の原因が夫ウィリアムにあることが暗示されている）。

新温泉に商機を感じて集まった医師たちの風貌や行状が、アンヴァルの人々の話題になる。新参者のブラック博士がドイツの大公妃の担当医となったことで婦人たちの人気を得て、ラトンヌ博士――ボンヌフィーユ博士から憎まれている――の嫉妬を買う。そこへスペインの公爵夫妻が連れてきた主治医でイタリア人伊達男マゼッリが加わる（第一―二章）。

ウィリアムは、借金まみれになっていた義弟ゴントラン・ド・ラヴネルに、土地の婚資が付くオリオル姉妹との結婚を勧める（第二章）。

ゴントランはシャルロットと交際して結婚する気になったが、オリオル爺さんが泉源周辺の一級地は長女ルイーズとの結婚でなければ譲渡しないと言い張るので、ルイーズに鞍がえし、死火山の火口へ遠足した際、彼女に告白する（第三章）。ポールは捨てられたシャルロットを慰めているうちに、恋愛感情を抱く。マゼッリがシャルロットを誘惑していることを知り、家で留守番をしていた彼女に迫ってキスをする。そこへ帰宅したオリオル爺さんが、葡萄畑欲しさに娘をかどわかしたなとポールをなじると、彼は婚資などいらないと言い返し、勢いで結婚契約書に署名してしまう（第四―五章）。

クリスチアーヌは妊娠経過の往診に来たブラック医師からポールとシャルロットの婚約のニュースを耳にし、ショックのあまり産気づき、ホテルの自室で女の子を出産する。産褥熱による一晩の譫妄のあと、クリスチアーヌは秘密を守って子供とともに孤独に生き抜く決意を固める。そんな彼女にウィリアムは、ボンヌフィーユ温泉を買収してボンヌフィーユ博士とも和解したと報告する。そして、その日の午後、ラトンヌによるクロヴィス爺さんに対する怪しげな「気動車運動療法」が公開された場で、ウィリアムはモン＝オリオル温泉を礼讃する演説をし、「私自身も、この水が、たいへん親しい人間に対して力を発揮してくれたのを身をもって知ることができました。わが家系が絶えることはないでしょうが、それはモン゠オリオルのおかげなのです」と語る。彼に促されてポールがクリスチアーヌを見舞い、赤ん坊と対面するが、彼女は取り乱すことなく「とても辛い時間でした。けれどもあんなふうに苦しむと、人生の最後の時まで強くいられるような気がします」と告げる（第六章）。

3　シャテル゠ギュイヨン温泉

フランスには、ヴォージュ地方、ジュラ地方、オーヴェルニュ地方、ピレネー地方などに温泉地帯がある。ボンヌフィーユ温泉とモン゠オリオル温泉のモデルとなったのは、フランス中部のオーヴェルニュ地方のピュイ゠ド゠ドーム県（旧モン゠ドール県）に属するシャテル゠ギュイヨン温泉である。炭酸泉の温泉場は州都クレルモン゠フェランの北方二十キロ、リオン（Riom）の北西七キロ、シャテル゠ギュイヨン市街地から「外れたサルドン川中流の谷に位置しており、前方にはリマーニュ平原が広がり、後背には、標高一四六四メートルのピュイ゠ド゠ドームを最高峰とする古い休火山帯ピュイ山脈が控える。ピュイ山脈の最後の火山活動は七千年前であり、小説中でも「火山の巨大な墓場」（第二部第三章）と記述されている。有名な温泉都市ヴィシーもこの地域に位置する。

ちなみに日本の温泉分布と比較すると、海辺の温泉がほとんどないため、保養をしようとする者は、山間の温泉へ行くか海辺へ行くかを択一しなくてはならない。これはフランスだけでなく、ほぼヨーロッパ大陸全体に該当する特徴だといえる。

ところで、アラン・コルバンは『レジャーの誕生』の第三章のなかでフランスの温泉史をこう略述している。

フランスでは、十八世紀末にヴィシーとエクス＝レ＝バンが現れる。ミネラル・ウォーターの採掘の始まりは第一帝政にまでさかのぼる。一八〇九年には、エクス＝レ＝バンには千二百人の湯治客がいた。

フランスで温泉街が大発展を遂げるのは第二帝政期、重要な委譲〔企業への鉱泉開発権の委譲——引用者注〕が行われた時にさかのぼる。ヴィシー（一八五三年）、ヴィッテル（一八五四年）、コントレクセヴィル（一八六五年）、オーボンヌ、ブロンビエール、サン＝ソーヴールなどの委譲だ。一八七〇年には、フランスの温泉地の光景は、第一次世界大戦の始まる頃の温泉地と同様の姿を呈していた。一八五〇年から一八七〇年の間に、湯治場の客数は三倍になった。湯治客とその付き添いをいれて結局、実質は三十万人近くになっている。

（アラン・コルバン『レジャーの誕生』渡辺響子訳、藤原書店、二〇〇七年、一〇一ページ）

シャテル＝ギュイヨンもこうした変遷を踏んでいる温泉である。アンシャン・レジームの十八世紀初頭、村によって設置された温泉施設は地元民が利用するにとどまっていたが、第二帝政下の一八五〇年代から六〇年代、そして第三共和政の一八七〇年代から八〇年代、豊富な湧出量に支えられ二段階の飛躍を遂げ、フランス有数の温泉リゾートに躍り出た。一八五二年以降、シャテル＝ギュイヨンにおける温泉開発はオーベルニュ地方の資産家が担うようになり、六〇年代にはリオンの薬剤師ジュール・バルスが経営する温泉場とブロソン家が経営する温泉場がしのぎを削りあった。一八七五年、この地に温泉監査官に赴任したクレルモン＝フェラン出身のアレクシス＝アルマン・バラデュック医師が、パリの銀行家フランソワ・ブロカールと組んで双方を買収。一八七八年にブロカールを社長とした「シャテル＝ギュイヨン鉱泉会社」を設立し、全体の再整備に取り組み、一八八一年にスプランディッド・ホテルが開業した。こうしたパリ資本の進出に対抗し、一八八二年に地元投資家たちは「シャテル＝ギュイヨン大温泉会社」を設立して温泉湧出の見込みのある土地を地主から買い取ったが、同社は競争に破れ、八四年に「シャテル＝ギュイヨン鉱泉会社」に統合された(6)。

図終-1　スプランディッド・ホテル絵葉書（筆者蔵），右半分がモーパッサンの滞在した旧館

『モン＝オリオル』では、ボンヌフィーユやモン＝オリオルとは別の温泉場として「シャテル＝ギュイヨン」への言及が幾度かなされるとはいえ、シャテル＝ギュイヨンのスプランディッド・ホテルが、ボンヌフィーユ温泉の「真新しい」スプランディッド・ホテルのモデルであるのは明らかだ（図終-1）。父親の友人だったバラデュックの勧めで、胃痛に悩んでいたモーパ

ッサンは一八八三年、一八八五年、一八八六年の三回にわたりこのホテルに投宿しながら湯治をし二つの温泉会社の熾烈な競争を実見した。一八八三年七月十七日の『ジル゠ブラス』紙に紀行文『オーヴェルニュ地方の小旅行』を発表し、八五年八月二十五日の同紙に『私の二十五日』を発表した。第三回目の逗留時にはすでに『モン゠オリオル』の執筆に取り組んでいた。なお、オーヴェルニュ地方には「アンヴァル」という温泉場も実在するが、冷泉であるし、モーパッサンはここに逗留していない。[7] 小説中のアンヴァルは現実のアンヴァルとは別物といえる。

こうした経緯から、モーパッサンがシャテル゠ギュイヨン温泉を主要モデルとしてボンヌフィーユ温泉とモン゠オリオル温泉を創造したこと、つまり元は一つの温泉を二つに分裂させ、競争させたことがわかる。そしてこのフィクション化には、辛辣な諷刺に対する地元の矛先をかわすというねらいもあったはずだ。

4　温泉療法と〈水〉のメタファー

『モン゠オリオル』の著しい特徴、しかも日本の温泉小説に希薄な特徴の一つとして、まず温泉利用の医療的側面、とりわけ温泉医の諸活動が強く表現されていることが挙げられる。日本でもかつては長期の湯治が温泉利用の中心だったが、たいてい温泉地に温泉医がおらず、湯治の規則も緩く、温泉小説において医学的な事柄は淡くしか表現されていない。この文学的差異は、東西の実情の反映というだけではなく、医学的なものの表現を不要と考えるか重要と考えるかという価値観の違いの表れでもあるだろう。ただ、西洋においても『モン＝オリオル』ほど仔細に温泉医の活躍（暗躍）を描いた小説はあるまいと思われる。

日本の温泉にも近代以前から飲泉はみられたが、あくまで入浴が温泉享受の主流だった。それに対し、近代のヨーロッパの温泉では飲泉の方が温泉療法の中心を占めていた。『モン＝オリオル』でも、さっそく冒頭に飲泉所が登場する。


最初の小径の突き当たりには、主源泉から引いてきた人工の泉が湧いていて、セメントの大きな水盤の中で泡を吹き出している。水盤の上方には藁屋根がかけられていて、無表情な女が一人、そこで番をしていた。彼女は皆から親しげにマリーと呼ばれている。この物静かなオーベルニュ女はいつ見ても真っ白な小さい帽子を被り、いつでもさっぱりと清潔な大きなエプロン――身体をすっぽり覆ってしまうほど大きくて、仕事着のワンピースも隠してしまうほどだった――を身につけていた。湯治客の誰かが彼女の方に向かってやって来るのが見えると、おもむろに立ち上がり、その人が誰だかわかると、ガラス戸つきの小さな可動棚からその人のコップを選び出し、棒の先につけられたトタン製の小さな柄杓で鉱泉水をすくって、そのコップにゆっくり満たすのだった。

むっつりしていた浴客は微笑み、それを飲み終えると「ありがとうマリー！」と言いながらコップを返し、もと来た方へと戻ってゆく。マリーは、また自分の藁椅子に腰かけ、次の人が来るのを待つのだった。

（第一部第一章）

『私の二十五日』にも、同じような飲泉所と温泉を汲む係が登場する。(8) また「私は鉱泉を三杯飲んだ。一杯ごとに公園の小路を十五分歩き、最後の一杯のあとは半時間以上歩いた。私の二十五日が始まった」(岡村訳)という記述がみられる。当時の温泉医学では医者の処方に従って、定められた鉱水を、散策やエクスカーション、音楽鑑賞、食事などと組み合わせて定められた間隔で、定められた回数、定められた量を飲むことが重視されていた。ただし通常、温泉には浴槽、シャワー、プールなども存在していた。『モン＝オリオル』で子細な描写の対象となり、ドラマ上も重要な意義を帯びている温泉利用はむしろ入浴であり、そのフィジカルな描写は十九世紀の西洋の小説のなかで突出していよう。

ボンヌフィーユの診断の結果、クリスチアーヌは男性従業員によってボンヌフィーユの温泉施設の個室へ案内されると、風呂番のオーヴェルニュ女を退け、一人で全裸になり、炭酸泉の浴槽(床を掘りくぼめた湯壺ではなく、床上に設置されたバスタブ)に身を横たえる。西洋では水着を着用して温泉に入るということがよく言われるが、それは共同浴の場合であり、モーパッサンは『温泉にて ロズヴェール侯爵の日記』ではそうした共同浴を描いていた――「部屋からじかにプールへ下りると、すでに二十人ほどの入浴者が、男も女もウールのローブを着用していっしょに入っている。食事をしている人もいれば、読書している人も、話しあっている人もいる。みな自分の前に、水に浮く小テーブルを出している」(岡村訳)。

いずれにせよ、裸のつきあいが見られない点は日本の温泉との大きな違いである。

クリスチアーヌの入浴に関して見逃してはならないのは、非常にコード化された治療とともに、そこから逸脱する「感性」が繊細に描かれているという点である。

浴槽いっぱいに張られた透き通る湯が、ほとんど目に見えないほど微かにうち震えるのを見つめながら、ゆっくりと服を脱いだ。裸になると湯船の中に足先をつけた。すると気持ちのよい温かな感覚が胸まで上がってきた。それから温かいお湯の中に片脚をくぐらせ、ついでもう片方の脚も入れると、この温かさ、この優しさ、この透き通るお湯の中に腰を落とした。源泉のお湯の中に身を沈めると、湯水は、脚や腕に沿い、胸までも小さな泡で覆いながら身体の上を流れ、その回りを巡った。頭の先からつま先まで細かな真珠の鎧のように自分を包み込む無数の空気の泡を、クリスチアーヌは驚きをもって見つめていた。この小さな真珠粒はとめどなく、彼女の真っ白な身体から浮かびあがっては次々と、また彼女の上で生まれる新しい泡に追われるように、湯の表面まで浮かぶと、はかなく消えた。泡はまるで軽やかな果実のように捉え難く魅惑的に、次々とクリスチアーヌの肌の上に生まれ続ける。湯水の中で真珠の泡を生み出すばら色で瑞々しいこの可愛いらしい身体の果実のように。

まるで生きているかのように震える波に抱かれ、やさしく物憂げに甘く愛撫されて、クリスチアーヌはお湯の中で陶然とした。源泉の湯はクリスチアーヌの脚の下、浴槽の底から湧きあがり、浴槽の縁にある小さな穴から流れ出て行く。あまり気持ちがよいので波に愛撫され、ずっと動かずに、ほとんど何も考えずに、このままじっとこうしていたいと思うほどだった。休息と満足、穏やかな物思い、健康、ひそかな歓びと静かな心地よさ――こうしたものから成る静謐な幸福の感覚が、このお湯の妙なる温かみとともにクリスチアーヌの中に入ってきた。浴槽から溢れてごぼごぼと流れる音にあやされるようにかすかに揺すられて、夢見心地になった。（第一部第四章）

クリスチアーヌの幸福感は、ボンヌフィーユ医師が規定した二十分の入浴時間が過ぎ、風呂番の女が下着を持って入室したことによって中断されてしまうとはいえ、彼女の裸体を包む炭酸泉の泡や愛撫する湯の流れと、彼女が感じる没我的で相互浸透的な心地よさの表現が際立っている。温かさがよいものとして記されている点も注目にあたいする。これほど繊細で緻密で具体的な入浴描写、しかも男性作家が女性人物の内面を通して温泉入浴の感覚を表現した事例は、日本の近代の温泉小説においてさえ滅多に見つかるまい（優れた例外は、戦後の林芙美子の『浮雲』〔一九五一年〕くらいではなかろうか(9)）。

しかも、この入浴はその後の小説の展開に深く関与しているのだ。クリスティアーヌの入浴が直接的に描写されるのは一回だけだが、彼女とポール・ブレティニのはじめての田園散策のくだりの直後、次章の冒頭でモーパッサンはこう書いている。

この後に続いた日々は、クリスチアーヌ・アンデルマットにとって夢のような日々だった。心は軽く、魂は喜びに満ちて過ごした。朝の入浴は彼女の一番の歓びだった。皮膚の表面にえもいわれぬ快感を受け、温かく流れるお湯に浸かって過ごす甘美な半時間だった。これで夜まで幸福でいられた。実際考えることすべて、望むことすべてが幸福だった。愛情が自分を包み、自分に浸透するのを感じた。血管の中で脈打っている若い生命の陶酔、それにこの新しい環境、夢と休息のためにできている、広々としてかぐわしいこの素晴らしい土地は、自然の大いなる愛撫のように彼女を包み込み、これまで感じたことのない感動《エモーション》を目覚めさせた。彼女に近づいてくるもの、彼女に触れるものはすべて、朝のこの感動《エモーション》、生温かい朝湯の、身も魂も浸りきる大いなる幸福の湯浴みの感覚《センセーション》を引き伸ばしてくれた。（第一部第六章）

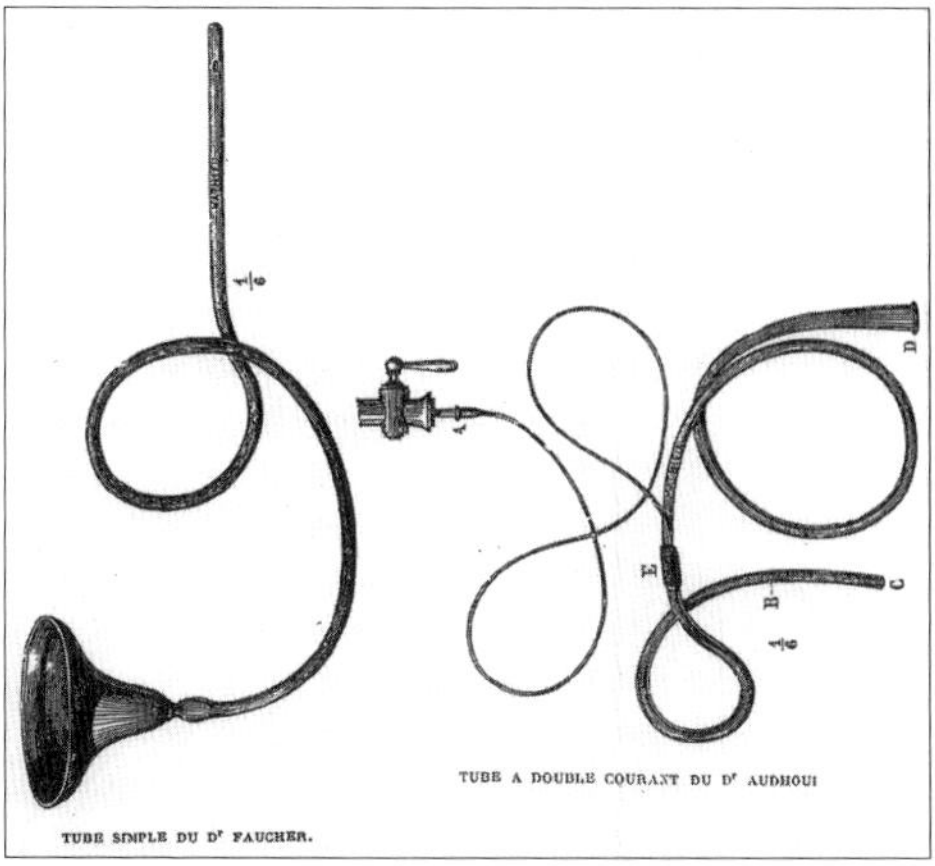

図終-2　バラデュックによる胃洗浄用チューブ（*Dans la fièvre thermale : La Société des eaux de Chatel-Guyon*, p. 218）

温泉入浴の快楽の発見は、ポール・ブレティニとこの地方の自然によってクリスチアーヌのうちに眠っていた官能が揺り起こされ、彼女が彼と恋に落ちるにいたることの兆しとして記されているのである。[10]

ヒロインの官能的湯治と対照的なのが、クロヴィス爺さんやリキエがラトンヌのもとで経験する苦しい湯治だ。クロヴィス爺さんはアンデルマットから買収され、新源泉の効力の人体実験かつ生きた広告として、ブドウ畑に掘られた竪穴のなかで野次馬から笑い者にされながら、松葉杖を握ったまま入浴し、そのフェルトの襤褸着が炭酸の泡――「ボンヌフィーユ温泉のそれよりも大粒で数も多く、活発なようだ」と言われる――のせいで浮き上がる。[11] 様子を見に来たアンデルマットが「気持ちいいですか?」と尋ねると、爺さんは「とけてしまいそうでしゅわ。こんにゃろめ、なんて熱いんや!」とわめいて、湯から出たがる(第一部第四章)。けれども数週間後にアンデルマットが様子を尋ねると、「火傷しそうな熱いお湯にも慣れた」爺さんは、「ええでしゅよ。思いっけりええでしゅわ」「なんと言ってもこれはええ湯じゃ。こんなのは他にないようなええ湯じゃ」と答える(第一部第七章)。ここには、熱い湯への入浴が忌避されてきた西洋の身体文化が表出されている一方、そこからの逸脱が示されている。しかもこの時代の西洋で、野趣に富んだ露天風呂はまったく例外的である。

なお、概して日本の温泉が――特に明治維新以降は――さまざまな階級の人々によって享受されていたのに対し、西洋近代の温泉は国際色豊かであるとはいえ、もっぱら有閑な上流階級ないし富裕階級に属する人々のみが大金を払って享受した場所だった。『モン゠オリオル』でも基本的にはそうなっているが、元密猟者で浮浪者に落ちぶれたクロヴィス爺さんの温泉浴はこの側面でも例外をなす。

第二部の冒頭、開業式典の日の午前、ラトンヌ博士は「モン゠オリオル温泉」「ハイドロセラピー――胃の洗浄――流れる水のプール」という看板を掲げた温泉施設のなかで、ポールを「とても面白いですよ」と言ってシャワー室へ導き、「昔の拷問受刑者のように、防水加工された拘束衣のようなもので締め上げられて」木製の椅子に座っているリキエに対する胃洗浄の施療を彼に披露する(図終-2)。

医師が現れるとすぐに、ボーイは真ん中あたりで三又に分かれた、二つの尾を持つ細い蛇のような長いチューブを掴んだ。それからその片方の端を、源泉へとつながっている蛇口の先端に固定した。二つ目は、間もなく病人の胃から吐き出される液体が流れてくるはずのガラスの容器の中にだらりと落とされた。それから検察官殿が片手で、この管の三つ目のアームをおもむろに取り、愛想よくリキエ氏の顎に近づけた。彼の口の中へそれを通し、器用にそれを動かしながら喉に滑り込ませ、優美かつ親切そうに親指と人差し指でどんどん深く入れながら、「いいですね、そうそう、いいですよ！　大丈夫、大丈夫、大丈夫、完璧ですよ」と繰り返していた。

リキエ氏は怯えた目をして、顔は紫色になって口から泡を吹き、息を切らせ、詰まらせ、不安のあまりしゃっくりをしていた。そして椅子の肘掛け部分にしがみつき、自分の身体の中に入り込んでゆくこのゴム製の生き物を吐き出そうと恐ろしい努力をしていた。

半メートルほど飲み込んだところで医師が言った。

「底まで来たぞ。開けて」

するとボーイが蛇口を開いた。間もなく病人の腹は源泉のぬるま湯で少しづつ満たされ、みるみる膨れ上がった。

「咳をしてください」と医師が言う。「咳をして、お湯がすんなり下りていくように」

咳をする代わりに哀れなリキエ氏は喘いだ。痙攣で身体を震わせ、今にも目玉が顔から飛び出てなくなりそうに見えた。それから突然、座っている椅子の脇の床から軽いごぼごぼいう音が聞こえた。二股のチューブのサイフォンがようやく動き始めたのだ。今や胃は、このガラスの容器にその中味をぶちまけていた。医師はその中にカタルの徴候や消化不良の痕跡が認められないか、興味津々で調べていた。

（第二部第一章）

カフカさながらの悲惨かつ滑稽な即物的描写を示したく、長い引用となった。ポールはさらに医師から「気道車運動」なるものによる歩行器と、木馬を使った施療を見せられる。第一部のクリスチアーヌの快い入浴が、彼女とポールとの田園でのロマンティックな物語の予兆であるとすれば、このリキエの水治療は、クリスチアーヌの失恋と苦しい出産を予兆しているといえる（リキエの胃洗浄と同じくクリスチアーヌの分娩も「拷問」と比喩される）。ポールが水治療の目撃者となるのは、彼女の腹をチューブで膨れ上がらせ、苦しませる張本人が彼になるからだろう。性愛描写に対する厳しいタブーのもとで、モーパッサンはひそかなメタファーに訴えているのだ。

このようにモーパッサンが温泉療養をめぐって快楽と苦痛の両面やそのあいだの振幅を綿密に表現しえたのは、夏目漱石や川端康成がそうであるように、温泉だけでなく水一般に対する卓越した感受性と想像力の持ち主だったからだと考えられる。クリスチアーヌとポールの恋愛感情がとくに昂まるのは数度のエクスカーションの際であり、いずれも水景が、火山地形の地学的記述を伴いつつ謳いあげられている。峡谷の奥の滝壺は、地の文で「ラテンの詩人たちが古代のニンフを隠していた、誰にも見つからない隠れ家のようだった」と描写される。その滝壺を見たゴントランが「わあ！　ここにブロンドでばら色の女性が水浴びしていたらどんなに綺麗だろう」（第一部第六章）と叫ぶのをポールは聞き、ブロンドの髪でばら色の肌をした青い瞳のクリスチアーヌが水浴している姿を想像したに違いない。ちなみに西洋文化においてニンフは好色な牧神と対になった形象である。

同じ章の後半、「オーヴェルニュ山脈の最後の噴火口から出来た」タズナ湖への遠足のくだりでは、活動が絶えた火山帯があたかもふたたび熱を帯び、それが彼女とポールにまで浸透するかのような描写が展開する。「火傷しそうな空気には、目に見えない重い火の微粒子が充満しているようだった」。彼らはカルデラの斜面の木陰の草地に腰を下ろし、火口湖を見つめながら、「ふたりの情熱を澄んだ深い水のようにすっかり包み込む噴火口の底に暮らす」ことを夢想する。「太陽が間もなく姿を消す頃になると空は炎のように燃え始め、湖は突然火の槽《タンク》のような様相をみせた」。モーパッサンは死んだ湖というロマン主義的トポスを踏襲しながら、それを筆力で生きた火口へ変容させているのだ。

比喩や象徴の水準でも、〈水〉のイメージが豊かに繰り広げられている。クリスチアーヌがポールと人目を避けて遊びに行く樅の林の「樹脂の匂いは、海の微風のようにふたりを爽やかに」する。「樹々の間をそよぐ風が松の優しい、すすり泣くような歌を奏でた。遠く、霧に沈んで見えない広大なリマーニュの平野が、まったく大洋のように感じられた。そう、海はそこ、前方に、彼方はあった！　間違い得ようがなかった、なぜならその息吹を顔に受けていたのだから！」（第一部第八章）。

モン＝オリオル温泉株式会社設立総会のあと、ポールはクリスチアーヌと村はずれで待ち合わせをする。夏の月明かりの下、クリスチアーヌが姿を見せる埃っぽい白い道は「流れる川のように彼の前に長く延びていた」と喩えられ、数歩前で彼女が立ち止まると、その影が「彼女の何かを彼の方に、彼女が来る前に運んでいる」ように感じたポールは、数歩あゆみ出る――「そして、まるで彼女のものなら何も失いたくはないかのように、跪くとひれ伏して、その薄暗い影の端に唇をつけた。喉を乾かせた犬が腹ばいになって泉の水を飲むように、愛する人の影の輪郭を追いながら埃に熱烈なキスを浴びせ始めた。そんなふうにして彼女の方に、手を地面について膝で歩きながら、四つん這いになって進んで行った。地面に延びた暗い愛しい姿《イマージュ》を唇で拾い集めるようにして、彼女の身体の線をすべてを追うように愛撫しながら」(同)。

大橋絵理は「温泉保養地と女性――モーパッサン『モントリオル』」という論文のなかで、ポールの常軌を逸した振る舞いについて鋭い解釈を示している――「クリスティアーヌがポールに最初に魅了されたのは、彼が爆発現場にうろついていた子犬を救おうと駆け出したから出会った。そしてこの子犬とポールの間にはある共通点が見いだされる。『髪の毛は黒くごわごわしているし、目はあまりにも丸すぎる』と書かれるポールの容貌は、彼が救おうとして救えなかった『黒い狆のような』子犬に類似している。さらにクリスティアーヌが自らの身体が溶解するように感じ、幸福感に最も導かれたのは温泉との一体感を得たときである。ポールが『喉の渇いた犬が泉の縁に腹ばいになって水を飲むよう』な行為をしたということは、地下から湧き出た温泉に同一化したクリスティアーヌを求めたからであるとも考えられるが、温泉保養地を離れてしまった彼女では、ポールが喉を潤すのは不可能なことなのだ(12)」。補っておくなら、ポールは繰り返し水辺でクリスチアーヌの足元に伏しており、その反復がこの場面の強度を昂めているのだ。

5　温泉の流れと金銭の流れ

第一部第四章冒頭の地の文に「いつか流れるように現金をもたらすかもしれないこの温泉(13)」という表現が読まれるように、『モン゠オリオル』において温泉の流れは金銭の流れと相関関係にある。温泉開発をめぐる金銭の流れの諸相をしっかり表現したことがこの長編小説のもう一つの際立った特色である。

まず、モン＝オリオル温泉の立ち上げをめぐる、銀行家ウィリアム・アンデルマットを主導者とした金銭の流れ。アンデルマットは妻が寝取られたことにまったく気づかない間抜けだが、事業においては非常に賢く有能である。温泉が噴き出すや土地買収の交渉をはじめ、温泉の開発をする株式会社を設立するために素早くパリへ帰って出資者を募る。オリオル爺さんは手強い交渉相手とはいえ、自分の不動産を切り札に蓄財しか考えない、地方の旧式の吝嗇な守銭奴にとどまる。それに対し、アンデルマットは、首都の投機家たちを絶えず念頭に置いた新進気鋭の金融資本家なのだ。

彼がラヴネル侯爵の一人娘を娶ったのは「自分とはまったく無縁の世界で投機を拡げるため」だった。侯爵は最初、縁談交渉を断っていたが、「うずたかく積まれた金の圧力に屈し、子供たちはカトリックの教えのもとに育てるという条件で譲歩したのだった」（第一部第一章）。ちなみに侯爵は、古風にも温泉を神の計らいによる天然の薬と信じている。義弟ゴントラン・ド・ラヴネル伯爵はことあるごとにアンデルマットの投機熱をユダヤ人性として皮肉っており、他人に「彼の頭の中でモンテカルロのカジノと同じ音がしているのがよく聞こえるよ」（第一部第三章）と語ってきたとされているが、この発言は、むしろゴントランが賭博と資本主義の似て非なるところを理解していないしるしとして聞くべきだろう。ゴントランは貴族的な浪費癖・賭博癖のせいで、アンデルマットに多大な借金を負っており、カジノでの賭けの元手を得るためにシャルロットとの恋を諦め、持参金つきの姉ルイーズと婚約するにいたる。こうしたラヴネル家のありさまを通し、モーパッサンは貴族の没落と金融資本家の興隆という歴史的趨勢を活写しているわけだ。
アンデルマットがクリスチアーヌの診断をパリ出身のラトンヌに依頼する一方、ボンヌフィーユ温泉の常連の侯爵が同じことをボンヌフィーユに依頼したせいで、二人の医師のあいだに悶着が起きるというエピソードは、貴族とユダヤ人資本家との対立を、温泉をめぐる医師間の競争や中央資本と地元資本の競争、あるいは宣伝合戦へシフトする役割を担う。

この温泉街も、あらゆる温泉街と同じようにして始まった。ボンヌフィーユ博士が源泉について書いたパンフレットが始まりだった。パンフレットは、まずこの地方の山脈の魅惑を、壮麗かつセンチメンタルな文体で讃えるところから始まっていた。〔……〕それから一挙にボンヌフィーユ源泉の効用へと話は跳び、この水は重炭酸塩、ソジウムを含む、混合、酸性、水酸リチウム、鉄分含有、云々で、あらゆる病を治癒することができると謳っていた。しかも博士はこれらを次のような題名の下に並べ立てていた。《アンヴァル特有の慢性疾患あるいは急性疾患》。そしてこのアンヴァル特有の疾患リストがまた長かった。長いばかりか多様でもあり、どんなタイプの病人にとっても気休めになるものだった。パンフレットの最後は、逗留に際して便利なもろもろの実用的情報で終わっていた。住居費や食料品の価格、ホテル代などだ。
(第一部第一章)

アンデルマットは、先発のボンヌフィーユ温泉を圧倒する新温泉を立ち上げるべく、この地域の地質に通じた元技師のパストゥール――地質学的解説の担当者でもある――に新たな泉源の掘削を命じ、新温泉の温泉検査官の地位を約束して籠絡したラトンヌにパンフレットを書かせる。また彼は「モン＝オリオル温泉株式会社」設立総会の場で、「現代の大きな問題はですね、皆さん、宣伝です。宣伝は今日の商売と産業の神です。宣伝なくして救済はありません」、「我々は、皆さん、水を売りたいんです。病人を制服するには医者を使わなければなりません」と熱弁を振るい、自分たちの温泉へ患者を送ってくれるような著名な医師たちに、山荘《シャーレ》を提供するという作戦を提案する（第一部第八章）。かくしてマス＝ルーセル、クロッシュ、レミュゾという三大名医が来泉し、三つの泉源の名づけ親となる。モーパッサンは、すべての医者を資本主義的競争のなかに投じ、彼らの存在や言説を両温泉の宣伝合戦の構成要素として相対化している(14)。

要するに、シャテル＝ギュイヨン温泉で地元資本とパリ資本の入り組んだ抗争劇を間近に見ていた小説家は、この温泉をボンヌフィーユ温泉とモン＝オリオル温泉に分裂させることを通して、金融資本家の興隆、貴族の没落、中央資本の地方経済への進出、宣伝合戦等を鮮明に図式化するとともに、時間的に圧縮したのである。

6　日本の温泉小説との比較

ギー・ド・モーパッサンの小説の多くは日本語に繰り返し翻訳されており、特に明治末期から大正初期にかけての受容は日本の自然主義の形成を促したといわれる。『女の一生』や『ピエールとジャン』などに比べれば非常に遅くかつ少ないとはいえ、『モン＝オリオル』の翻訳も、田中純訳『湯の町の恋（モントリオル）』（天佑社版『モウパッサン全集』第七巻、一九二一年）、杉捷夫訳『秋風記』（白水社、一九三八年）、杉捷夫訳『モントリオル』（『秋風記』の改訳、一九五七年）、桜井成男訳『恋のモントリオル』（春陽堂書店版『モーパッサン全集』第十九巻、一九五九年）、渡辺響子訳『モン＝オリオル』（幻戯書房、二〇二三年）が数えられる。

けれども、日本文学史におけるこの小説の受容や影響はとなると、頼りになる文献も見当たらず、博捜を要する問題でもあるので、今後の研究を待ちたい。私はここで、本書で主に論じてきた一八九〇年代から一九三〇年代の作家との部分的な比較を述べておこう。

田山花袋は日本の自然主義を立ち上げる際、しばしば後ろ盾としてモーパッサンの名を挙げており、その短編の翻訳や翻案もしていたし、英訳のモーパッサン全集を入手していたはずだが、『モン＝オリオル』の言及は見当たらないようだ。『モン＝オリオル』と彼の紀行文的・私小説的温泉小説との差、モーパッサンの自然主義と花袋の自然主義の差の甚だしさを鑑みれば、『モン＝オリオル』を読んだとしても扱いかねたように思う。

日本的自然主義の問題点としてさんざん論じられてきた特徴とも重なる事柄だが、モーパッサンが温泉場を、多視点を通して立体的・社会的・重層的に表現しているのに対し、花袋の場合、視点が単数的で、構成力が弱く、温泉場の表現が一面的で平板である。それだけでなく、風景や場所の描写の質がまるで異なる。主観的であるか客観的であるかは、さほど重要な差異ではない。モーパッサンの場合——フローベールやゾラの場合と同じく——、観察や取材に基づいた写実的描写が、同時に登場人物の感覚や欲望の内在的な表現を兼ねており、さらにそれが、ストーリーの伏線や、物質的かつ象徴的なイメージの展開の一端ともなっている。それに対して花袋――そして藤村――の描写は、概してその場面かぎりの説明や雰囲気の大まかで静態的な表現にとどまりがちなのだ。「露骨なる描写」(一九〇四年)による欲望の赤裸々な表現を提唱したにもかかわらず、描写に欲望が有機的に内在しておらず、その結果、欲望の質や動きが生き生きと表現されていない。文壇随一の温泉マニアだった花袋が、代表作にあたいするような温泉小説をついに書けなかったことの根本理由は、こうした描写力の問題にあったのではないだろうか。これは渡部直己が『日本小説技術史』(新潮社版、二〇一二年)第四章で、藤村と花袋に対して指摘した風景と物語の不和と隣接する文学史的問題でもある。

夏目漱石も『モン゠オリオル』を読んだ様子はない。けれども、漱石がかなりの数のモーパッサンの小説を英訳で読んでいたことは、蔵書に書き込まれたコメントからわかる。大半はネガティヴなものであり、そのことが、彼が日本の自然主義を批判的にみていたことを証する典拠としてしばしば言及されてきた。しかし、漱石の批判の矛先が性欲やエゴイズムの露骨な表現自体にではなく、人物造形の浅薄さと、筋立ての目立ちすぎる機知や皮肉に向けられていることや、『月光』、『脂肪の塊』、『ピエールとジャン』を肯定的に評価していたことにも注意を払うべきだろう。[15] 主題を深くかつ立体的に展開するべく、構成やイメージの連鎖に訴えたフィクションを練っているという点でも、描写を通して欲望や無意識を内在的・流動的に表現しているという点でも、花袋の『赤い肩掛』や『山の湯』よりも、漱石の『草枕』や『明暗』の方がずっと『モン゠オリオル』に近いといえよう。ちなみに『行人』の一郎－次郎の関係は、『ピエールとジャン』のピエール－ジャンの関係に意外に似ている。

川端康成は、モーパッサンの温泉小説に着目した稀有な日本の小説家だろう。エッセイ『伊豆温泉記』（一九二九年）のなかで、温泉に関して肌触り以上に大事な属性として「湯の匂ひ」を語ったあと、こう続ける。

湯の匂ひばかりではない。温泉場程いろんな匂ひのあるところはない。岩の匂ひ、樹木の匂ひ、壁の匂ひ、猫の匂ひ、土の匂ひ、女の匂ひ、庖丁の匂ひ、竹林の匂ひ、神社の匂ひ、馬車の匂ひ――。温泉がもろもろの匂ひを感じさせるのだ。東京の銭湯でも、上がつたばかりの時は鼻がよく利くのと同じ理屈だ。
「あの女は今……。」と、私はよく言つて、友人に笑はれる。全く温泉宿では、女のその匂ひが感じられるのだ。温泉に長くゐると、温泉を離れてもその匂ひが鼻につくやうになるのだ。いくら厚着の女を見ても、湯殿で会ふ時のやうに、その体の形が分るやうになるのと同じだらう。

嗅覚のとりわけ鋭いギイ・ド・モウパッサンはお湯が好きだつた。

『モン＝オリオル』第一部第四章のなかで、ポール・ブレティニはクリスチアーヌに「酒は心を酔わしますが、芳香は想像を酔わします」と語り、アンヴァルの自然の匂いの魅力を熱く説く。川端が読んだと思われる一九二一年の田中純訳『湯の町の恋』から引用する。

「貴女は此処に始めて、ゐらつしやつた時、何物にも比べる事の出来ない程の綺麗な、軽い、何と云つて宜いでしようか？　まあ無形の香とでも云つたやうな、気持ちの快い香りに気が付きましたか？　それは何処にもありますが、手に取るわけにはゆきません。その香りが何処から来るのか解りません。その香り程、私の心を煽り立てる不思議なものはありません。それは咲いた葡萄の香りです。それを見付けるには四日も掛りました。奥様、上戸の人だけに、その味の分かるやうな、葡萄酒を造り出す葡萄の木が、また非常に立派な感受性を持つてゐる人達だけに分るやうな、大層気持の快い、生々した、芳しい香りを放つかと思ふと、何共云へない程愉快ではありませんか？　それから、あなたは、又、あの胡桃の木の強い香りや、アカシアの、甘しさうな香りや、そして想像も出来ないやうな、気持の快い臭ひのする山や野の香気を知つてゐますか？」

ただし『モン゠オリオル』に温泉の香りの描写はない。シャテル゠ギュイヨンの温泉は無臭なので、モーパッサンは無臭の温泉をイメージしていたと思われる。(16)けれどもポールがこの嗅覚談義をクロヴィス爺さんの露天風呂のそばで語っているせいもあり、川端は、読書記憶に自分の経験と嗜好が混じって、「嗅覚のとりわけ鋭いギイ・ド・モウパッサンはお湯が好きだつた」と書いたのだろう。井伏鱒二は一九三八（昭和十三）年七月十四日夕刊の『読売新聞』に『秋風記』の短い書評「杉捷夫『秋風記』」を寄せ、「描破力と技術的手腕」「校正の雄渾」を誉めていたが、温泉の主題に言及していない。その翌年、太宰治は湯河原を舞台とした短編『秋風記』を書いたが、これは邦題だけを拝借したと思われる。

さて、近代日本文学における温泉文学を『モン゠オリオル』と比較するとき、もっとも強く感じる根本的差異は、温泉をめぐる経済や宣伝戦略をしっかり描いた作品がほとんどない、ということである。宮沢賢治は花巻温泉が花街化に投資していることを問題視しているが、未発表の詩における直情的で漠然とした言及に過ぎない。川端は『雪国』で、鉄道開通によって温泉場が発展しつつあること、殊に駅近くの新温泉が急発展しつつあることや、駒子ら温泉芸者をモデルにしたスキー・ポスターを呈示しているが、『モン＝オリオル』の域には到底及ばない。

一九三四年に川端が『温泉雑記』のなかで、「みんな作者が客間に坐つてゐる。料理場や女中部屋や金庫のなかは見てゐない。まして温泉宿と村人との関係、外来資本と温泉経営とその土地との関係、そんなものは夢である」と日本の温泉文学の一般的傾向を批評し、「からくりをあばかれて、商売のさまたげとな」ろうとも「土地の人々の生活の美醜の底に掘り入るもの」が出現することに対する期待を記したとき、念頭には『モン＝オリオル』があったのかもしれない。

こうした文脈において、彼の短編『歴史』（一九二七年）は『雪国』以上に興味深い。谷川の流れのなかの岩風呂まで苦労して行かなければならないような村をよぎって、沿岸まで通じる立派な自動車道路ができ、よそから来た一人の老富豪が別荘を建てる。その別荘に湯を引く見返りとして、老人は村の中心に引湯の共同湯を造ったり、元湯への道を整備し、元湯の湯船をコンクリート製にリニューアルしたり、土地を買ったりしてくれる。十年後、老人は元湯の三尺横を爆弾で掘り、タイル張りの千人風呂を擁した二階建ての新共同浴場を建てる。彼が死ぬと、顕彰碑の除幕式にはじめて現れた息子が、共同湯を新たな旅館の内湯に変えてしまう。村人が父親と比べて難じると、息子は言い放つ――「虫けら共。僅か自動車が通るくらゐの路だ。その路が持つてゐた意志を初めて知つて驚いてゐるなら、今のうちに大きい眼を開いて、自動車の通る街道の意志をよく考へておけ」。外部資本によって村人の伝統的な温泉が搾取されてしまう歴史を寓話的に表現しており、爆弾による爆破で新たな熱い湯が頻出する点が『モン＝オリオル』を想わせる。温泉の変化を交通機関との関係で描いている点や「路が持つてゐた意志」といった表現は非常に川端らしい。

温泉地をめぐる資本主義的競争を恋愛ドラマと絡めて本格的に描いた日本初の長編小説は、おそらく獅子文六の『箱根山』（『朝日新聞』連載一九六一〔昭和三十六〕年、単行本一九六二年）だろう。一九二二年から二五年までパリで演劇を勉強し、フランス人女性と結婚した獅子文六、本名・岩田豊雄は、フランスの文化や生活を肌身で知っていた稀な小説家であり、日本の小説家のなかではユーモア小説家としての夏目漱石をもっとも敬愛していた。長編第一作『金色青春譜』（一九三四年）は『金色夜叉』のパロディーであるばかりか『不如帰《ほととぎす》』にまで言及しており、「金は文化の源」という哲学を持った少壮金融業者と富豪の未亡人との交渉が「日本のドオヴィルと謡晴れるK海岸都市」（鎌倉）の海水浴場や軽井沢の高原を舞台に展開し、未亡人は彼を誘惑しようと「ウビギヤンの洗粉と糠と小豆と鶯のウンコまで」入った風呂に入浴する。『楽天公子』（一九三六年）の青年伯爵は、「紺碧海岸《コートダジュール》」に喩えられた伊東海岸の温泉旅館に泊まってゴルフを楽しんだ日に、浪費癖のせいで破産し、友人の子爵の屋敷の食客となると、生まれて初めて入った「草津湯」という銭湯にはまる。『団体旅行』（一九三九年）では、文学的な温泉旅行の旅費を叔父にねだった文学青年が、伊豆温泉周遊の「団体旅行」をするはめになるが、そこで成金一家の綴方投稿令嬢と出会い、「人生の幸福は団体旅行にある」と思うにいたる。『東京温泉』（一九四〇年）は、山っ気のある垂水欣造が、中目黒の庭から温水が出たので温泉が掘削をはじめるが、地中の肥料の硝石が圧力で発熱して雨水が湯になっていただけで、東京温泉は実現しないという滑稽譚である。若い頃から獅子文六が保養地や温泉場の変遷や開発、入浴文化などに関心を寄せ、日本の温泉や観光に対して歴史的視野を所有していたことがわかる。

箱根七湯のひとつ・足刈《あしがり》温泉――かつて箱根権現の霊場だった――の老舗湯治旅館・玉屋と、その分家の若松屋は、百五十年前から犬猿の仲で、芦ノ湖に近い山裾の狭い温泉場でしのぎを削っている。両者の争いに、大正期以来の西郊鉄道と南部急行による熾烈な箱根観光開発競争、そして日本全国の観光開発を手がける新興の氏田観光の参入が複雑に絡みながら『箱根山』のストーリーは展開する。

昭和三十五（一九六〇）年初夏、若松屋の長女で十六歳の明日子は、皆の目を盗んで裏山の弁天堂境内で、玉屋の十七歳の番頭・勝又乙夫（第二次対戦中、箱根に軟禁されていたドイツ兵の一人フリッツ兵曹と玉屋の女中との子オットー）から苦手な英語を習っている。玉屋支配人・小金井は新泉源掘削の成功を祈りに弁天堂へ出かけ、二人の仲の良いさまを覗き見る。

乙夫は、若松屋で短期湯治中の保民党有力老議員・大原泰山に対し、「箱根に、人間の歩く道をつくって下さい。〔……〕先生のお友達の北条さんも、芦ノ湖スカイ・ラインを始めて、今年一ぱいで完成するそうです。そんな風に、箱根は、これから、とても便利になるんです。まるで道だらけになっちまうんです。でも、先生、どれもこれも、車の通る道ばかりなんですよ。人間の通る道ったら、一本もありません……」と進言する。感心した大原は北条にこの進言を伝えると、北条も乙夫の才覚にいたく感心し、芦ノ湖スカイ・ラインに沿ったプロムナード道路建設を決め、乙夫を社員に欲しいと玉屋に伝えるが、彼を頼りにしている小金井に断られる。

梅雨の最中、玉屋がその格式をほこってきた昭和初期竣工の旧館が不審火によって全焼。長引くボーリングの出費に再建問題が重なり、気丈だった老女将のお里婆さんもショックで寝込んでしまう。夫も子供もすでに亡くしているお里婆さんは、乙夫に跡取りになりえる器量を認めながらも、姻戚関係のない混血児という点が問題だと思っていたので、小金井と相談し、乙夫を三島の彼女の実家（元本陣）の娘フミ子と結婚させようと企む。夏休みの間、フミ子が手伝いにやって来ると、二人が恋仲だという噂が足刈に流れ、明日子は嫉妬を覚える。しかし、乙夫はフミ子との婚約をきっぱり断り、氏田観光へ十年だけ入社することと引き換えに旅館再建の資金を融資してもらうという約束を北条と交わす。

湖水祭りの夜、箱根神社境内で明日子と出くわした乙夫は彼女の誤解を解き、二人は氏田観光本社から乙夫が箱根に戻る十年後に結婚し、玉屋と若松屋を統合することを誓う。九月末、小金井が東京で一カ月ぶりに乙夫に会ったあと、玉屋に深夜帰ると、温泉井戸掘りの親方から高温の温泉が大量に噴き出したことを知らされる。お里婆さんは乙夫をドイツの父の元へ返して玉屋を畳むつもりだったが、翌朝この朗報を聞き、にわかに元気を回復し、氏田観光からの融資を断って乙夫も呼び戻して玉屋を再興しようと翻意する。他方、経営を氏田観光に譲って箱根の先史時代先住民「アス族」の研究に専念するつもりになっていた六代目若松屋幸右衛門も、ボーリングをして玉屋に対抗しようと翻意する。

獅子文六は「『箱根山』を降りて」（一九六一年）で執筆動機をこう語っている。

この数年、夏になると、箱根の芦ノ湯へ行くのを、例としていたが、毎年のことだから、土地の事情に通じてきて、単に芦ノ湯ばかりでなく、箱根山全体のうわさばなしが耳にはいる。これが、なかなか面白い。ある日、旅館の一室で、アンマをとりながら、そのケンカばかりしている山のことを、書いてみようという気になった。『箱根山』という題が、すぐ浮かび、外の題では、気が進まなかった。

とは言っても、観光資本や、旅館同士のケンカ話だけだったら、私は、この小説を書く気にならなかったかどうか。私には、箱根の過去が、魅力だった。過去といっても、若松屋幸右衛門が研究するような、遠い太古は別として、ごく近世であって、箱根修験道が発達してからの歴史に、心ひかれた。箱根が行楽の山として聞こえたのは、それまでは信仰の山だったから、箱根権現の勢力は大変なもので、自ら三千の僧兵を養ったばかりでなく、常に、時の政権、武権と結んだ。従って日本歴史の重要事件がこの山へ響いてきた。箱根の山は天下の嶮だが、山上は決して未開地ではなかった。

〔……〕

とにかく、箱根には実に豊富な過去があり、それがこの土地の奥行きになっている。明治になって外人の来遊も、一つの新味を加えた。

私はそういう箱根の厚みに、魅力を感じ、現代小説のバックに、それを用いたかった。それが『箱根山』だと思った。

温泉名や人名などに仮名が多く用いられているにもかかわらず、足刈温泉玉屋のモデルが芦之湯松坂屋で玉屋のモデルが松坂屋、若松屋のモデルがきのくにやであることや、西郊鉄道が西武鉄道、南部急行が東急、氏田観光が藤田観光のパロディであり、小涌谷の巨大レジャーホテル常春苑が小涌園をモデルにしていることは、当時の読者にとって自明の理だったはずだ。

小説のはじめの方で北条一角（藤田観光初代社長・小川栄一がモデル）の根本戦略が説明される――「水と地熱！／北条は不思議な男で、その二つに、原始人的な信仰を持っている。彼は、日本を救うものは水である、と考えてる。また、箱根ばかりでなく、彼のもくろむ観光事業は、必ず富士火山脈に沿ってる。地熱のあるところで、水を求める。両方手に入れれば、即座に事業に取りかかる――」。「火と水の祭り」という章もあるので、温泉の描写力や〈水〉のイメージの広がりを期待させるが、残念ながら、この方面では大した展開が見られない。北条が小涌谷に建てた「ヘルスセンター式」温泉施設の「人工温泉」（地下水を噴気で変質させた湯）と、旧来の湯治向け天然温泉との対比も、簡潔明解な説明以上には展開しない。地の文の簡潔明解な説明と丁々発止の会話がテンポよく交互に連鎖するぶん、場所や感覚の描写の簡単なことが、『箱根山』の形式的特徴なのだ。しかし、『箱根山』はまさに中央資本と地元資本の交渉を恋愛ドラマと絡めてダイナミックに物語った長編小説にほかならず、しかも現代の観光業界の人間喜劇の底に箱根史のさまざまなレイヤーを巧みに垣間見せている点、すなわち時空の多様なスケーリングを通して温泉を立体的に表現している点で、画期的本格温泉小説である。

一方、日本の温泉小説の歴史を刷新したこの小説が、文壇に地位を持たない中間小説家・獅子文六によって一九六〇年代初頭に刊行されたという事実は、なんとも示唆的に思われる。「一九六〇年前後は、旅行が身近な余暇活動の一つとして定着するようになった時期[17]」であり、温泉行の主流が長期の湯治から、慰安目的の一、二泊の団体旅行や家族旅行に転じ、特に箱根、湯河原、熱海、伊東、白浜、別府などの「大都市近接の大型温泉地が宿泊数を急増させ[18]」、ホテルか旅館かを問わず木造からRC造りへの転換がいっせいにはかられた温泉場の花柳界も急速に衰えるか性風俗化していった一大転換期である。言いかえれば、明治以来、日本の小説家が描いてきた「温泉情緒」の崩壊や変質が明白となったのだ。作中でも、「玉屋と若松屋は、箱根じゅうで、湯治宿の気分を保ってる、最後の旅館」と語られており、玉屋旧館の焼失は一時代の終焉を象徴していると思われる。火事のくだりで、貴重な財産を運び出した乙夫が「獅子文六が書きなぐった色紙なぞには、目もくれなかった」と書かれいるように、温泉地において同時代の作家の威光が傾きだしたのもこの頃かもしれない。

乙夫は氏田観光で一〇年修行して北条一角の経営手法を吸収したのち、足刈へ戻り、若松屋と玉屋を統合し、「常春苑に学んで、常春苑以上に、新式で、巨大なホテル式旅館を建て」、外来資本に対抗するという未来を思い描く。けれども、それが具体的にどのような点で北条一角の路線と異なった姿となるのかはまったく定かではない。

ちなみに、一九五五年に志戸平温泉をモデルに、自炊部における臨時の市、旅芝居の興業、湯治客たちの世間噺しを中編小説『山の湯のたより』のなかで活写した佐多稲子は、一九七二年、短編小説『雪の舞う宿』を書き、十五年前に来ているその温泉が「大きな近代風のホテル」に一変していたのを残念がっている。

また、一九四七年に農民の少女を主人公に、嶽温泉の湯治場を生きいきと描いた石坂洋次郎は、この時期『水で書かれた物語』(一九六五年)を書き、自分の分身の中間小説家に、嶽温泉の近代化に関してこうコメントさせている——「合理化した社会をつくり上げようとする。古いものが形式だけの権威を失って、新しい内容のものが築かれていく。そう言う一時期が必ずやってくる。現在がその一時期じゃないでしょうか」。

大岡昇平が『金色夜叉』のメタ小説『逆杉《さかさすぎ》』を一九六〇年に発表したことも、温泉とその表象の転換期の徴しのように思える。那須温泉の章の地形描写に対する興味から当地の文学散歩をする小説家は、「紅葉の間」がある清琴楼に泊まり、貫一が助けた二人連れを想わせる二人連れに出会う。そして塩原盆地の名勝逆杉の見物に出かけると、ふたたび彼らを見かけるが、「純情な心中者ではなく、密通する嫂《あによめ》と義弟」(漱石の『行人』を連想させる)とみなすにいたる。

こんにち、もはや温泉表象の中心は、純文学から大衆文学、映画、漫画、アニメなどへすっかり移っていると言わざるをえない。つげ義春が一九六八年に連作した『長八の宿』『二岐温泉』『ゲンセンカン主人』はこの移行の先触れだったのだろう。漫画『まんだら屋の良太』(畑中純、一九七九―一九八九年)、児童文学『若おかみは小学生!』シリーズ(令丈ヒロ子、イラスト・亜沙美、二〇〇三―二〇一三年)や、その劇場版アニメ『若おかみは小学生!』(監督・高坂希太郎、二〇一八年)、漫画『テルマエ・ロマエ』(ヤマザキマリ、二〇〇八―二〇一三年)、漫画『詩歌川百景』(吉田秋生《あきみ》、二〇一九年から連載中)などは、おそらくそうとは知らず間接的に『箱根山』の影響を受けているのではないだろうか。

コラム⑤　温泉ホテルと遊園地型温泉

萩原朔太郎は『伊香保みやげ』（一九一九年）に寄せたエッセイ「石段上りの街」で、塩原のような「南画くさい」温泉も、湯田中のような「田舎物の湯治場」も、伊東や熱海のような落ちつきを欠いた海岸の開けた温泉も大嫌いで、関東付近で「好き」だといえるのは、高原に西洋建築や都会風の建物が「蜃気楼的な幻想」のように散在する箱根のみで、南欧の迷路のような田舎町を想わせる伊香保がそれに準ずるとし、その湯元の高台たたずむ木造ホテルはお気に入りだと語っている。こうした彼の嗜好は晩年の幻想小説『猫町』（一九三五年）に反映されるが（安智史「猫町温泉——近代（裏）リゾート小説としての「猫町」」『萩原朔太郎というメディア——ひき裂かれる近代／詩人』〔森話社、二〇〇八年〕を参照）、朔太郎は洋風の温泉場を描いた作品を遺さず、伊香保橋本ホテルで風邪をこじらせ、代田の自宅で肺炎でなくなった。

ホテル小説の傑作を書いている堀辰雄には、『「浴泉記」など』（一九三四年）というエッセイがある。西洋の温泉が入浴ではなく飲泉が中心になっていることを紹介し、ゲーテの『マリエンバートの悲歌』やレールモントフの『浴泉記』（『現代の英雄』の「公爵令嬢メリー」の章の小金井喜美子訳）に触れ、「どうも温泉に浸りながらでは「マリエンバアドのエレジイ」のやうな切々とした詩は書けさうもないと思へる」と述べる。日本の温泉場を背景とした小説では、川端の『伊豆の踊子』、芥川の『温泉だより』が好きだが「私自身はといへば、まだかういふ洒落た物語を書くよりも、日本の何處か Baden-Baden のやうな温泉地を背景にしたバタ臭いものでも書いてゐたいのである」と結ぶ。けれども、残念ながら彼も「バタ臭い」温泉を書く前に信濃追分で亡くなった。

多くの近代文学者が温泉場で洋風のホテルも利用していたにもかかわらず、温泉小説には洋風のホテルがほとんど出てこない。所謂「温泉情緒」や「旅愁」をねらったからだろう。この傾向は温泉研究にもかなり認められ、文化史の観点からいえば残念な偏向といえる。

例外的小説家の一人は、純文学の文壇に属していなかった夢野久作である。彼の『鉄槌《かなづち》』（一九二九年）の主人公で語り手の児島愛太郎は、父の病死後、父が「悪魔」だと呪っていた叔父で相場師の児島周平に引き取られ、F市（福岡市か）で彼の優秀な助手に成長する。やがて周平は従姉妹の伊奈子を愛人にするが、伊奈子はSM関係に持ち込んで周平を奴隷にし、愛太郎を周平公認のボーイフレンドとする。ある日、愛太郎は伊奈子から「F市から二十里ばかりの処にあるU岳〔雲仙岳か〕の温泉」の最高級ホテルへ誘われ、彼女と特等室付属の浴場で混浴する。「高い天井のステインドグラスから落ちて来る光線が、青ずんだ湯の底の底まで透きとおして、見事に彫刻した白大理石の浴槽から音も立てずに溢れ出してゐた」。

『火星の女』（一九三六年）では、県立高等女学校の生徒の甘川歌絵が、悪徳校長に復讐しようと、女盗賊のごとく「温泉ホテル」の外壁を攀じ登り、三階の窓から校長と二人の子分と五人の女たちの「乱痴気騒ぎ」の証拠写真を盗撮する。

温泉ホテルについて言えるのと同様のことが、一九一一（明治四十四）年創業の宝塚新温泉や、大正から昭和初期に各地の都市郊外にできた遊園地型の温泉についても言える。岩野泡鳴『ぼんち』（一九一三年）で、梅田の遊び人たちは、「ぼんち」（坊っちゃん）と呼ばれる若旦那の定さんのおごりで、宝塚へ繰り出す。宝塚新温泉は「涼しく開らけた夜の空気に、新温泉のイルミネションが山と山との間を照らして、ぱツと皆の目を射初めた」と車窓風景として一瞬登場するだけで、彼らは宝塚駅を出ると、芸者遊びをするためにすぐに温泉道の料亭に入ってしまう。

同じ頃に書かれた夏目漱石『行人』の「十一」では、二郎の母の遠縁に岡田が、二郎に「ぢや明日《あした》佐野を誘つて宝塚へでも行《ゆ》きませう」と誘うが、二郎はこれを断る。

この方面でも例外作を書いたのも、純文学の文壇の外か外縁にいた作家だったようだ。宮沢賢治の「花巻温泉遊園地」を扱った詩や散文はそうした例外に属する。

賢治以前では、新人だった頃の谷崎潤一郎が、一九一四年『朝日新聞』に『金色《こんじき》の死』を書いていた。「私」の同窓生の岡村君は、スポーツ万能の美青年で、西洋の文学・美術にも通暁している（彼がモーパッサンの『水の上』の原書を朗読し、そのフランス語の美しさを語る場面がある）。岡村君は莫大な遺産を相続すると、箱根の芦ノ湖に面した盆地・二万坪に「芸術の天国」を建設し、「私」を招待する。湖から水を引いた池にゴンドラや龍頭鷁首が浮かび、曲水や滝、種々の花園、古今東西の諸様式の建築、古代ローマやミケランジェロやロダンの彫像の模造が庭園のそこかしこに配されている。夕刻になり、「私」は「羅馬時代の大理石造の浴室」へ導かれる。四方の壁には「羅馬時代の壁画や浮彫《レリーフ》」で装飾され、巨大な楕円形の湯槽の縁には等間隔にケンタウルス像が配されているが、その「背中に跨って鞭《むち》撻《う》って居る女神達は、悉く生きた人間ばかり」。湯のなかをイルカのように飛び跳ねながら泳いでいるものに目を凝らせば、「其等は皆体の半分へ鎖帷子《くさりかたびら》のやうな銀製の肉襦袢を着けて、人魚の姿を真似た美女の一群」だ。豪華な宴が連夜催されたあげく、岡村君は金色の如来に扮して踊り狂って、塗抹した金箔のせいで皮膚呼吸ができずに急死してしまう。

テルマエ・ロマエが神々の彫刻で荘厳されていたことを、谷崎は知っていたのだろう。けれどもこの「芸術の天国」はじつのところ非常にキッチュで俗っぽい寄せ集めにすぎず、モダンな遊園地か、こんにちのテーマパークを想わせる。意地の悪い谷崎はその点もちゃんとわきまえていて、主催者を馬鹿馬鹿しい仕方で殺したのではないだろうか。

一九二六年から二七年、すなわち賢治が南斜花壇に取り組んでいたのと重なる時期、江戸川乱歩は『金色の死』を意識しながら、『パノラマ島奇譚』（単行本化の際『パノラマ島奇談』に改題）を『新青年』に連載した（江戸川乱歩と谷崎潤一郎の関係に関しては『江戸川乱歩大事典』（勉誠社、二〇二一年）の項「谷崎潤一郎」〔安智史〕が詳しい）。人《ひと》見《み》広介《ひろすけ》は、T（鳥羽がモデル）の大富豪・菰田源三郎になりすまし、M県S郡（三重県志摩市がモデル）の沿岸の小島に美的理想郷「パノラマ島」を建設する。人見と源三郎の妻三代子がパノラマ島へ行くために海底のガラス・トンネルを歩みはじめると、海女が扮した人魚が彼らを先導する。島に上陸し、「自然を歪める丘陵の曲線と注意深い曲線の按配と、草木岩石の配置とによって、巧みに人工の跡をかくして、思ふがまゝに自然の距離を伸縮した」「パノラマ国」に入る。その広大な花園のすり鉢の底に、湯気が立ち昇る巨大な浴槽があり、泳ぎながら歌う裸女の群れに彼らも混じって入浴する。モデル地からするとこの湯が天然の温泉とは考えにくいが、見た目はまさに温泉遊園地だ。

人見もまた、みずからが築いた理想郷のなかで滑稽な最期を迎える。彼は自分が源三郎の偽者であることに気づいた三代子を殺害し、その犯罪を私立探偵によって暴かれると、巨大打ち上げ花火とともに空中で散華する。谷崎も乱歩も、同時代の遊園地や遊園地型温泉に触発されながら、それらを超える人工楽園をアイロニカルに夢みたのに違いない。

時代は一気に下って獅子文六の『箱根山』。氏田観光の北条一角は、東京の遊園地富島園（豊島園がモデル）を復興して出世した人物だ。彼が開発した小涌谷の「常春苑」の二棟の巨大ホテルには、ハワイに見立てられたプールがあり、地下のキャバレーの客から「泳ぐ女性が人魚のように見える仕掛けになっている」。彼は、鳥羽の「快楽島」に「小涌谷のような、ヘルスセンターと、高級ホテル」からなるリゾート（藤田観光の鳥羽小涌園ホテルの建設プロジェクトがモデルだろう）を構想してもいる。海水を「太陽熱利用の貯水池へ吸い上げ、それをプールに落して」「温泉の代りに、長期海水浴という看板」を掲げるのだという。ここには最新のリゾート、ヘルスセンター、遊園地のパロディーだけではなく、『パノラマ島奇談』のパロディーが認められる。そもそも獅子文六は乱歩の一歳年長で、小説家としてデビューしたのは乱歩や久作が活躍していた時期の『新青年』誌上だった。

注

序章　浴する文学

（1）　一八八九（明治二十二）年二月、興津駅が開業すると、同年七月、嘉仁皇太子（のちの大正天皇）は行幸の際に興津清見潟で海水浴をした。

（2）　『箱根温泉史——七湯から十九湯へ』日本温泉旅館協同組合、一九八六年、一一四—一一五ページ。

（3）　『箱根鉱泉誌』（一八八八年）では「湯亭ハ一戸ニシテ客舎四棟アリト雖モ丙悪ニシテ貴客ノ滞留ニ堪エズ、近郷ノ農夫村婦来リテ浴スルノミ」と紹介されている。

第一章　夏目漱石　一

（1）　「断片三二A」『定本　漱石全集』第十九巻、岩波書店、二〇一八年、一九四—一九六ページ。一九〇六年一月『帝国文学』に発表された短篇小説『趣味の遺伝』に関わる「（4）趣味の遺伝」という項目が見られるので、この断片は一九〇五年に記されたと思われる。この断片を含む「手帳④」には『我輩は猫である』「七」以下の構想メモに混じって『坊っちゃん』の構想メモ（三三C、三三）や『二百十日』の構想メモ（三二D、三三）も見られる。その「断片三三」には『二百十日』のメモと『吾輩は猫である』「七」の銭湯のエピソードに関するものと思われる「風呂」というメモが共存している。

(2)　松山時代、漱石と交友した文人・近藤元晋《もとゆき》（我観）によれば、漱石は道後温泉に出かける時、赤いタオルを腰にぶら下げていたため生徒たちから「赤手拭」とあだ名されており、子規ほか俳句仲間と海水浴をした際も腰に赤いタオルを下げていた。近藤「車上の漱石」『漱石追想』岩波文庫、二〇一六年（初出『漱石全集』月報第九号、岩波書店、一九二八年十一月）。

(3)　松山と道後の歴史や漱石の松山生活に関しては、主に以下の資料を参照にした。「道後温泉」編集委員会編『道後温泉　増補版』松山市観光協会、一九八二年。松山市立子規記念博物館編『坊っちゃん百年——漱石のあしあと』松山市立子規記念博物館友の会、二〇〇六年。中村絵里子『漱石と松山』アトラス出版、二〇〇一年。温泉水泳の逸話は、鶴本丑之介「漱石先生と松山」（『漱石全集』第二巻・月報、岩波書店、一九三六年）が、漱石の同僚で数学教師だった弘中又一の回想として紹介している。

(4)　タオルや手拭いは温泉文学の定番だが、異例な表現力を発揮している例として、ほかに宮沢賢治の『鹿踊りのはじまり』（一九二四年）と林芙美子の『浮雲』（一九五一年）を挙げることができる。前者は「第四章　宮沢賢治」で紹介しよう。後者において富岡に誘われ伊香保へ行ったゆき子が一人で入浴する場面では、彼女が「宿の女中から借りた、煮〆めたやうな日本式手拭と、魚臭い石鹸」が、若い二人の商売女の「ハイカラな大瓶に這入った水クリームや、大判なタオル」と対比されている。二組は出ていく際「耳輪《イヤリング》なんかしてさ、汚い手拭使つてるの、あれなァに？」と噂する。他方、富岡がバーから外湯へ立つ際「手拭を借りたい」と言うと、亭主の妻おせいが「自分の桃色のタオルを壁からはずして」付きそう。

(5)　小天温泉と前田家に関する情報は、主に天水町史編集委員会『天水町史』（天水町、二〇〇四年）、中村青史・上村希美雄『桃源郷・小天——「草枕の里」を彩った人々』（天水町、一九九〇年）に依拠している。

(6)　前田案山子別邸に関する諸資料のほとんどが竣工年や旅館名を明らかにしていないが、『熊本新聞』（一八八四年四月十九日付）に出した署名広告（前掲『天水町史』四六三頁）によれば、新湯を引いて温泉旅館を兼ねて竣工したのは一八七八（明治十一）年であり、『紫溟新聞』一八八八年六月十九日付）に出した署名広告（前掲『天水町史』四六四ページ）によれば、旅館としての名称は「秋錦園　前田温泉場」である。

（7）　小森陽一「写生文としての『草枕』――湧き出す言葉、流れる言説」『國文学　解釈と教材の研究』第三十七巻第五号、一九九二年五月、六二ページ。

（8）　前田愛は「世紀末と桃源郷　『草枕』をめぐって」のなかで、鏑木清方の口絵がミレーの『オフィーリア』と類似している点を指摘し、清方自身が『こしかたの記』で「何かで見たオフェリアの水に浮かぶ潔い屍を波文のうちに描きながら」云々と回想していることを紹介している（『前田愛著作集』第六巻、筑摩書房、一九九〇年、二〇五、二七四ページ）。これに大きく先立って大岡昇平は小説『逆杉』（一九六〇年）のなかで、この類似を示唆していた。

（9）　二〇一一年二月十四日に私が草枕交流館を訪問した際、小山芳弘館長（当時）からうかがった談話に拠る。

（10）　夏目鏡子述・松岡譲筆録『漱石の思ひ出』（一九二八年）によれば、夏休みに熊本から上京した漱石は「一向感心してゐなかつたやう」ながらも『読売新聞』の『金色夜叉』の連載を読んでおり、単身熊本へ戻る際、鏡子に「熊本のやうな田舎には『読売新聞』が行かないので、それを毎日送れ」と申し付けたという。

（11）　漱石は、一九〇六年八月三日付の自宅から森田草平に書いた手紙で、春陽堂から『草枕』入稿の催促を受けていることをぼやき、八月五日に伊香保蓬来館から野間真綱へ宛てた葉書に「今小説をかいて居る　多忙」と書いている。

（12）　前田卓述・森田草平筆録「漱石先生　言行録　一」『漱石全集』第四巻・月報、岩波書店、一九三五年。

（13）　『金色夜叉』のラスト、那須塩原の段には宿や湯殿の描写が見られ、間貫一が朝風呂に入ろうとし、同宿の駆け落ち男女が混浴しているところを目にするという場面まである。けれども、その描写は漱石に比べると依然きわめて淡い――「目覚めしまゝ起出でし朝冷を、走り行きて推啓《おしあけ》つる湯殿の内に、人は在らじと想ひし眼《まなこ》驚して、彼の男女は浴《ゆあみ》し居たり。／貫一は礑と閉して急ぎ返りつ」。

（14）　蓮實重彥『夏目漱石論』青土社、一九七八年、四一ページ。

（15）　『吾輩は猫である』で迷亭は寒月の恋をからかって、「僕の小共の時分などは寒月君のやうに意中の人と合奏をしたり、霊の交換をやつて朦朧体に出会つて見たりする事は到底出来なかつたね」と発言している。また漱石は第六回文展評『文展と芸術』（一九一二年）で横山大観の『瀟湘八景』を評価している。中島国彦も『草枕』の朦朧とした裸と「朦朧体」との関連を示唆しているが（『近代文学にみる感受性』筑摩書房、一九九四年、七九五ページ）、私の解釈と異なり、画工に近づいた那美の具体的裸体描写をネガティヴに受け止めている（同書、三四九ページ）。

(16) 武田勝蔵『風呂と湯の話』はなわ新書、一九六七年、二二四―二二六ページ。

(17) 八岩まどか『混浴宣言』小学館、二〇〇一年、一三二ページ。

(18) 裸体画論争の経緯に関しては、主に以下を参照にした。中島国彦『近代文学にみる感受性』筑摩書房、一九九四年、三三六―三四九ページ、中山昭彦「裸体画・裸体・日本人――明治期〈裸体画論争〉第一幕」金子明雄・高橋修・吉田司雄編『ディスクールの帝国――明治三〇年代の文化研究』新曜社、二〇〇〇年。中野明『裸はいつから恥ずかしくなったか――日本人の羞恥心』新潮社、二〇一〇年、一七五―一九四ページ。国立近代美術館編集『ぬぐ絵画――日本のヌード1880-1945』国立近代美術館、二〇一一年、五二―七八ページ。

(19) 井上智重「漱石のいる風景」、くまもと漱石博推進一〇〇人委員会編集『漱石の四年三カ月――くまもとの青春』熊本日日新聞社、一九九七年、九二―九三ページ。

(20) 須藤靖明『漱石・白秋・清澄と阿蘇火山――二六人の文学作品にみる火山活動』櫂歌書房、二〇〇四年、五二ページ。

(21) 阿蘇町史編さん委員会編纂『阿蘇町史』第二巻、阿蘇町、二〇〇四年、九二九ページ。

(22) 井上智重、前掲論文。

(23) 吉田精一「俳諧文学から命を賭けた文学へ」ちくま文庫版『夏目漱石全集』第三巻、一九八七年、を参照。

(24) 志賀重昂『日本風景論』岩波文庫、一九九五年、八七ページ。

(25) 第一火口と第二火口の双方から噴煙が昇っていたことや、規模の大きい噴火後、穏やかな鳴動が続くことなど、湯治の状況を的確に表現している。須藤、前掲書、五〇―五一ページ。

(26) 田山花袋は駆け出しの硯友社時代、吾妻《あがつま》川水系の温泉を旅する語り手が四万温泉で悲嘆に暮れている美少女と乳母の会話を立ち聞きし、伊香保温泉へ行く途中で乗った筏で筏師からその少女が吾妻川の淵に身投げしたことを仄聞するという短編小説『吾妻川』（一八九四年、のちに『筏師』と改題）を発表している。ただし、語り手の「われ」が何度も内湯に入浴するにもかかわらず浴室や入浴の具体描写がない。紅葉調の文語体の美文で描写される温泉場の外の情景も、場面の雰囲気を表現するだけの書割りにとどまっている。気になるのは、『金色夜叉』の那須塩原の章が、温泉場を流れる川の断崖から都心自殺する女のイメージや、温泉場で主人公が悲恋に苦しむ客を知るという趣向において、『吾妻川』に妙に似ている点である。

(27) 高島俊男『漱石の夏休み――房総紀行『木屑録』』朔北社、二〇〇〇年、二二一ページ。

第二章　夏目漱石　二

(1) この流れはその後も長くつづき、日本の温泉小説の一特色をなす。田山花袋『浴室』(一九二五年)、川端康成『水上心中』(一九三四年)、太宰治『姥捨』(一九三八年)、大岡昇平『来宮心中』(一九五〇年)、林芙美子『浮雲』(一九五一年)、田宮虎彦『銀心中』、大岡『逆杉』(一九六〇年)というように。近松の心中ものなどと異なり、心中未遂だったり、心中か事故死か不明だったり、不似合いな組みあわせだったり、心中以前だったりする点が興味深い。ところで温泉地での心中や自殺の広まりは、日本の近代の社会現象なのではないだろうか。「昔はめつたに無かつたやうに聞いてゐるが、温泉場に最近流行するのは心中沙汰である」(岡本綺堂『温泉雑記』一九三一年)。

(2) 環翠楼説と洗心亭玉の湯(現・福住楼)説がある。箱根湯本旅館組合編『箱根湯本・塔之沢温泉の歴史』(夢工房、二〇〇二年)、三二一―三二三ページの考証を参照されたい。

(3) 川中島の「独鈷の湯」は、桂川氾濫の要因になるからということで、二〇〇九年、元の位置より川幅が広い一九メートル下流に岩盤ごと移設され、入浴不可になった。

(4) 漱石の修善寺大患中に腹膜炎で死亡した初代医院長・長与称吉は、熱海梅園や鎌倉海浜院(日本初のサナトリウム)を創設した衛生医官僚・長与専斎の長男である。

(5) 漱石日記には「三階」と記されているが、菊屋本館は二階建てだった。内湯が地階のようになっていたので階数を誤ったのだろうと中山高明は推量している(『新訂版　夏目漱石の修善寺』静岡新聞社、二〇〇五年、三二ページ)。

(6) 瀬崎圭二『海辺の恋と日本人――ひと夏の物語と近代』青弓社、二〇一三年、九〇―九五ページ。

(7) 『行人』の第一部「友達」で二郎は、長野家の遠縁の岡田から宝塚温泉行を誘われるが辞退している。

(8) 『行人』を執筆しながら漱石は『草枕』も想起していたに違いなく、それを読者に示唆しているようにみえる。

は親友の三沢の部屋の本棚の上に「夢の様な匂ひを画幅全体に漂はしてゐた」女の上半身の肖像画を見出すが、それは気が触れて亡くなった「出戻りの御嬢さん」を三沢が想起して描いた油絵である（「塵労」十三）。

（9）『定本　漱石全集』別冊下（岩波書店、二〇一九年）の年譜は一度目の旅館を明記していないが、一九一五年十一月十四日付書簡から天野屋に泊まったことがわかる。

（10）ただし、漱石は一九一一年九月と翌年九月に痔の手術を受けていたが、それに関連した湯治はしていない。

（11）鳥井正晴監修、近代部会編『『明暗』論集――清子のいる風景』和泉書院、二〇〇七年、一一九―一二一ページ。

（12）『神奈川県足柄下郡湯河原温泉案内』（藤木工務店、一九二三年）の湯河原温泉地図（鳥井監修、近代部会編、前掲書、一一四―一一五ページ）を参照。

（13）朱の欄干の橋を備え、銘木をふんだんに用いたことで有名だった天野屋新館は、藤木川のやや上流の対岸に漱石没後の一九二六年に建てられたものであり、ここでいう「新館」とも「別館」とも異なる。ちなみにこの新館は本館閉業後に天野屋本棟となったが、二〇〇五年に閉業し、二〇一七年、会員制リゾートホテルが跡地に開業した。

（14）田中邦夫『漱石『明暗』の漢詩』翰林書房、二〇一〇年、五一〇―五一二ページ。なお本書には天野屋の平面図や絵葉書が多く掲載されており、なかでも著者による「大正4年末頃の天野屋復元図（試案）」（五二二ページ）が参考になる。

（15）https://y-dh.com/2022/03/05/ 今昔映像館 /

（16）柄谷行人「意識と自然」『群像』一九六九年六月号。

（17）これは実際に藤木川沿いの道路脇に張り出して屹立していた「狭岩」と、そのすぐ先の山側に聳えていた「見付の松」に基づいている。鳥井正晴監修、前掲書、五―六、一一―一二、一四ページ、参照。

（18）『明暗』というタイトルの意味は、いたずらに抽象的に解釈するのではなく、こうした光と闇の交替を踏まえて解釈するべきだろう。

（19）自分と結婚すると思っていた女性が突然他の男と結婚してしまい、傷ついた主人公が渓谷の温泉へ転地し、その道行の風景が彼女の記憶に関わる夢中の景と重ね合わされていること、温泉宿にいわくありげな男女二人連れがいること、病んでいるヒロインの言葉が示されること、そして作者の病死により温泉場のくだりで未完となった非常に長い小説であること。これらの点では、『明暗』は不思議なほど『金色夜叉』に似ている。しかも紅葉は修善寺で湯治したり、長与胃腸病院での診断にしたがって下総成東で湯治したりしていた。漱石は執筆時にそのことを意識していただろうか。

(20) 水村美苗『続明暗』(筑摩書房、一九九〇年)では、清子、横浜から来た二人連れ、津田で滝に出かける。

第三章　川端康成

(1) 岩手県一関市栗駒山(須川岳)中腹の須川高原温泉のまわりの荒地には、地獄釜(旧火口)、賽の河原、大日岩などがある。

(2) 小谷野敦・深澤晴美編『川端康成詳細年譜』(勉誠出版、二〇一六年)では湯ヶ野で泊まった旅館が「湯本館」となっているが、湯ヶ島の旅館との混同だろう。

(3) 羽鳥徹哉「川端康成、旅とふるさと」『「国文学解釈と鑑賞」別冊　川端康成　旅とふるさと』(至文堂、一九九九年)。川端文学研究会編『伊豆と川端文学事典』勉誠出版、一九九九年、一〇—一二ページ。

(4) 笹川隆平『川端康成　大阪茨木時代と青春書簡集』和泉書院、一九九一年、一八五ページ。

(5) 川勝麻里「『伊豆の踊子』は『草枕』をどう乗り越えたか:川端康成の漱石批判」『明海大学教養論文集』二二号、二〇一一年十二月。

(6) 上司小剣《かみつかさしょうけん》(一八七四—一九四七年)、代表作『鱧の皮』(一九一四年)。

(7) 田村俊子(一八八四—一九四五年)。代表作『あきらめ』(一九一一年)、『木乃伊の口紅』(一九一四年)。

(8) 『彼岸過迄』の「須永の話」の章は、漱石の死後、幾度か単独で刊行されている。川端が読んだのは、鈴木三重吉編のシリーズ「現代名作集」の第一巻『須永の話』(東京堂、一九一四年)に違いない。

(9) 川端は『伊豆温泉記』(一九二九年)のなかで、湯ヶ野温泉で踊子の裸を見たことを回想し、道路からまぢかに裸を見るのはいけない、「山川を隔てて見るのでなければ。木がくれの湯の窓に見るのでなければ。竹林のそよぎ、波の音の傍に見るにでなければ」と書いている。

(10) ちなみに佐藤春夫は詩『温泉消息』(一九二二年)で、こんな奇想を呈示している——「浴泉は毎日わたしのおできの／岩苔のやうにこびりついた奴を洗ひ落とすが、／谷川の水は毎晩、私の心に流れこんで／それが古疵に何としみるかよ。／ひとりぽつちの部屋に月がさすから／電燈を消したら／おれの眼から温泉が出たつけ」。

(11) また安藤史帆は、熱海や伊香保が当時の読者にとって担っていたコノテーションを紅葉と蘆花が巧みに利用していたと説いている（「明治30年代と〈始まり〉の「伊香保」――徳冨蘆花『不如帰』における幸福の偽装」『跨境日本文学研究』二〇二三年九月、「「温泉」というイメージの伝播と変容――『金色夜叉』における「熱海」と「塩原」に着目して」『相模女子大学紀要』二〇二四年三月）。

(12) 『文藝春秋』初出時は「指」という語が伏字となっていた。先立って「濡れた髪を指でさはつた」とあるので指に残った感触が駒子の髪のそれであることがはっきりしているのに、「この指だけが……」という文章がそれ以上のエロティックな想像を誘うと編集側が判断したことがわかる。これに対して川端は旧版『雪国』において、「指」を復活させる一方、「濡れた髪を指でさはつた」を削り、余計エロティックにした。『雪国』雑誌初出には伏字が多い。『雪国』の省筆の効いたエロティシズムの楽屋裏に、検閲との危うい戯れがあったことを想起しておきたい。

(13) 一九三〇年刊行『日本温泉案内 西部篇』（大日本雄弁会講談社）の「湯沢温泉」の項には、まだ「温泉場の湧出量も余り多くはなく、浴場は一カ所、浴客も村の人も一緒に這入るといふ工合だ」とある。

(14) 関戸明子『近代ツーリズムと温泉』ナカニシヤ出版、二〇〇七年、一二五、一六六―一六九ページ。高柳友彦『温泉旅行の近代化』吉川弘文館、二〇二三年、六七―六九ページ。

(15) 『山の音』（一九五四年）では、熱海の温泉で尾形信吾が明方、夢うつつ丹那トンネルを列車が通過するような音を聞き、さらに「信吾さあん、信吾さあん」という女の声を聞く。

(16) 前掲『湯沢町史 資料編 下巻』一〇二ページ。

(17) 林芙美子『浮雲』の「二十九」で、富岡はおせいと伊香保で混浴するとき「奇怪な笑ひ声」で笑う。林はそのさまをこう表現している――「富岡は、この現実が何時か、何処かで演じられたやうな気がしたが、思ひ出しやうもなく、只、じいつと、顎までひたつて笑ひ顔を浮かせてゐた」。このシチュエーションは『雪国』で演じられていたのだ。

(18) 川村湊『温泉文学論』新潮新書、二〇〇七年、五二―五三ページ。

(19)　莫言「あの秋田犬に感謝をこめて――日本語版『白い犬とブランコ』によせて」『白い犬とブランコ――莫言自選短編集』吉田富夫訳、NHK出版、二〇〇三年。

(20)　浴室でうたうという行為は、研究にあたいする日本文化のひとつだろう。温泉小説における特に印象深い例として、井伏鱒二『四つの湯槽』（一九三八年、のちに『かんざし』と改題）で、気難しいロシア経済史の学者の片田江先生が「ヴォルガの船曳き唄」とロシア語で力唱する場面、林芙美子『浮雲』で、引揚者のゆき子が安南語の恋歌をうたう場面、富岡とおせいが湯のなかで戯れていると誰かが「林檎の唄」をうたう場面を挙げておこう。なお『草枕』の画工も湯に身を浮かせながら「土佐衛門の賛」をつくる際、それを「小声で誦し」ていた。

(21)　関良一「『雪国』考」川端康成研究会編『川端康成の人間と芸術』教育出版センター、一九七一年。

(22)　一九四八年の創元社版『雪国』の「あとがき」に川端はこう書いた――「私の作品のうちでこの『雪国』は多くの愛読者を持つた方だが、日本の国の外で日本人に読まれた時に懐郷の情を一入そそるらしいといふことを戦争中に知つた。これは私の自覚を深めた」。「故郷」への志向を大文字の「日本」へ展開する傾向が戦後の川端にはあったことを指摘しておこう。

(23)　柳田は『旅中小景』（一九二四年）で、六年前訪ねた出羽仙台街道の鳴子温泉近くの「尿前の関」の長者の家がなくなっていたことと「此峠を汽車が走って居る」ことを結びつけて捉えている。

(24)　井上靖は随筆『湯ヶ島』（一九五六年）で、幼少期のこととして「部落には三軒ほど旅館があったが、学生以外、東京あたりから来る客は殆ど稀だった」、「私たち子供たちは、よく湯治客の大学生と友達になった。角帽をかぶっているというだけで、私たちは彼らを尊敬した」と述べている。彼らのなかに若き川端も混じっていたのかもしれない。なお『伊豆の踊子』には、海水浴で「島〔＝大島〕へ学生さんが来ますもの」という踊子のセリフが出てくる。

(25)　島崎藤村の随筆『伊豆の旅』（一九〇九年）に拠る。

(26)　この銀河のイメージに関して十重田裕一は、『雪国』連載開始前年に文圃堂版『宮沢賢治全集』が刊行されたことを念頭に、『銀河鉄道の夜』の影響があったのではないかとしている。私たちはさらに両者の縁として、川端の盟友・横光利一がこの全集の編纂に従事していたことや、北條民雄が川端宛の書簡内で『銀河鉄道の夜』に言及していたことを挙げることができる。

第四章　宮沢賢治

（1）手紙の日付は一九一〇年九月十九日で夏休み明けだが、『新校本　宮澤賢治全集』第十五巻の注記は、「八月」とすべきところを賢治が「九月」と書き誤ったのではないかと推量している。
（2）斎藤荻風《てきふう》『花巻案内温泉めぐり』石川印刷所、一九一二年。
（3）牛崎敏哉「小十郎の行方——童話『なめとこ山の熊』の周辺」『北の文学』第二四号、一九九二年五月、一七ページ。
（4）森荘已池『宮澤賢治の肖像』津軽書房、一九七四年、一三五—一三六ページ。
（5）佐々木民夫「花巻の温泉と宮澤賢治」『岩手郷土文学の研究』第二号、二〇〇一年三月。
（6）鉛温泉の調査の際に（二〇〇六年六月）湯守の藤井祥瑞氏（当時）から、および宮沢本家の調査の際に（二〇〇六年十月八日）当主の宮沢助五郎氏（当時）から、両家の遠い親戚関係を確認した。
（7）熊谷章一『花巻市史　近世篇　二』花巻市教育委員会、一九七四年、一〇四ページ。以下、花巻の諸温泉の歴史は、複数の古書を比較検討している本書に主に依拠する。
（8）花巻温泉のPR新聞『花巻温泉ニュース』第五号（一九二九年十一月十五日）の「同人語」は、川端の地理上の誤りを指摘し、「麗々しくもさも実地に見て来たやうな書き振り　吹き出した」と辛辣にコメントしている。
（9）森荘已池、前掲、一四六ページ。
（10）『新校本　宮澤賢治全集』第十六巻下、八四ページ。以後、宮沢賢治に関する伝記的情報は、断りのないかぎり同書に拠る。
（11）二〇〇六年早春に志戸平温泉を調査した際、『乾坤一擲——久保田大作自叙伝』を読ませていただいた。
（12）小原茂「台温泉と湯治」『花巻市博物館だより』第二四号、二〇〇九年一月。
（13）花巻温泉線と鉛温泉線の情報は、湯口徹『花巻電鉄（上）』（ネコ・パブリッシング、二〇一四年）に拠る。
（14）冨手一が盛岡電気工業株式会社社員として花巻温泉に勤務しはじめたのは一九二七年一月からだが、花巻温泉株式会社が所蔵している履歴書によれば、「大正十四年四月に、宮沢先生の助手として花巻温泉土地改良の仕事に当る」となっている（伊藤光弥『イーハトーブ植物学』洋々社、二〇〇一年、一六〇ページ）。
(15)『新校本　宮澤賢治全集』第十五巻・書簡では一九二七年四月以降の扱いとなっているが、伊藤光弥は前掲書で冨手の履歴書を基に一九二六年四月以降と推定している。
(16) 柳田国男の花巻温泉来泉は、『花巻温泉ニュース』、佐々木幸夫『花巻温泉物語〔増補〕』（熊谷印刷出版部、一九九六年）等に記載されていないが、少なくとも一九二六年七月三十一日、遠野旅行の帰りに金田一京助と一泊し、一九二八年九月二十六日前後にも宿泊している（岡村民夫『柳田国男のスイス――渡欧体験と一国民俗学』森話社、二〇一三年、二九〇―二九一ページ。岡村民夫『宮沢賢治論――心象の大地へ』森話社、二〇二〇年、四七〇ページ）。なお柳田は「北の野の緑」（初出一九二七年、『北国の春』一九二八年所収）で花巻温泉を「万事電気づくめの新式遊園地」と紹介している。
(17) 温泉遠足を扱った作品はないが、『或る農学生の日誌』関連の創作メモ中に「一千九百廿五年九月廿四日遊園地へ遠足」というメモがある。
(18) 会社名は、亀井茂・照井一明『宮沢賢治岩手山麓を行く――盛岡附近地質調査』（イーハトーブ団栗団企画、二〇一二年）に拠る。
(19) 福田武雄編著『農民生活変遷中心の滝沢村誌』（滝沢村、一〇〇四ページ）に掲載された澤村亀之介による手記を重引。
(20) 鈴木健司「「麓の引湯」新盛岡温泉について」『賢治研究』一四七号、二〇二二年八月、四ページ。
(21)「新網張温泉」と呼ばれた温泉が別の時期に別の場所にあるので、両者を混同しないように気をつけなければならない。安斎徹『東北の山々――時間記録と費用概算』（明文堂、一九三三年、三〇二―三〇三ページ）という登山ガイドブックによれば、玄武洞から二キロメートル下流の葛根田川右岸に、やはり網張元湯から引湯した「新網張温泉」があったことがわかる。
(22) これは鉛温泉ではないだろうか。大沢と鉛の間に下シ沢という地区があり、かつては「下シ沢石」と銘打たれた耐火性の凝灰岩の採掘が行われていた。
(23) ちなみに宮本常一は「里人たちが山を愛するようになった契機の一つに温泉がある」と述べている（『山の

道』八坂書房、二〇〇六年、一九七ページ)。

(24) 岡澤敏男「耕耘部・時計・赤シャツの男と馬」『ワルトラワラ』第一四号、ワルトラワラの会、二〇〇一年三月、の考証を参照した。

(25) 中路正恒「淵沢小十郎のモデル松橋和三郎をめぐる高橋健二氏からの聞き書き」『宮沢賢治家研究Annual』第一七号、宮沢賢治学会イーハトーブセンター、二〇〇七年三月。中路の研究以前にも、牛崎敏哉、田口洋美、佐藤孝らが松橋和三郎をモデルと説いていたが、中路はフィールドワークを通し、息子勝治も有力なモデル候補であること、親子が住んでいた場所が幕館でなく豊沢であること、二人の生没年を明らかにした。

(26) 佐藤孝、前掲、二七―二九、一三二―一三三ページ。

(27) 田口洋美「列島開拓と狩猟のあゆみ」『東北学』第三号、二〇〇〇年十月。

(28) 『グスコーブドリの伝記』の先行形『ペンネンネンネンネン・ネネムの伝記』(一九二二年頃)で、「ばけもの世界」の世界裁判長に出世したネネムが火山噴火を予言し、それが現実になると、判事が「実にペンネンネンネンネン・ネネム裁判長は超怪である。私はニイチャ《マ》の哲学《マ》が恐らくは裁判長から暗示を受けてゐるものであることを主張する」と讃える。この場面には『吾輩は猫である』の「化物」でいっぱいになった銭湯の場面、とくに「化物の頭梁」「ニーチエの所謂超人」が立ち上がる場面の影響が認められる。とすると芥川龍之介の『河童』(一九二七年)との著しい類似は、『吾輩は猫である』を介した兄弟的類似と考えられる。

(29) 信時哲郎『宮沢賢治「文語詩稿 一百篇」評釈』和泉書院、二〇一九年、五四二ページ。

(30) 沢沿いに見られる山菜の一種で、正式名称はウワバミソウ。「修学旅行復命書」で賢治は、花巻の将来の土産物の候補のひとつとして「みづの辛子漬」を挙げている。

(31) 『新校本 宮澤賢治全集』第六巻・校異篇、筑摩書房、一九九六年、一九二ページ。

(32) たとえば「Projekt kaj Malesteco.」という題名の詩があるが、「Prpojekto」(企て)とすべき語を英語の「Project」につられて誤まり、その三行目では、「stratuskumulusoj」(積乱雲)とすべき語を英語の「stratokuras」につられて「stastratokurasoj」と誤ったと思われる。

(33) 大内秀明『モリスの環境芸術』時潮社、二〇〇七年、四五ページ。

(34)　同、二三五ページ。なお『造園学汎論』（林泉社、一九二四年）の「第三章　療養造園（Medical Landscape）」で、田村と並ぶ造園学者の上田敬二は、アメリカ各地に点在する「完備したサナトリア」を引き合いに挙げ、「我国が温泉に富み、海水浴場に富み、高山、風光地又至る所に見られるに拘らず未だこの種の企の起らないのは遺憾である」と述べたり、コロラドスプリング、カールスバッド、バーデンバーデンなどの欧米の温泉場の「遊園地」ないし「公園」を紹介したりしている（二八〇―二八一ページ）。

(35)　佐々木幸夫、前掲、一一八ページ。

(36)　伊藤光弥、前掲、一五四ページを参照。なお「一九二七、五、一二、」の日付が刻された「〔失せたと思ったアンテリナムが〕」（詩ノート）を読むと、結局、賢治はハーディフロックスではなくアンテリナムを選択したと思われる。

(37)　『宮澤賢治イーハトヴ学事典』（弘文堂、二〇一〇年）の「鞍掛山」（加藤碵一）を参照。

(38)　水谷佑輔・古谷勝則「大正期における田村剛の示す国立公園の風景とその変遷」『ランドスケープ研究』七七号、二〇一四年五月。

終章　ギー・ド・モーパッサン

(1)　出生地について異説もあるが、オート＝ノルマンディーの沿岸部であることには変わりない。

(2)　シャンペル＝レ＝バンは、ジュネーヴ南郊のシャンペル地区に存在した保養地で、アルヴ川の水を利用した水治療施設やホテルが一八七四年から一九四二年まであった。モーパッサンが一八九一年夏に逗留したほか、イッポリート・テーヌ、ジョゼフ・コンラッド、エドアール・ロッド、カミーユ・サン＝サーンス、アンドレ・ジッドなどが逗留した（David Ripll, etc., *Champel-les-Bains*, Inforio, 2011, p. 38-67）。なお、国際連盟委任統治委員時代の柳田国男はここのホテルや別荘に住んだ（岡村民夫『柳田国男のスイス――渡欧体験と一国民俗学』森話社、二〇一三年、九二―九八ページ）。

(3)　山田登世子『リゾート世紀末――水の記憶の旅』筑摩書房、一九九八年、六一ページ。

(4)　モーパッサンとほぼ同世代の印象派の画家たちも、ノルマンディー沿岸、セーヌ川沿岸、コート・ダジュールの風景を好んで描いている。モーパッサンは一八八五年に、同じノルマンディー出身のクロード・モネがエトルタで戸外制作するさまに立ち会っていた。Angéline Boulanges, *Les Promenades de Maupassant*, Chêne, 1994, p. 18-23, および足立和彦「モーパッサンを巡って」、http://maupassant.info/chronique/chro28sep1886.html（参照二〇二三年十二月）を参照。

（5）渡辺響子訳『モン＝オリオル』幻戯書房、二〇二三年。以下、この小説の引用は同様。温泉名であり題名でもある「Mont-Oriol」は、従来「モントリオル」という表記で訳されてきたが、渡辺は識者へのアンケートから「モン＝オリオル」と発音する人もかなりいることを確かめ、「オリオル」という地主の名前を強調するために「モン＝オリオル」を選択したというので（同書、「訳者改題」）、これに従う。なお、引用に際して若干改訳したことを断っておく。

（6）Jérôme Penez, *Dans la fièvre thermale: La Société des eaux de Châtel-Guyon (1878-1914) Réussite et expansion d'une entreprise thermale*, Institut d'études du Massif Central, p. 25-76, 119-126.

（7）モーパッサンのシャテル＝ギュイヨン逗留に関しては主に以下を参照した。Jérôme Penez, *Ibid.* , p. 126-129. *Maupassant : Romans*, Bibliothèque de Pléiade, Gallimard, 2016, p. 1431-1443. 渡辺響子、前掲、「訳者解題」。

（8）モーパッサンが、シャテル＝ギュイヨンの鉱泉汲みをしていたジョゼフィーヌ・リッツェルマンとのあいだに私生児を設けていたという逸話が長年語られてきたが、近年の実証研究によればその可能性はほぼないという。アンリ・トロワイヤ『モーパッサン伝』（足立和彦訳、水声社、二〇二三年）の「訳者あとがき」を参照。

（9）『浮雲』は画期的意義を持つ本格温泉小説である。伊香保の入浴場面ではゆき子と富岡の感覚、感情、記憶が入浴の具体的なさまに応じてみごとに表現されている。女性作家だから女性が視点人物になっているという域を越えて、視点が男女あいだで自由に往き来し、両者が相対化されるというところに林の小説家としての力量がうかがわれる。

（10）『女の一生』の若きジャンヌの海水浴と比較できる。

（11）クロヴィス爺さんは、フローベールの『ボヴァリー夫人』（一八五七年）に登場する宿屋の下男で鰐脚のイッポリート（薬剤師オメーに説得され、シャルル・ボヴァリーによる治療手術を受ける）をいささか想わせる。

(12) 大橋絵理「温泉保養地と女性――モーパッサン『モントリオル』」『長崎大学言語教育研究センター論集』第四号、二〇一六年三月。

(13) 原文は「cette source qui pouvait donner un jour un flot d'argent liquide」。「argent liquide」は「現金」を意味する熟語だが、文字通りに取れば「液体的金銭」と読める。

(14) モーパッサンが宣伝戦略の呈示に傾注していたことの背景には、長編第二作『ベラミ』で新聞業界を扱ったことに加えて、『ジル-ブラス』紙に連載されたエミール・ゾラの『ボヌール・デ・ダム百貨店』が一八八三年に出版されたことの影響があるのではないだろうか。

(15) 『定本 漱石全集』第二十七巻別冊下、二〇一八―二一三ページ。

(16) ジュール・バルスによる一八四〇年のパンフレットでも、パリ大学医学部教授ルイ・ランドゥージーによる一八九九年の講演の抄録でも、シャテル＝ギュイヨンの温泉水は無色、透明、無臭とされているので、モーパッサンが逗留した頃もそうだったと推量できる。Cf. Jules Barse, *Châtel-Guyon et ses eaux minérales*, E. Levoyer, 1840. Louis Landouzy, "Châtel-Guyon", *Extrait du compte rendu du voyage de 1899 aux stations de centre & de l'Auvergne*, Georges Carré et C. Nord, 1900, p. 1.

(17) 高柳友彦『温泉旅行の近現代』吉川弘文館、二〇二三年、一一一ページ。

(18) 同、一一四ページ。

あとがき

「序章　浴する文学」では概念的に研究経緯を語っただけなので、それを具体的に語りなおしておきたい。本書は書き下ろしだが、元になった論文が数本ある。

私がはじめて研究目的で行った温泉は花巻温泉である。二〇〇一年二月の雪降る日だった。現存しない賢治花壇の実態と当時の花巻温泉の状況が知りたかった。そのとき、取締役総務部長だった大原皓二氏のご厚意によって花巻温泉所蔵の大量の歴史的資料を自由に閲覧していなかったとしたら、はたして私は温泉文学研究をしただろうか。古写真、絵葉書、鳥瞰図絵、昭和初期の遊具の一部、飼われていたヒグマの毛皮などを一覧し、宮沢賢治を新たな角度から捉えなおすことができると感じただけでなく、それらが花巻史、東北史、日本の観光史にとっても非常に貴重な資料であるに違いないと感じた。この調査の成果は、詩誌『詩学』の連載「光の詩学」のなかで呈示した（同誌、二〇〇一年四月号、五月号。加筆して『宮沢賢治論――心象の大地へ』に収録）。なお、賢治における温泉を、民俗的な層、地学的な層、モダンな層に三分して概観することは、天沢退二郎・金子務・鈴木貞美編『宮澤賢治イーハトヴ学事典』（弘文堂、二〇一〇年）の「温泉」の項においてはじめて行った。

宮沢賢治と温泉についての研究とほぼ並行し、私はフリードリッヒ・ニーチェの一八七〇年代以降の思想や活動を、彼が移動生活した高原や海浜のリゾートと関連づけて再考する研究をしていた。二〇〇三年度の法政大学在外研究中、スイス、イタリア、フランスでフィールド・ワークをおこない、二〇〇四年に初の著書『旅するニーチェ――リゾートの哲学』を書き下ろした。その研究を通し、ニーチェがニースに滞在するようになった頃モーパッサンを愛読していたことや、ニーチェと同じく梅毒に感染して苦しんでいたモーパッサンが鉱泉での湯治や海浜での保養を盛んにおこない、そうした場所を小説や随筆に描きこんでいたことを知り、興味を覚えた。パリを拠点にしたこの在外研究中、マルグリット・デュラスへの関心から、数度ノルマンディーの海岸へ行き、そこでもモーパッサンの足跡に出会った。

二〇〇五年の秋だったか、宮沢賢治学会イーハトーブセンターの企画委員会で、賢治と温泉の関係を扱った企画展をするのはどうかとダメもとで提案したところ、意外にもすんなり承認された。かくして私は、企画展の展示物探しやパネル執筆準備として、花巻の賢治ゆかりの温泉をすべて巡り、入浴し、取材した。また、比較対象として他の作家の温泉文学を読んだり、日本の温泉史の勉強をしたりすることをはじめた。「宮沢賢治と温泉」展（花巻市宮沢賢治イーハトーブ館、二〇〇六年六月―二〇〇七年二月）の好評に勇気づけられ、その図録を骨子とした『イーハトーブ温泉学』を二〇〇八年に出した。

他の温泉研究者と交流して温泉史や現在の温泉の状況に関する理解を充実させたいと思い、二〇〇九年、日本温泉文化研究会に参加し、二〇一三年「健康と温泉のフォーラム」に参加した。双方の研究発表会を通じて私は多くのことを学び、また尾崎紅葉、徳冨蘆花、夏目漱石、川端康成、谷崎潤一郎、岡本太郎などにゆかりのある諸温泉へも足を伸ばした。かくして日本温泉文化研究会『温泉をよむ』(講談社現代新書、二〇一一年)の「第七章　漱石、川端、賢治——温泉の文学」を分担し、同会の論集『温泉の原風景【温泉学Ⅲ】』(岩田書院、二〇一三年)のため、漱石と川端に関する部分を拡充した論文「夏目漱石の明治三十九年——日本近代温泉小説の誕生」を執筆した。一九〇六年に漱石が書いた三本の温泉小説をもって本格温泉小説がはじまり、この新潮流を川端康成が受け継ぎ発展させた、という自説をここで初めて公表した。さらに漱石に関し、『温泉』二〇一七年冬号「特集温泉と文学」に「はじまりの温泉小説家・夏目漱石」を書いて、『明暗』論を補った。これらが、本書の第一章から第四章の下敷となっている。

前後するが、私は国際連盟常任委任統治委員をしていた時期の柳田国男について調査するため、二〇〇九年春から一年間、ジュネーヴで在外研究をおこなった。柳田が長期滞在したボー゠セジュール・ホテル(現存しない)やその周囲のヴィラの歴史を調べたところ、意外なことに、それらが、シャンペル゠レ゠バンという鉱泉施設(現存しない)を利用する人々のために建てられたものだったことがわかった。また、精神に異常をきたしはじめていた晩年のモーパッサンがここで治療を受け、ボー゠セジュール・ホテルに宿泊していたこともわかり、彼への関心が再燃した。

二〇一八年春から法政大学江戸東京研究センターの研究員となって銭湯研究者と出会ったことを契

機に、文学における銭湯表象と温泉表象の相関を考えるようになった。二〇二〇年十月の公開研究会「東京の新名所『史蹟と銭湯』」(発表者・栗生はるか)でコメンテーターを務め、『当世書生気質』と比較しながら『吾輩は猫である』の銭湯表象の新しさを述べた(『EToS 法政大学江戸東京センター』第四号、二〇二一年三月)。コロナ禍の最中は温泉旅行が憚られたので、都内の銭湯巡りをしていた。そうしなかったら精神的にまいっていたかもしれない。

『立原道造――故郷を建てる詩人』を校正していた二〇一八年はじめだったか、担当編集者の小泉直哉さんが私の温泉蘊蓄に熱心に耳を傾けてくださり、ほどなく本書に結実する出版企画が立ち上がった。西洋の事例との比較を入れて厚みをつけようと、思い切ってモーパッサンの章を完全な書き下ろしとして追加することにした。第一章をひとまず入稿したのは二〇二二年九月だったのだが、執筆速度がしだいにダウンしてしまい、今年の早春に小泉さんが別の出版社に移籍することになったので、廣瀬覚さんに編集を引き継いでいただいた。お二人の丁寧な仕事に深く感謝する。

現地調査に際してお世話になった方々の列挙は割愛させていただきたい。調査した温泉の現状についての感想は控えたが、それでもやはり本書は私の温泉経験を自由間接話法で語っている。

二〇二四年九月二十一日

岡村民夫

著者について――

岡村民夫（おかむらたみお）　一九六一年、神奈川県生まれ。法政大学教授（表象文化論、場所論）。四季派学会代表理事、宮沢賢治学会イーハトーブセンター会員、日本フランス語フランス文学会会員、表象文化論学会会員。主な著書に、『旅するニーチェ――リゾートの哲学』（白水社、二〇〇四年）、『イーハトーブ温泉学』（みすず書房、二〇〇八年）、『柳田国男のスイス――渡欧体験と一国民俗学』（森話社、二〇一三年）、『立原道造――故郷を建てる詩人』（水声社、二〇一八年）、『宮沢賢治論　心象の大地へ』（七月社、二〇二〇年、第三十三回宮沢賢治賞）など、主な訳書に、マルグリット・デュラス『デュラス、映画を語る』（みすず書房、二〇〇三年）、ジル・ドゥルーズ『シネマ2＊時間イメージ』（共訳、法政大学出版局、二〇〇六年）、ステファヌ・ルルー『シネアスト宮崎駿　奇異なもののポエジー』（みすず書房、二〇二〇年）などがある。

装幀――宗利淳一

温泉文学史序説――夏目漱石、川端康成、宮沢賢治、モーパッサン

二〇二四年一〇月三〇日第一版第一刷印刷　二〇二四年一一月一〇日第一版第一刷発行

著者――岡村民夫

発行者――鈴木宏

発行所――株式会社水声社

東京都文京区小石川二―七―五　郵便番号一一二―〇〇〇二
電話〇三―三八一八―六〇四〇　FAX〇三―三八一八―二四三七
［編集部］横浜市港北区新吉田東一―七七―一七　郵便番号二二三―〇〇五八
電話〇四五―七一七―五三五六　FAX〇四五―七一七―五三五七
郵便振替〇〇一八〇―四―六五四一〇〇
URL : http://www.suiseisha.net

印刷・製本――精興社

ISBN978-4-8010-0829-8

水声文庫

映画美学入門　淺沼圭司　四〇〇〇円
制作について　淺沼圭司　四五〇〇円
宮澤賢治の「序」を読む　淺沼圭司　二八〇〇円
昭和あるいは戯れるイメージ　淺沼圭司　二八〇〇円
物語るイメージ　淺沼圭司　三五〇〇円
物語と日常　淺沼圭司　二五〇〇円
平成ボーダー文化論　阿部嘉昭　四五〇〇円
ソレルスの中国　阿部静子　二〇〇〇円
幽霊の真理　荒川修作・小林康夫　三〇〇〇円
『悪の華』を読む　安藤元雄　二八〇〇円
フランク・オハラ　飯野友幸　二五〇〇円
映像アートの原点　一九六〇年代　飯村隆彦　二五〇〇円
バルザック詳説　柏木隆雄　四〇〇〇円
マーガレット・アトウッド『侍女の物語』を読む　加藤めぐみ・中村麻美編　三五〇〇円
ヒップホップ・クロニクル　金澤智　二五〇〇円
アメリカ映画とカラーライン　金澤智　二八〇〇円
ソヴィエト科学の裏庭　金山浩司編　三五〇〇円
三木竹二　木村妙子　四〇〇〇円
ロラン・バルト　桑田光平　二五〇〇円
危機の時代のポリフォニー　桑野隆　三〇〇〇円
小説の楽しみ　小島信夫　一五〇〇円
書簡文学論　小島信夫　一八〇〇円
演劇の一場面　小島信夫　二〇〇〇円
クリスチャンにささやく　小林康夫　二五〇〇円
《人間》への過激な問いかけ　小林康夫　三〇〇〇円
死の秘密、《希望》の火　小林康夫　三八〇〇円
零度のシュルレアリスム　齊藤哲也　二五〇〇円
実在への殺到　清水高志　二五〇〇円
マラルメの〈書物〉　清水徹　二〇〇〇円
美術・神話・総合芸術　白川昌生　二八〇〇円
美術館・動物園・精神科施設　白川昌生　二八〇〇円
西洋美術史を解体する　白川昌生　一八〇〇円
贈与としての美術　白川昌生　二五〇〇円
美術、市場、地域通貨をめぐって　白川昌生　二八〇〇円
ジョージ・オーウェル『一九八四年』を読む　秦邦生編　三〇〇〇円
戦後文学の旗手中村真一郎　鈴木貞美　二五〇〇円
シュルレアリスム美術を語るために　鈴木雅雄・林道郎　二八〇〇円

サイボーグ・エシックス　高橋透　二〇〇〇円
モートン・フェルドマン　高橋智子　三八〇〇円
(不)可視の監獄　多木陽介　四〇〇〇円
マンハッタン極私的案内　武隈喜一　三二〇〇円
黒いロシア白いロシア　武隈喜一　三五〇〇円
現代ロシア演劇　岩田貴　三二〇〇円
魔術的リアリズム　寺尾隆吉　二五〇〇円
桜三月散歩道　長谷邦夫　三五〇〇円
マンガ編集者狂笑録　長谷邦夫　二八〇〇円
マンガ家夢十夜　長谷邦夫　二五〇〇円
変声譚　中村邦生　二八〇〇円
ブラック・ノート抄　中村邦生　二五〇〇円
幽明譚　中村邦生　二八〇〇円
転落譚　中村邦生　二八〇〇円
未完の小島信夫　中村邦生・千石英世　二五〇〇円
本の庭へ　西澤栄美子　一六〇〇円
オルフェウス的主題　野村喜和夫　二八〇〇円
シュルレアリスムへの旅　野村喜和夫　三〇〇〇円
パラタクシス詩学　野村喜和夫＋杉中昌樹　三〇〇〇円
越境する小説文体　橋本陽介　三五〇〇円
ナラトロジー入門　橋本陽介　二八〇〇円
カズオ・イシグロ　平井杏子　二五〇〇円
カズオ・イシグロの世界　平井杏子＋小池昌代＋阿部公彦＋中川僚子＋遠藤不比人他　二〇〇〇円
カズオ・イシグロ『わたしを離さないで』を読む　田尻芳樹＋三村尚央＝編　三〇〇〇円
カズオ・イシグロと日本　田尻芳樹＋秦邦生＝編　三〇〇〇円
「日本」の起源　福田拓也　二五〇〇円
〈もの派〉の起源　本阿弥清　三二〇〇円
絵画との契約　山田正亮再考　松浦寿夫＋林道郎他　二五〇〇円
現代女性作家の方法　松本和也　二八〇〇円
現代女性作家論　松本和也　二八〇〇円
川上弘美を読む　松本和也　二八〇〇円
太宰治『人間失格』を読み直す　松本和也　二五〇〇円
ジョイスとめぐるオペラ劇場　宮田恭子　四〇〇〇円
イメージで読み解くフランス文学　村田京子　三五〇〇円
モードで読み解くフランス文学　村田京子　四〇〇〇円
福永武彦の詩学　山田兼士　二五〇〇円
魂のたそがれ　湯沢英彦　三二〇〇円
金井美恵子の想像的世界　芳川泰久　二八〇〇円
歓待　芳川泰久　二二〇〇円
宮川淳とともに　吉田喜重＋小林康夫＋西澤栄美子　一五〇〇円
洞窟の経験　吉田裕・福島勲編　三〇〇〇円　［価格税別］